湖畔荘 下

ケイト・モートン

コーンウォールの湖畔荘で起きた赤ん坊消失事件。屋敷の現在の持ち主は、消えた赤ん坊の姉でロンドン在住の高名なミステリ作家、アリス・エダヴェインだった。当時、湖畔荘には三人の娘がいて、消えた赤ん坊はまだ乳飲み子で待望の男の子だったのだ。刑事セイディはなんとしてもこの事件の謎を解こうと、作家に連絡を取る。1910年代、30年代、2000年代、それぞれの時代の秘密を炙り出すモートンの見事な手法。複雑に絡み合う愛と悲しみがもたらすものは？　そして、最後の最後で読者を驚かすのは、偶然か、必然か？　モートン・ミステリの傑作。

湖 畔 荘 下

ケイト・モートン
青 木 純 子 訳

創元推理文庫

THE LAKE HOUSE

by

Kate Morton

This book is published in Japan
by TOKYO SOGENSHA Co., Ltd.
by arrangement with David Higham Associates, London
through Japan UNI Agency, Inc., Tokyo.

目次

＊（　）を付した章題は邦訳に際して補ったものである。

湖畔荘　下

19　オックスフォード　二〇〇三年

調べを進めていくなかで、ローズ・ウォーターズの姪《めい》の娘にあたる女性が現在オックスフォードにいることが判明した。その女性、マーゴット・シンクレアは上流階級相手の私立学校の校長で、「かなり多忙な人物」とのことだった。それでも秘書はセイディのために、火曜日の一時きっかりに三十分だけ時間をやりくりしてくれた。彼女が「きっかり」という言葉を使ったわけではなかったが、そんな含みがあった。

この聴き取り調査は一か八かの賭だった──世の中に大伯母と親密な交流があった人などそういるものではない──それでも、セイディにあるのは猟犬並みの執念だけ、藁《わら》にもすがる思いで正午前には現地入りし、書き出しておいた質問事項に気持ちを集中させた。備えあれば憂いなし。彼女の大伯母が密《ひそ》かに出産し、雇い主の息子としていったんは手放した子を誘拐したという可能性について、マーゴット・シンクレアから話を引き出すのはかなりデリケートな作業になるだろう。

「おまえさんの根も葉もない作り話じゃないんだろうね？」セイディがその推理を話して聞かせたとき、バーティからそう言われたのだ。

そこでセイディは目を回すしぐさで応じた。今朝の食卓でのことだった。昨夜、口論の一歩手前まで行ったこともあり、どちらも相手を気遣ってか、無理してさりげない口調を心がけていた。「よし、わかった。もう一度確認させてくれ。エダヴェイン家がその子を引き取ったのはなぜなんだ？」

「それは三人の娘を授かったあと、なかなか次ができず、なんとしても息子がほしかったからよ。十年後の一九三二年にようやくエリナは妊娠したものの、翌年に死産してしまった——コンスタンスはそのことを周囲の人たちに話していたのに、誰もまともに取り合わなかったってわけね。それにしてもどんなに辛かったことか、神様は不公平だとエダヴェイン夫妻は思ったでしょうね。未婚の乳母ローズ・ウォーターズが自分で面倒も見られないのに密かに子を宿していると知れば、なおさらそう思ったはずよ。となれば次はどうなるか、容易に想像がつくわ。夫妻はローズから赤ん坊を譲り受けようと必死になるんじゃない？」

バーティは顎《あご》ひげをしきりに掻いては、その可能性に同意のうなずきを繰り返した。「赤ん坊がほしいという気持ちはたしかに切実なものだ。わたしの母さんも、『おまえを授からなかったら、公園あたりの乳母車で寝ている子に手を出していたかもしれないよ』なんて、よく冗談を言ってたっけな」

「エリナ・エダヴェインは乳母車から赤ん坊を盗まずにすんだというわけね。善良な引き取り手を必要としている男の赤ん坊が、それこそ腕に飛びこんできたようなものだもの。それで万事めでたしめでたしのはずだったのに、エリナに解雇されたものだから、ローズは子供を取り戻そうとしたんだわ」

「またずいぶん無茶なことをしたもんだね、子供の生みの親をくびにするなんて」

「彼女をそばに置いておくのが危険になったんじゃないかしら。そのあたりを突き止めたいと思っているの」

バーティは思案顔で溜息をついた。「おまえさんがこれまで思いついた推理のなかじゃ、まい、しなほうかもしれないね」

「ありがとう、お祖父《じい》ちゃん」

「それでローズ・ウォーターズを知る人に、そのへんを確かめようってわけだね」

＊

マーゴット・シンクレアを探し出してくれたのは司書のアラステアだった。くだんのシナリオを思いついた翌朝、セイディが真っ先に向かったのは図書館だった。図書館前の舗道を行きつ戻りつしながらアラステアが出勤してくるのを待ちかまえ、「コーヒーはいかが？」とテイクアウトのコーヒーを差し出したのである。彼は雪のように白い眉を持ち上げたが、無言のままセイディを館内に招じ入れた。そのあいだもセイディは、自分の推理をためらいがちに語った。どうにか話の骨子を理解したのだろう、話し終えたセイディが息をつくなり、彼が言った。

「となると、〈ローアンネス〉を出たあとローズがどうなったかを知る人物を見つける必要がありますね」

「そうなんです」

アラステアはすぐに行動を開始した。棚のあちこちから埃《ほこり》だらけの書類フォルダーを引き出したり、コンピューターの検索エンジンに何やら打ちこんだり、ファイルカードを繰ったりして、やがて「ビンゴ！」と声をあげた。昔の雇用記録、住民台帳、親族の有無などを調べていった結果、ローズ・ウォーターズの妹にあたるイーディスという女性がかつて湖水地方に住んでいたこと、そのイーディスには孫娘がひとりいて、そちらは現在オックスフォードにいるようだと高らかに宣言したのである。あとの作業は交通課時代の同僚が――ロンドンに戻ったら、お礼に酒を一本進呈するという条件で――引き受けてくれ、やがてセイディの携帯メールに、孫娘の勤務する学校の住所が送られてきた。「これって違法捜査じゃないよな、スパロウ？」メールの末尾にそうあった。

「もちろんよ、デイヴ」セイディはそう呟くと、メモをまとめてバッグに押しこんだ。「問題なし」ダッシュボードの時計が一時十分前を表示したところで車をロックすると、怪獣《グリフィン》を頂く門柱のあいだを抜け、バッキンガム宮殿の隣にあってもしっくりおさまりそうな建物が眼前にそびえる、広いアプローチを歩きだした。ちょうど昼休みとあって、麦藁帽子にブレザー姿の子供たちが手入れの行き届いた広大な芝生のあちこちに群れていた。日ごろセイディが接する世界とは段違いの、陽射しいっぱいの光景に、ジーンズにTシャツという自分の身なりが突如みすぼらしく感じられた。口からのぞく歯列矯正のブリッジ、こしと艶のあるポニーテール、屈託のない笑い声、明るい未来、そういうものに恵まれた子供たちがきらきらと輝いて見えた。

事務室を見つけ、黒っぽい木製デスクの向こうに控える品のいい若い女性に名前を告げた。

「そちらにおかけになってお待ちください」ささやくような穏やかな声。「ドクター・シンクレアはじきにまいります」

話し声こそしないものの、業務が粛々《しゅくしゅく》と遂行されていることをうかがわせる音があたりに満ちていた。受付嬢の指がキーボードを猛スピードで叩く音、時を刻む時計の音、エアコンのものものしい送風音。気がつけば、またしても親指の爪を嚙んでいた。慌てて口から指を離し、落ち着けと自らを叱咤《しった》する。

外の世界では、つまりセイディが身を置く実社会では、学歴のないことがむしろ誇りでさえあった。「ここだけの話だがな、スパロウ」とドナルドは、〝有識者〟の聴取を終えて引き揚げる際に、侮蔑のまなざしを肩越しに投げつけながらこう言うことが一度ならずあった。「おれたちは現場の叩き上げだ。自分がいかに利口かを証明する紙切れが何枚あろうが、そんなものは屁《へ》でもないからな」学歴と富を、富と気取りを、気取りと道徳的堕落を同一視するすこぶる小気味よい世界観。これが仕事をする上でセイディの強みになった。ナンシー・ベイリーのような一般庶民は、パー＝ウィルソン警部のような上流気取りのアクセントで話しかけられると、身がすくんでものが言えなくなる、そんな場面をこれまで何度も目にしてきた。自分だってこうなれたかもしれないという忸怩《じくじ》たる思いが頭をかすめるのは、いまいるこういう場所に身を置いたときくらいだ。

時計の分針がぴくんと動いて垂直になったところで襟《えり》を直す。一時きっかり、オフィスのドアが開いた。クリーム色のスーツに身を包んだ威厳のある女性が姿を現わした。首をかしげた拍子に彼女の艶やかな茶色い髪が肩先に触れ、大きく見開かれた海の青を思わせるまなざしがセイディに注がれた。「スパロウ刑事ですね？　マーゴット・シンクレアです。どうぞこちらへ」

セイディは言われるがまま従った。つい小走りになりそうな自分をたしなめる。「お時間を割《さ》いていただきありがとうございます、ミセス・シンクレア」

「ドクター・シンクレアです。結婚はしていませんの」校長はデスク前の椅子に腰を落ち着けるやそう言って、きりりとした笑みを浮かべた。それからさっと手を動かし、向かいの席にすわるよううながした。

「ドクター・シンクレア」セイディは言いなおした。幸先の良いスタートとは言えなかった。「秘書の方がどこまでお話しくださったのかわからないのですが」

「ジェニーからは、わたくしの母方の大伯母ローズ・マーティンに――結婚前はローズ・ウォーターズですが――ご興味をお持ちだと聞いております」顎を引いて眼鏡の上辺から目を覗かせるその仕草に、猜疑心《さいぎしん》とは異なる純粋な好奇心が見て取れた。「あなたは警察の方ですよね。何かの捜査ですか？」

「はい」そう言ってから、マーゴット・シンクレアは何事にも正確を期す人物らしいと判断して、さらに言い足した。「といっても、非公式なものです。すでに時効になった事件なので」

「そうですか」校長は椅子に背を預けた「なんだかわくわくしますね」

「一九三〇年代に起きた子供の失踪事件です。結局、行方知れずのまま解決に至りませんでした」

「まさか大伯母が容疑者だなんてことはないですよね？」マーゴット・シンクレアは次の展開を面白がっているふうだった。

セイディは笑みを返し、そうすることで思いは同じだという気持ちが伝わることを願った。

「なにしろ遠い昔のことなので、実のところ雲を摑むような状況ですが、大伯母さまの結婚前のことが少しでもわかればと思いまして。ご存じかどうかわかりませんが、大伯母さまは若いころ乳母をなさっていらしたことがあるんです」

「よく存じています」マーゴット・シンクレアは言った。「ローズの仕事についてはかなり詳しく知っています。女子教育をテーマにしたわたくしの博士論文にも大伯母を取り上げたくらいですから。彼女は貴族階級の子弟の家庭教師をしていましたの」

「家庭教師ですか？　乳母ではなく？」

「働きはじめた当初はそうだったのでしょう。かなり若いころはね。でもその後、家庭教師となり、そこそこ名の通った教師になりました。ローズは飛びぬけて聡明で向上心のある女性でした。当時は地位向上に必要な訓練を受けるのも並大抵のことではなかったでしょうにね」

いまだってそれほど容易ではない、とセイディは思う。

「わたくしの博士論文がそこにあります」マーゴットは素早い身のこなしで壁一面をおおう書棚の前まで行くと、革表紙の分厚い一冊を取り出し、塵《ちり》ひとつない天をさっとぬぐった。「最近はめったに開くこともなくなりましたが、学生のころはこのテーマにすっかり夢中でした。

身内褒《みうちぼ》めに聞こえるかもしれませんが、ローズはわたくしの着想の源でしたし、いまもそうありつづけているんです。教育畑に身を置いてからずっと、可能性の何たるかを身をもって示してくれた輝かしい見本として、彼女をよく引き合いに出すんです」

　席に戻りながらマーゴットが論文の主旨を熱心に語りはじめると、セイディの視線はデスクの背後に整然と並ぶ額入りの資格証書の上をさまよった。オックスフォードで取得した生物学の博士号、教育学の修士号、多種多彩な技能や業績の保有者であることを示す証書の数々。漆黒の額におさまる金の刻印入り証明書に囲まれた人生を、価値ある人間と認められた人生を送るのはどんな気分だろうかと、セイディはふと思う。利口になった気分だろうかと。

　通っていた学校の校長の勧めで、セイディが隣町のお嬢さま学校の奨学金枠の入試を受けることになったのは十五歳のときだった。中等学校第六学年《シックスフォーム》への編入を許可するという通知が届いたことはいまでもはっきり憶えているが、そこから先の記憶は非現実的な夢のように曖昧模《あいまいも》糊《こ》としている。それでも制服を買いに出かけたときのことは脳裡《のうり》にしっかり刻まれていた。母親と連れだって出かけたのだった。母親は上流階級とはこういうものだろうと想像をたくましくして入念に身なりをととのえ、完璧に振る舞わねばとばかり、神経をぴりぴりさせながらセイディの横を歩いていた。そこまでは順調だった。ところが中庭を囲む建物のところでふたりは道に迷った。与えられた時間はきっかり一時間。石造りの塔にかかる時計の針は無情にもその時間をじりじりと削っていった。母親には「喘息《ぜんそく》」と一般に呼ばれる不安発作の持病があった。完璧主義者で俗物の母にとって、その場の威厳あるたたずまいや自分をよく見せたいという気負い、遅刻すれば「すべてが台無しになる」という切羽《せっぱ》詰まった現実、これだけでもう耐えがたかった。セイディはひとまず母をベンチにすわらせ、気分がよくなるのを待ち、それから近くにいた作業員を呼びとめて、制服販売店への行き方を教わった。着いたときには残りわずか二十分。女性店員がセイディの脚に沿わせてメジャーを当て、礼を失しない程度の気さくな態度で「ツイードのコート」や「当校自慢のベルベットのベレー帽」を勧め、まさか自分が身に着けようとは思ってみなかった品々をセイディに紹介していくその横で、母は非難がましくむっつりと黙りこんでいた。

結局、その制服を着ることはなかった。夏休みにはいって恋人ができたのだ。車を持っていて、人を夢中にさせる手練《てれん》に長《た》けた美男子で、新学期が始まるころにはセイディの妊娠が判明した。入学をひとまず延期し、翌年には復学するつもりでいたのだが、すべてが終わってみればセイディは別人になっていた。

たとえ本人に出直す気があっても、両親は一年後の新学期にセイディを学校に戻す気はなかったのだろう——両親は周囲の知り合いたちに、娘は交換留学でアメリカの高校に通っていると触れ回っていた。一年も早く戻ってきたら、他人様《ひとさま》がどう思うかわかっているの?——それに奨学金には寄宿舎の費用は含まれていなかった。ルースとバーティは、なんとか知恵を絞って打開策を見つけるからと言ってくれたが、それだけの費用を賄《まかな》うには祖父母がかなりの借金を背負いこむだろうことは目に見えていた。とても頼めるような額ではない。ふたりには気持ちだけで十分だと言って断わった。孫娘のために精一杯のことをしてやりたいと思っていたふたりはセイディの決断を喜ばなかったが、セイディは自分なりのやり方で自立してみせると自らに誓い、祖父母にもそう伝えた。金のかかる学校など不要だと。夜間学校で大学進学資格課程を終えると、すぐに警察官になった。祖父母には寝耳に水とはいえ、不快な驚きではなかったようだった。そのころには孫娘が道を誤らずにすんだことにほっと胸をなでおろしていた。赤ん坊のことがあって心がすさみきっていたセイディには、いささか危なげに見える一時期があったのだ。

「まあ、ざっとそんな感じです」マーゴット・シンクレアはそう言って、デスクに置かれた論文をセイディのほうに滑らせた。「あなたの疑問にすべてお答えできるかどうかわかりませんが、ローズの人となりを多少とも知る手掛かりにはなるでしょう。では、そろそろ本題にはいりましょうか？　次の予定が十五分後にはいっているので」

マーゴットの態度は素っ気ないけれど協力的で、セイディにはありがたかった。ローズの私生活に関する質問にどんな反応をするだろうか、その話題はやはり避けるべきだろうかと思っていたのだが、チクタクと追いたてるような時計の音と、生真面目にうなずきながら先をうながすマーゴット・シンクレアを見ているうちに、ずばり核心に触れてしまおうという気になった。「たしか大伯母さまには、かなり若いころに産んだお子さんがいらっしゃいましたよね、ドクター・シンクレア。それも結婚前に。彼女がコーンウォールのエダヴェインという家で乳母をなさっていたころのことです」

一瞬、気づまりな沈黙が流れるなか、マーゴット・シンクレアがセイディの言葉を咀嚼《そしゃく》した。

いまに声を荒らげるのではないか、誤りを正すのではないか、きっぱり否定してくるのではないかとセイディは身構えたが、相手はそれなりの衝撃を受けたらしく、ただじっと腰かけたまま顎の筋肉を震わせていた。セイディの単刀直入な発言がどんよりと宙に浮いたまま、もう少しやんわりと攻めるべきだったかとセイディは後悔した。場の空気をなごませる方法を必死に考えていると、校長が深々と息を吸いこみ、それからゆっくり吐き出した。その表情に何かがかすめたのをセイディは見逃さなかった。間違いなく驚いてはいる、それは予期したとおりだが、それとは別の何かがあった。セイディははっと気づいた。「赤ん坊のこと、ご存じだったのですね」セイディは驚きを隠せなかった。

マーゴット・シンクレアは返事をしなかった。少なくともすぐには。デスクの前から立ち上がると、スイスの花嫁学校仕込みの身のこなしで、ドアがしっかり閉じていることを確かめに行った。無事を確かめて振り返ると、静かに口を開いた。「よくある家族の秘密というあれです」

セイディは逸《はや》る心を努めて顔に出さないようにした。図星だった！「ローズさんが身ごもった時期はご存じですか？」

「一九三二年の後半です」マーゴットは再び席に着くと、左右の指をしっかり絡《から》め合わせた。「出産は一九三三年六月でした」

セオ・エダヴェインの誕生とほぼ重なる。セイディの声がかすかに震えた。「なのに、それから一か月ほどで〈ローアンネス〉の仕事に復帰したのですか？」

「おっしゃるとおりです」

「赤ん坊はどうなさったのですか？」セイディはすでに知っている答を待ちかまえた。

マーゴット・シンクレアは眼鏡をはずすと、それを片手に持ったまま、鼻先から見おろすようにセイディを見た。「いいですかスパロウさん、時代がいまとは違うことは、わざわざ申し上げるまでもないでしょう。未婚のまま子を宿してしまった若い娘たちには生きづらい時代でした。それに加え、当時ローズには赤ん坊を育てるだけの手立てもなかった」

「子供を手放したのですね？」

「やむを得ずに」

セイディは胸の高鳴りをどうにか抑えこんだ。いよいよセオ・エダヴェインの登場だ。「坊やを引き取ったのがどなたか、ご存じですか？」

「もちろん存じています。ローズには北部に住む妹がいて、赤ん坊を引き取って実子として育てたいと申し出たのです。それと赤ん坊は男ではありません、女です。ちなみにそれがわたくしの母です」

「女――？　そんな馬鹿な」

マーゴットがさらに続けた。「エダヴェイン家を解雇されたとき、ひどく動揺したのもそのことがあったからです。我が子を手放し、代わりに雇い主の子供を全身全霊で慈《いつく》しんでいたのに、ほんの些細なことで暇《ご》を出されてしまったのですからね」

「だとしたら――」セイディは咳払いした。この期に及んでもなお、自らの考えにしがみつこうとしていた。「ローズさんの赤ちゃんが北に引き取られていったのだとしたら、セオ・エダヴェインの母親は誰なんです？」

「いかにも刑事さんらしい発想ですわね、スパロウさん。でも、わたくしなら、その子の母親はミセス・エダヴェインだと思いたいですね」

セイディは眉根を寄せた。腑《ふ》に落ちなかった。確信があったのだ。長いあいだエリナは、次の子を――つまり息子を――身ごもれずにいた。その前に一度、死産も経験している。そこにローズの人目をはばかる妊娠が絶妙のタイミングで判明する。やがてエリナによるローズ解雇、そしてローズの息子奪還。ところが生まれた子はローズ・ウォーターズの妹の手で湖水地方で育てられた、マーゴット・シンクレアの母親だという。おまけにエリナのお腹にいた子が死んだということを裏づける証拠はどこにもなく、あるのはコンスタンス・ドシールのうわごとのような証言だけ。セイディの描き出した筋書きは、カードでできた家のようにあっけなく崩壊した。

「大丈夫ですか、スパロウさん？　真っ青ですよ」マーゴットがデスク上のインターホンのボタンを押した。「ジェニー？　お水を持ってきてちょうだい」

秘書が丸いトレイに水差しとグラス二個を載せてはいってきた。セイディは一口、口に含んだ。とりあえずそうしながら、気持ちを鎮められたのはありがたかった。徐々に気力が戻るにつれて、新たな疑問が意識の表面にどっとあふれ出した。ローズはセオの母親ではなかった。だとしたら、いきなりまさかの解雇を言い渡されたからといって、拉致《らち》を企《くわだ》てたりするだろうか。動機は？　エリナ・エダヴェインが母親の地位をおびやかされたのが解雇の理由でないとしたら、ローズは何をしでかして雇い主の不興を買ったのか？　何か理由があるはずだ。仕事がよくできて、雇い主に可愛がられていたなら、よほどのことがない限り辞めさせられたりはしないはず。そこでそのあたりの疑問をマーゴットにぶつけてみた。

「ローズが解雇に納得していたとは思えません。かなり傷ついたことも知っています。〈ローアンネス〉で働くのは楽しいとよく言っていました。わたくしがまだ子供だったころ、ローズはうちに遊びに来るたびに、湖畔に立つお屋敷のことを話してくれました。それもあって、わたくしはそこで暮らす娘さんたちに親しみを覚えていましたし、羨やんだこともありました。ローズの話を聞くうちに、そこの庭には妖精がいるのだと半ば本気で信じていたほどです。雇い主のご夫妻のこともたいそう気に入っていたようで、よく褒めていました、特にアンソニー・エダヴェインのことを」

「えっ？」俄然、興味をそそられた。クライヴと話をした日の記憶がよみがえった。そのとき彼は、コンスタンス・ドシールの事情聴取の際に、あの家ではある種の不貞行為が行なわれていて、それが子供の失踪と関係があるようなことを彼女がほのめかしたと言っていた。「ローズさんが雇い主ときわめて親密な関係だったという可能性は、あると思いますか？　つまりアンソニー・エダヴェインと」

「不義密通という意味かしら？」

マーゴット・シンクレアの歯に衣着《きぬ》せぬもの言いに、セイディはたじろいだ。妙に持って回った自分の言い回しが気恥ずかしくなる。セイディはこくんとうなずいた。

「その方のことは大伯母の手紙によく出てきました。慕《した》っていたことも存じています。とても聡明な方でいらしたようですし、ローズが同情したのも当然でしょう。でも、それ以上の関係をにおわせるような素振りはいっさいありませんでした。きみはいい教師になれるとその方が言ってくださったとかで、それに勇気づけられて学問の道に進んだのだと申していました」

「つまり恋愛感情はなかったと？　これっぽっちも？」

「微塵《みじん》もね。妊娠を経験したあとのローズは、恋愛にはかなり臆病になっていたんだと思います。結婚したのは四十近くなってからですし、それ以前に浮いた話はなかったはず」

またしても袋小路。セイディは溜息をついた。切羽詰まった口調を避ける努力もいまでは放棄していた。「何か思い当たることはありませんか？　どんなことでもいいんです、ローズさんがエダヴェイン家の職を解かれた件で何か気になったことはないですか？」

「ひとつあります。関係あるかどうかわかりませんが、あれはちょっと妙でした」

セイディはしきりにうなずき、先をうながした。

「なぜ解雇されたのかローズは理解に苦しんでいました。というのもエダヴェイン家からは立派な推薦状ばかりか、過分な餞別《せんべつ》まで頂戴したとかで、ますますわけがわからなくなったようです」

「餞別というと？」

「お金です。キャリアを積んでいずれ身を立てられるようにと、旅費と学費を賄《まかな》うのに十分な額を」

セイディは考えこんだ。なぜ辞めさせた人間に気前よく金を渡すのか？　考えられることはひとつ、口止め料だ。だが、そもそも何を口止めされているのか見当もつかない人間を、買収しても意味がない。

ノックの音がして、受付嬢がドアから顔を覗かせ、あと五分で理事会が始まるとマーゴット・シンクレアに告げた。

「では」校長は恐縮の笑みを浮かべて言った。「このへんで失礼させていただきます。どれだけお力になれたかわかりませんが」

セイディも手応えがあったとは言いがたかったが、マーゴット・シンクレアと握手を交わし、時間を割いてくれたことに礼を述べた。ドアの前まで来たところで、頭の隅に引っかかっていたことを思い出し、振り向いた。「ドクター・シンクレア、あとひとつだけ、いいですか？」

「ええ」

「先ほど、ローズさんはアンソニー・エダヴェインに同情していたとおっしゃいましたよね。なぜ同情を？　どういう意味でおっしゃったのですか？」

「ローズの父親も同じような苦しみを味わっていたからです。それでその方の苦しみがどんなものかを理解していた、ということです」

「苦しみというと？」

「わたくしの曾祖父はあの壮絶な戦争に行っているんです。あれほどひどい経験はほかになかったでしょうね。曾祖父は激戦地だったイーペルで毒ガスにやられ、その後も塹壕《ざんごう》に連れ戻されました。復員してきたときはすっかり人が変わっていたと、祖母は言っていました。悪夢にうなされ、ともすれば襲いかかる陰惨な記憶に苦しめられていたのだそうです。彼の呻《うめ》き声で家族は一睡もできなかったと。いまでいうPTSDというあれです。当時はたしか戦争神経症《シェルショック》とか呼ばれていたのでは？」

「シェルショック」セイディは反復した。「アンソニー・エダヴェインもやはり？」

「そのとおり。ローズがつけていた日記のなかに何度もそのことが出てきます。彼女はその方の力になろうとしていたのです。実を申せば、彼女がのちに編み出した教育法は、その方との交流に触発されて生まれたものなのです。詩の教育、とりわけロマン派の詩を通して、傷ついた若者たちを教え導くという手法です」

シェルショック。驚愕の新事実だった。車を駐めた場所に引き返しながら、いましがた交わした会話を反芻《はんすう》した。アンソニーがそういう症状に苦しんでいたというのは驚くにはあたらない。彼はフランスで何年も戦っていたのだから。むしろ驚くべきは、いまのいままでどの場面でも、これがいっさい話題にのぼらなかったという点だ。秘密にされていたのか？　もしそうなら、なぜローズ・ウォーターズはそのことを知っていたのか？　おそらくマーゴットが言うように、たまたまその症状に精通していた年若い乳母が、ほかの人は見過ごしてしまうような兆候を見逃さなかったということかもしれない。これは重要な手掛かりなのか、単に藁にすがっているだけなのか、セイディは思い迷った。こうなったら誰か――クライヴ、アラステア、あるいはバーティ――に電話して意見を聞いてみたい、ひょっとしたら暗中模索のいまの状態に光明を投げかけてもらえるのではないか、そう思った。ところが、取り出した携帯は電池切れだった。バーティの家の劣悪な電波環境のせいで、充電の習慣を怠っていた。

ベルが鳴りわたり、生徒たちがぞろぞろと教室に戻っていく。その様子を車の窓から目で追った。シャーロット・サザランドもこんな学校に通っているのだろう。手紙と一緒に送られてきた写真には、ブレザーに盾《たて》のワッペンがついた洒落《しゃれ》た制服姿の彼女が写っていて、手紙の末尾には立派な成績が書き連ねてあった。そのリストの長いこと。きっと冬場の数か月はツイードのコートを着て、愛らしい小ぶりのベレーをかぶっているのだろう。つい卑屈になってしまう自分をたしなめる。こういう場所に身を置くシャーロットを思い浮かべられることは嬉しかった。あんな辛い思いに耐え抜いたのも、自分は持てずに終わったチャンスを娘に与えてやりたい一心からだった。

かかりの悪いエンジンをなだめすかしてどうにか始動させると、シャーロットのことはきっぱり忘れよと自らに厳命を下した。手紙はすでにこの手を離れ、転居先不明として差出人に送り返してしまった。あれはもともと受け取ってもいないと思えばいいだけの話。気持ちを切り替え、オックスフォードを離れるルートに意識を向けた。M40道路にはいり、ロンドンのある東に向かって車を走らせながら、マーゴット・シンクレアとのやりとりを反芻し、新たに判明した事実――ローズに渡された立派な推薦状と多額の現金――の意味をあれこれ考えた。アンソニー・エダヴェインのシェルショックも気になった。これが諸々の事情を一変させることになったのか、だとしたらどのように……。

20　ロンドン　一九三一年

エリナは《リバティ》のティールームに立ち寄った。自分へのご褒美《ほうび》だった。用事が思ったより早く片づき、パディントン発の列車の発車時刻まで二時間あった。ハーリー街がメリルボーン・ロードにぶつかったところで足を止め、灰色の雲が灰色のビル群に溶けこんでいくのを眺めた。それから気持ちを切り替えねばと思い定め、タクシーに手を上げたのだった。そしていま、ここにいた。華奢《きやしゃ》なスプーンでミルクを混ぜ溶かし、薄手のカップの縁にスプーンを軽く当てる。近くのテーブルにいた立派な身なりの男と目が合ったが、控えめながらも好奇に満ちた相手の笑みには応じなかった。

過剰な望みを抱いた自分が馬鹿だった、だが、人とはそういうもの。いい年をした愚か者は始末が悪い。アンソニーの言うとおりだったのだ。医者は新たに試せる方策を持ち合わせておらず、ただ同じ話を繰り返すばかりだった。希望というあのとてつもなく頼もしい味方はとうに死に絶えてしまったのかと、エリナはときおり思うのだった。いっそ希望の息の根を止めてしまえるなら、どんなにいいか。それが可能なら、スイッチをぱちんと切るくらい造作なくできるのなら、気持ちはずっと楽になるだろう。だが悲しいかな、希望のかすかな輝きはいつだって遠くのほうに見えていて、そこに向かっていくら歩きつづけても、けっして手に入れることができないのだ。

スプーンを皿に戻す。そんなことを思いながらも、間違った考えだということもわかっていた。アンソニーはとうに希望を捨てていた。場所はフランスの戦場でなく、おそらくその後十年のどこかで手放したのだ。そのせいですべてが狂ってしまった。そのせいでエリナが頑張らないとならなくなった。あれはエリナの目の前で起きた。目配りが足りなかった。しっかりと目を光らせていたら、すぐにそれと気づいたはずだし、適切な対処をすれば未然に防げたはず。夫にも、そして自分自身にも、必ずうまく取り繕《つくろ》うからと誓っていたというのに。

外は雨になっていた。ロンドンはスレート色に染まり、どこもかしこもにじんでいた。黒い水たまりが街路をきらめかせ、黒い雨傘の潮流が、その陰に隠れた人々の歩みとともに移動していく。雨のなかを足早に表情ひとつ変えずにただ一点を見据えて、人々はおのおののゴールを目指していた。向こう側の世界はこんなにも多くの急務にあふれている、そう思うと無聊《ぶりょう》に押しつぶされそうだった。店内の暖気にくるまれて放心している自分が海に浮かぶ漂流物のように思われ、いまにも水底に引きずりこまれそうだった。時間をつぶすのはもともと得意なほうではない。こんなことならコーンウォールを出るときに本を持ってくればよかった。無理に引きずってでも夫を連れてくるべきだった。

アンソニーが同行を拒むだろうことは予想がついていた。ただ、エリナを驚かせたのはその激しい口調だった。「やめてくれ」エリナがこの件をはじめて持ち出したとき、彼はそう言った。「お願いだ。それ以上聞きたくない」

だがエリナはやめなかった。医学雑誌『ランセット』で見つけた記事を読んで以来、なんとしてもドクター・ハイマーに会わなくてはと心に決めていた。どうやらそう思ったのはエリナひとりではなかったらしい。予約は数週間先までいっぱいだった。そこでエリナは逸る心を、希望の光をひとまず胸にしまいこみ、時の流れに身をまかせた。ことを急ぎすぎてアンソニーを追いつめては元も子もないと思ったからだった。

「やめてくれ」今回は声を荒らげなかった。ささやきに近かった。

「こうするのがいちばんなのよ、アンソニー」エリナは食い下がった。「この先生は、ドクター・ハイマーという方は、この分野の権威なの。同じ障害を抱える人たちを数多く診ていらっしゃるし、治療に成功してもいるんですってよ。ほら、ここに書いてあるでしょ、彼は――」

「いい加減にしないか」ナイフのようなその言葉に、エリナは先を続けられなくなった。アンソニーはエリナと目を合わそうともしなかった。顕微鏡におおいかぶさるようにして顔を下に向けていたので、その目が閉じられていることもすぐには気づかなかった。「それ以上言わないでくれ」

エリナは詰め寄った。室内に漂う薬剤の異臭と混じり合う彼の汗のにおいが、かすかに鼻をついた。エリナの声は穏やかだったが、毅然《きぜん》としていた。「わたしは諦《あきら》めませんからね、アンソニー、あなたがいくらはねつけようとも。せっかく力を貸してくれそうな方が見つかったんですもの、絶対に諦めるものですか」

アンソニーはいわく言いがたい表情をエリナに向けた。以前にも彼が苦悶する姿をそれこそ数え切れないほど目にしてきた。日中にまで襲いかかる悪夢に、夜になると流れ出す脂汗《あぶらあせ》に、エリナが力いっぱい抱きすくめても止まらないすさまじい震えに、彼が怯《おび》え苦しむ顔を。だが今回は様子が違った。沈着。冷静。彼の顔に浮かぶ穏やかな表情が、殴りかかられでもしたようにエリナの身をすくませた。「医者はもういいんだ」そう言う彼の声は低く、揺るぎがなく、反論をいっさい受けつけないものだった。「もうたくさんだ」

エリナは夫を書斎に残し、階段を駆け下りた。顔が火照《ほて》り、思考は散り散りになった。のちにひとりになったとき、そのときの夫の顔が不意によみがえった。それが午後のあいだずっとエリナにまとわりつき、日課をこなすあいだも影のようにつきまとった。やがて夜が訪れ、切れ切れの眠りを繰り返す夫の横で輾転反側《てんてんはんそく》し、湖にいる夜鳥の声に聞き入り、月明かりで白く輝く石畳をふたり並んで自転車で駆け抜けたあの遠い昔の夜を思い返すあいだにも、あの言葉が頭に浮かんだ。激しい嫌悪の情、あのとき彼の顔に見たものはそれだった。長年愛してきたその顔は、本来ならもっとも憎むべき敵に向けられるはずの不快と反感を露呈させたものに変わっていた。怒りを直接ぶつけてくれるならまだしも耐えられただろう。彼が憤懣をひとり胸に抱えこんでいるとわかるからなおのこと、エリナは悲嘆の涙にくれたくなるのであり、恨みごとのひとつも言いたくなるのだった。

それでも翌朝の彼は、いつもの温厚な夫に戻っていた。小川の畔《ほとり》でピクニックをしようと言い出しさえした。希望は息を吹き返し、ロンドン行きは相変わらず拒んではいたものの、少なくともこのときはにっこりと微笑み、やりかけの作業がいろいろあるんだと言っただけだった。というわけで今回の道連れは希望だけだった。ルー駅からの道中、夫がすわるはずだった隣の席には希望がすわっていた。

そしていま、エリナはティーカップを傾け、ぬるくなった飲み残しがあちらにこちらにと揺れるさまに見入った。娘たちには、メイフェアの仕立屋に用があるのでロンドンに出かけてくると伝えてあった。娘たちが言われるままを鵜呑《うの》みにするのは、それが娘たちの頭に刷りこまれたエリナ像だからだ。母さまはそういう人なんだと。アンソニーが戦地に赴き、あとに残されたエリナたちが〈ローアンネス〉でどう過ごしていたかを、娘たちはまるで憶えていない。みんなで敷地の隅々まで探検して回ったときのことも、語り聞かせた物語のことも、こっそり教えた秘密の場所のこともすっかり忘れている。エリナには娘たちの知らない部分が山ほどあった。普段は誰にも見せないそうした自分の個性をときどき取り出しては、まるで貴重な小粒真珠ででもあるかのように矯《た》めつすがめつしてはうっとりと見惚《みと》れるのだ。それからもう一度しっかりとくるみ直して、胸の奥深くにしまいこむ。かつての自分に戻ろうとは思わなかった。そうすれば、なぜここまで変わってしまったのかを説明しなければならなくなる。

アンソニーのことを他人に相談したことはない。そんなことをすれば、二十年前のあの夏にロンドンで恋に落ちた青年に対する裏切りになるからだが、それよりも、こんな状態にもきっと終わりが来ると固く信じている自分への裏切りになる、それが怖かった。晴れてその日が迎えられたとき、エリナの尽力で彼が再び軽やかな心と失ったものを取り戻したとき、彼が再び健康になれたとき、それまでどれほどひどい奈落を味わっていたかをエリナ以外の人が知らないほうが彼もいいに決まっている。それで尊厳は守られるのだ。

娘たちに打ち明ける気はさらさらない。アンソニーは娘たちを愛している。こんなありさまではあっても、彼は善き父親であり、娘たちも父親を慕い敬っている。若いころの父親のことも、彼が抱いていた大きな夢も知らない娘たちにとって、彼は単なる〝父さま〟でしかなく、彼の一風変《いっぷうか》わった振舞いもごく自然に受け止めている。森のなかを何時間も歩きまわり、ときには何日も家に戻らず、標本用の羊歯《しだ》の葉や蝶をどっさり胴乱《どうらん》につめて戻ってくる、それが自分たちの父親だと。娘たちはそうした貴重な収穫物を興味津々で眺めているし、標本作りの手伝いもしている。彼女たちはエリナと違い、かつて読んでいた医学書を出してきて膝に載せると目をつむり、人間の手の骨格を懸命に思い出そうとしている父親の姿を目にすることもない。以前は実に優美で的確な動きを見せた彼の手が本のページの上で小刻みに震えるさまも、人の気配を感じてはっと目を開け、それがエリナだとわかるとこわばる笑みを悲しげに浮かべるところも、娘たちは知らずにいる。「ぼくは役立たずの連中の仲間入りをしてしまったんだな」彼は言った。「日がな一日ただすわったきり、空疎な時間を無益な思索で必死に埋めようとしているだけの」

「それは違うわ」エリナは言ったのだった。「いまだって博物学に取り組んでいるじゃありませんか。医学からしばらく遠ざかってはいるけれど、いずれ戻れる日がきっと来るわ。そうしたら研修課程を終えて、立派なお医者様になれるのよ」

「もう手遅れだと、いつになったらわかるんだい？　もう昔のぼくじゃないと、まだ受け容れられないのか？　昔のぼくはフランスの地で死んだんだ。あんなことさえ起きなければ、あそこで判断を誤りさえしなければ、あんなおぞましい……」

「ちゃんと話してちょうだい。お願いだから話して、わたしにもわかるように」

だが彼は固く口を閉ざしたまま、こちらを見つめてかぶりを振ると、本に目を戻してしまうのだ。

ティールームの入口にたたずむ女性がエリナの目を惹いた。端整な顔立ちの女性の手に引かれていたのは幼い男児――三歳くらいか――よそゆきの白いセーラー服が実によく似合っている。天使を思わせる愛くるしい顔だち――青いつぶらな瞳にピンク色に染まるふっくらした頰。キューピッドの弓のような唇を驚いたようにぽかんと開けて、人で混み合い照明がまぶしい店内を母親の手の陰から見回している。

いつもの切望感が疼《うず》いた。あとひとり、赤ん坊がほしかった。単なる願望ではない、なんとしてもほしかった。もう一度この腕に子供を抱きたかった、丸々と太った小さな体をくすぐったり、唇を寄せたり、あやしたりしたいという思いに胸が絞めつけられた。そんな自分をミスター・ルウェリンのお話に出てくる王妃と重ね合わすこともあった。我が子を失くした王妃は、もうひとり授かりたいがために悪魔と取引をするのである。ただしエリナの願望は必ずしも利己的なものではない。もしかすると次の子が（それが男児ならなおのこと）アンソニーの励みになるのではないかという思いがどこかにあった。夫は娘たちを愛しているが、それでも男はみな、自分と血を分けた息子を持ちたいと思うものではないのか？　エリナは無意識のうちに平らに引き締まった腹部に手をやっていた。夫婦の営みは夫の体調次第とはいえ、いまもたまにあった。身ごもってもいいはずだった。なのに、こんなに子供がほしいのに、こんなに強く望んでいるのに、この十年間、そういうことは起きなかった。

先ほどの母子はすでにテーブルについていて、おちびさんは教えこまれた行儀作法を懸命に守っている。そうしながらも誘惑に勝てないつぶらな瞳は、物珍しい周囲の事物をひとつひとつ収集せずにはいられないようだ。いい加減になさいと自らをたしなめ、エリナは窓に視線を戻した。ロンドン上空はどす黒い雲がさらに低く垂れこめ、町は憂鬱の色を深めていた。ふと気づけば、暗い窓ガラスに照明を受けた暖かい店内が映りこんでいて、そこを客たちの幻影がせわしなく行き交っている。そのなかにエリナ自身もいた。

見るともなしにふと自分の姿が目に留まると、いつだってぎょっとするものだ。エリナを見返していたのは、超然と生きる女性の見本のような人だった。背筋をしゃんと伸ばし、着ている服も最新モードではないが趣味がよく、髪は帽子のなかにきちんとおさめられている。心地よい疲れのにじむその顔からは感情が何ひとつ読み取れない。人がつい目で追いたくなる、そんな顔。ガラスに映るその女性は、エリナが絶対ああはなるものかと思っていた、まさにそれだった。かつての冒険家エリナなら、こういう大人になろうとは決して思わなかっただろう。ときおりエリナは、子供時代の分身を——野性をたたえた目をいつも大きく見開き、どうやってもなだめられないぼさぼさ髪をした、すさまじいほどの探求心に富んだあの少女を——思い浮かべることがある。いまもどこかにあの子はいる、そんな夢想にふけるのが好きだった。あの子は別のものに取りこまれてしまったわけではない、そうではなく、元の真珠に姿を変えてどこかに転がっていってしまったのだと。いずれ妖精たちがそれを見つけ、森が再び命を吹きこんでくれるのを、どこかで待ちわびているのだと。

そんなことを考えだすと心がざわついた。黒々とした想念がこの身を滅ぼそうとしていた。こういうときはいつもの手を使うしかない。行動である。さっと手を上げてウェイターを呼び寄せ勘定をすませると、家からさげてきたハンドバッグと、さして吟味もせずに買ったアリバイ用のドレスを小脇に抱えた。それから傘を一振りして広げ、雨のなかに足を踏み出した。

*

駅舎にはいると、切符売り場は人であふれ、濡れた服のにおいがたちこめていた。仏頂面《ぶっちょうづら》の行列がじわじわと前に進み、やがてエリナの番が来た。「エダヴェインの名前で予約を入れた者です」と、カウンターの向こうの駅員に告げる。

男はファイルボックスを繰りはじめた。目の前に現われる名前をいちいち口のなかでつぶやく駅員を待ちながら、エリナは背後にひしめく人波を一瞥《いちべつ》した。「列車は満席のようですね」彼女は話しかけた。

駅員は目を上げなかった。「先発の列車が故障しましてね。お蔭で次の列車に振り替えようという乗客に、午後はずっと振り回されっぱなしですよ。エダヴェインさん、でよろしかったですね？」

「ええ」

「じゃあこちらです」窓口の男は格子の向こうから切符を二枚、滑らせた。「三番ホームから発車します」

エリナは回れ右してその場を離れた。そうしながら手に握られた二枚の切符に目を落とし、すぐさま人垣を掻き分けて窓口に引き返した。「急に用事がはいってしまって」求められてもいない言い訳をさらに続けた。最近は無意識にこれをやっている。「主人は乗らないことになったんです」こちらに目を向けた駅員に告げた。

「払い戻しはできませんよ」男はそう言うと、後ろに並ぶ紳士の応対にとりかかった。

「払い戻しはいいんです、ただ、この切符をお返ししようかと」エリナはカウンターの向こうに切符を滑らせた。「もう必要ないので、どなたかに役立ててもらえれば」

車内の席におさまり、列車が動き出すのを待った。プラットホームではスーツ姿の男たちが足早に行き交い、ポーターたちが人ごみを縫うようにしてスーツケースを山積みしたカートを押し進み、小さな集団がそこここで別れの儀式を繰り広げていた。そんな光景を眺めるうちに、自分の人生でもっとも精彩を放った瞬間のいくつかは、こうした駅舎が舞台だったことを思い出した。アンソニーとはじめて出会ったあの日、地下鉄のベイカー・ストリート駅で飲んだレモネード。そして戦地に向かう夫を見送った一九一一年のあの朝。軍服姿の彼はとても凜々《りり》しく、その傍らにはハワードもいて、ふたりとも若さで光り輝いていた。

彼から志願を考えていると聞かされた場所は〈ローアンネス〉の小川の畔、ふたり並んでブランケットに寝ころんでいるときだった。行くべきではないと思う理由が、エリナの頭をいくつも駆け巡った。「せっかく幸せに暮らしているのに」エリナは咄嗟《とつさ》に口走っていた。

「また幸せになれるじゃないか、帰還したら」

「帰還できればでしょ」

まるで駄々っ児だった。真っ先に頭に浮かんだ精一杯の憎まれ口だった。身勝手で子供っぽいけれど、それが本音だった。あとになってそんな自分に腹が立った。その後の四年間で忍耐を学ぶことになったわけだが、あのときは不安とパニックと、流れを堰《せ》き止められないもどかしさに、つい喧嘩腰になっていた。「これは戦争なのよ。ピクニックに行くのとはわけが違うんですからね」

アンソニーは手を伸ばすと、エリナの目元にかかる強情な前髪を払いのけた。こめかみに触れた指先がエリナをぞくりとさせた。「ぼくには医療の心得がある。人の役に立てるじゃないか。戦地にいる同胞たちはぼくのような人間を必要としているんだ」

「わたしだってあなたが必要よ。医者ならほかにいくらもいるわ、経験を積んだ人がね」

アンソニーは柔和な笑みを浮かべた。「ぼくがいたい場所は、ここ以外にあるわけないじゃないか、きみのそばが一番なのは言うまでもない。でも、いま行かなくてどうする？　ここで一肌脱がなかったら世間に顔向けできないよ。ぼくが持てる力を発揮せずにいたら、きみだってぼくを見る目が変わるんじゃないのかな？　祖国のために役立てないようなやつは死んだほうがましだよ」

もはや彼の決意を変えられるだけの言葉が出てこなかった。反論の種は燃えつき、口のなかに灰のような味を残した。

「だったら約束して、きっと帰ってくると」エリナはアンソニーの腕に身を投げると胸に顔をうずめ、彼が荒れ狂う海に突き出た岩礁《がんしょう》であるかのようにしがみついた。

「帰ってくるに決まってるじゃないか」その言葉に一点のくもりもなかった。「何があろうと帰ってくるよ。絶対に」

出発の日、ふたりは歩いて駅に向かった。彼と並んで車内の座席に腰かけていると、おろしたての軍服に身を包んだ若い兵士たちが乗りこんできた。アンソニーからキスをされた瞬間、このまま行かせるなどとてもできそうにないと思った。やがて発車を告げるホイッスルが鳴り響き、エリナがひとりプラットホームに引き返すと、列車が動きだした。家に戻ると、そこはまだ暖かく、ひっそりと静まり返っていた。図書室の暖炉の火は出かけたときと同じく、火格子のなかで小さな炎を上げていた。

あまりにも静かだった。

窓辺のデスクの上にはふたりの写真があった。夫の笑顔を眺めながらエリナは、いま彼は二階にいる、あるいは湖の畔にいて、いまに戻って来て玄関ホールからこっちにおいでと呼びかけてくるはず、そう思いこもうとした。だが、どこもかしこも、彼の不在を告げていた。すると突然、これからの日々が一週間、そして一か月とうち過ぎるのを何度も繰り返すだけの、耐えがたいほど長い歳月が続くのだと思い知らされた。

唯一の救いは赤ん坊、デボラはエリナの気を紛《まぎ》らしてくれた。信頼しきったつぶらな瞳で見つめられれば、身を焼きつくしそうな不安に溺れてばかりはいられなかった。幼な子は笑顔を欲している。母親の表情を読み、ちゃんと微笑んでくれるだろうかと信号を探っている。だが、無理に明るい表情をこしらえて童謡を口ずさみ、お伽噺《とぎばなし》を聞かせているあいだにも、胸が詰まってしまうのだった。ドアをノックする音がするたびに、刺すような電流が全身を駆け抜けた。どこかの兵士が死んだという話を村で耳にすれば心臓が張り裂けそうになり、それがアンソニーでないとわかると、あとでこっそり胸を撫でおろした。アンソニーからの手紙が届けば、それが黒枠の電報でないことにひとまず安堵《あんど》しても、冒頭の日付を目にした途端、それが何日も前に出されたものとわかれば、もしやその後に何かあったのではと不安に襲われた。

どの手紙もたいした内容ではなかった、はじめのころはそうだった。激しい砲撃があったことや、付近でツェッペリンが撃ち落とされたことへの言及は無論あったが、それもちょっとした出来事という程度の書きぶりだった。ドイツ軍の毒ガス攻撃をはじめて体験したというくだりにしても、あれを「まさに理想的な状況で」浴びることになり、近くに居合わせた仲間のひとりが「防毒マスクの効果絶大なこと」を身をもって教えてくれた、といった調子で綴《つづ》られていた。彼が実態をぼかして伝えようとしているのがエリナにもわかった。その心遣いに心なごませる一方、同程度に腹立たしくもあった。

アンソニーが一週間の休暇で戻ったときは、ロンドンまで会いに行った。神経が高ぶっていたせいで気もそぞろ、車中では何も手がつかず、持参した本は膝の上に開かれたままで終わった。入念に身なりを整えていったのだが、アンソニーの姿を目にした途端、そんな努力が恥ずかしくなった。相手はアンソニー、エリナの最愛の人、エリナが不安に駆られながら身を案じてきた人。なのに、どのコートがいちばん似合うかなどといった瑣事《さじ》に頭を悩ませること自体、ふたりの信頼関係に水を差す、心底大事な人への裏切りのように思えた。

顔を合わせるなり、ふたりは同時にしゃべりだしていた。「じゃあこれから――」、「よかったら――」。これまでふたりで築き上げてきた歴史のすべてが塵と化してしまったかのようにもじもじとためらっていたのもわずか一瞬のこと、ふたりそろって吹き出すと、笑いはなかなかおさまらず、ティールームでお茶を飲むあいだもちょっとしたことで笑い転げた。そんなふうに過ごすうちに、いつものアンソニーとエリナが戻っていた。エリナは戦地のことをすべて話してほしいとせがんだ。「全部聞かせてほしいの」彼女は言った。「穏やかな脚色は禁止ですからね」家に届いた手紙の、うわべだけとりつくろった文面以上のことをなんとしても知りたかった。

アンソニーは語った。ぬかるみのことを、折れた脚で必死に這いずり回る男たちのことを、ぬかるみに吞みこまれた男たちのことを。ソンムの戦場を〝人間挽き肉製造機〟と呼び、戦争そのものが耐えがたいと語った。「仲間たち」を助けてやれない辛さを語った。どんどん死んでいくんだ、ひとり、またひとりと次々に、そう彼は言った。

一時休暇のあと、家に届く手紙の内容が一変し、エリナはこれを喜んでいいものかどうかわからなくなった。もっと慎重に頼むべきだったのではという思いが心をよぎった。検閲の手でところどころ消されていたが、それでも残りの文面から、凄惨《せいさん》な状況が続いていることや、戦争が兵士たちに残酷な行為を強いていること、敵のすさまじい反撃に遭っていることがうかがえた。

ハワードが殺されると、手紙の調子に再び変化が現われた。「仲間たち」の話題は影をひそめ、名指しで友について語ることもなくなった。何よりもぞっとさせられたのは、手紙が家の様子をしきりに知りたがる文面で埋めつくされていたことだった。デボラの、そして生まれたばかりのアリスの、どんな些細なことも知りたがった——**ぼくもそっちにいられたらどんなにいいか、きみたちとこんなに遠く離れていると思うと辛くてたまらない。頑張ってくれ、ぼくの愛しい人。できたら赤ん坊の髪を一房、送ってくれないか。**そしてこのころの、前線で起きていることを伝える文章は、無機質な統計表と大差ないものになっていた。誰が誰に宛てて書いてもこうなるだろう、そんな書きぶりだった。ハワードの死——その訃報の衝撃、まさかの最期《さいご》——ばかりか、夫の心までも失い、エリナは二重の悲嘆と向き合うことになった。あまりにも遠い存在になってしまった夫、他人行儀とでもいうべき不可解な壁の背後に逃げこんでしまった夫。

そして一九一八年十二月十二日、復員した夫を出迎えるため、エリナはふたりの幼な子を連れてロンドンの駅舎に向かった。構内には楽団が整列し、ヴァイオリンがクリスマスキャロルを奏《かな》でていた。「どうやってパパを見分けるの?」デボラがエリナに尋ねた。デボラは母親のベッド脇に飾られた額入りのスタジオ写真でしか知らない父親に興味津々だった。

「会えばわかるわ」エリナは娘に言った。

列車が到着すると駅舎に煙がたちこめ、それが薄れるころには、兵士たちがプラットホームに続々と降りてきた。ようやく夫の姿を見つけた、夫の目がこちらを探しあてるよりも一瞬早かった。そのときエリナは過ぎ去った歳月の長さを痛感した。炎に群れる蛾《が》のように、数々の不安がどっと襲いかかってきた。いまもまだ心を通わせられるのだろうか？　昔と変わらぬ暮らしに戻れるのだろうか？　溝があまりにも大きくなりすぎているのではないか？

「おてが痛いわ、マミー」気づくとアリスが言っていた。まだ二歳にもならないのに、率直さにかけてはあっぱれな資質をすでに具《そな》えた子だった。

「ごめんなさいね、カボチャ《バンプキン》ちゃん。許して」

見ればアンソニーがエリナをまっすぐ見つめていた。束の間、その目に何かが覗いた。ハワード、そして彼と同じ運命をたどった兵士たち全員の影がそこによぎったような気がしたが、それもすぐに消え、笑いかけてきた。そこにいたのはアンソニー、エリナのよく知るアンソニーだった。ついに帰ってきた。

＊

ホームにホイッスルが響きわたる。列車が動き出そうとしていた。エリナは車窓の向こうに延びる煤《すす》けた線路を目で追った。彼が無事戻ってきてくれただけでも素晴らしいことではないか。娘たちは父親と過ごす時間がいくらあっても足りないくらい喜んでいる。夫がそばにいることで〈ローアンネス〉はよりいっそう輝きを増し、まるでカメラの焦点がぴったり合わされたかのようにものごとがさらに鮮明になったのだ。まさに彼が約束してくれたように、人生は再び前に動きだそうとしていた。四年以上の歳月が流れ去りはしたが、戦争は勝利に終わり、家族は失った時間を埋め合わせようとしている。だから彼の手がときおり震えても、たとえ彼が話している途中で不意に言葉を途切れさせ、散り散りになった思考を掻き集めて再びしゃべりだすというようなことがあろうとも、悪夢にうなされてはっと目を覚ますことがあっても、ハワードのことを決して語ろうとしなくても、そう、それらは理解の及ぶ範囲の問題であり、時が経てばいずれ自然に解消するはずだった。

というか、エリナは解消すると思っていた。

ことの始まりは、家族みんなで自宅の庭に出ていたときだった。娘たちはアヒルを追い回し、乳母はそんなふたりを家のなかに追い立てて食事をさせようとしていた。よく晴れた夕暮れ時で、太陽はこのまま一日を終わらせるのを惜しんで、日没作業をぐずぐずと遅らせているかのように、地平線の上で逡巡《しゅんじゅん》してはピンクと青紫のリボンを命綱のように空に投げかけていた。大気はジャスミンの甘い香りにあふれていた。屋敷から運び出した白い籐椅子に腰かけ、午後いっぱい子供たちの相手をして過ごしたアンソニーは、ようやく持参の新聞を開いたものの、そのうちうつらうつらしはじめた。

飼いはじめたばかりの子犬のエドウィナは、エリナの足元を跳ね回り、娘たちがどこかから見つけてきたボールにじゃれついていた。ひんやりした芝地にボールをそっと転がすと、子犬が自分の耳を踏みそうになりながら取りに行く格好がおかしくて、エリナは声をあげて笑った。子犬をじらすのは面白かった。前足が届くかどうかのぎりぎりの高さにボールを構えると、子犬はよろよろしながら後足で立ち上がり、ちいさな前足をさかんに動かしボールを奪い取ろうとした。歯は鋭かった。エリナのストッキングはすでに穴だらけにされていた。愛すべき小さな脅威――なぜかやってはいけないことばかり見つけ出す悪知恵のはたらく犬だったが、どうしても叱ることができなかった。しきりに小首をかしげて大きな茶色い目で見つめられると、それだけでエリナの心は途端にとろけてしまうのだ。子供のころも犬を飼いたかったのだが、「薄汚いけだものなんて」と母親に一蹴《いっしゅう》され、それきりになったのだった。

エリナがボールに足をかけて引き寄せると、じゃれ合いをこよなく愛するエドウィナは、取られてなるものかとばかり靴のゴム底に歯をめりこませた。すべてが完璧だった。エリナが笑うと、猛《たけ》るエドウィナはボールに向かってしばらくうなっていたが、そのうちアヒルと喧嘩を始めた。太陽はオレンジ色に鈍く輝いていた。とそのとき、アンソニーがうぉーっと叫び声をあげたかと思うと、犬に飛びかかっていった。目にもとまらぬ速さで子犬を捕まえると、その首を両手で摑んで宙吊りにした。「黙れ」彼は押し殺した声で言った。「静かにしろ」エドウィナはきゃんきゃん吠えたて、苦しげに呻いた。アヒルが跳びすさった。エリナはぎょっとなって椅子から立ち上がった。

「アンソニー！　駄目！　やめて！」

エリナは恐怖にすくみ上がった。何が起きているのか、わけがわからなかった。

「アンソニー、お願いよ」

彼にはエリナの声が届いていないかのようだった。エリナがいることにさえ気づいていないらしかった。駆け寄って肩にしがみつくとようやく、彼はエリナに目を向けた。肩を摑んだ手を払いのけられた瞬間、今度はこっちに襲いかかってくるのではとエリナは思った。大きく見開かれたその目に翳《かげ》りがのぞいていた。駅舎に出迎えたときに一瞬エリナの目がとらえた、あの翳りだった。

「アンソニー」もう一度、声をかけた。「お願いだから、その子を放してやって」

彼は息を荒らげ、胸を激しく上下させていた。その表情は怒りから不安へ、不安から困惑へと変化した。首に巻きついていた手がゆるめられると、エドウィナは身をよじって拘束を逃れ、憐れっぽい声を一声あげて一目散にエリナのいた椅子の裏に回りこみ、痛めた首を舐《な》めはじめた。

アンソニーもエリナも微動だにしなかった。そのときのふたりをのちにエリナはこう振り返った。あれは互いが共有する直感が取らせた暗黙の行為、そのままじっとしていれば、爆弾《エッグ》にこれ以上の亀裂を走らせずにすむという思いがどちらにもあったのだと。だが、ぶるぶる震えている彼に気づき、咄嗟に彼の体に腕を回し、きつく抱きしめた。それでも彼は凍りついたままだった。「もう大丈夫よ」そう言う自分の声がエリナの耳に届いた。「もう大丈夫ですからね」娘が膝小僧を擦《す》りむいたり、悪い夢にうなされて目を覚ましたときにするように、そう何度も何度も繰り返していた。

その夜、月明かりの下でふたりは押し黙ったまま、その日に受けた衝撃から立ち直れずにいた。「ごめんよ」彼は言った。「一瞬、ぼくはてっきり……いや、間違いなく見えたんだ……」

だが、何が見えたのかは話してくれなかった。以来、エリナは数年のあいだに症例報告書を読み漁り、医者から話を聞いて知識を深めていくうちに、アンソニーがエドウィナに襲いかかったのは戦場のトラウマによるものらしいことがわかってきた。だが、その暗部にうごめくものの正体について、アンソニーの口から明かされることはなかった。そしていま再び、あの亡霊たちがやって来た。ふたりで話をしているときにふと見れば、彼が遠くをじっと睨《にら》みつけていることが多くなった。そんなとき、彼の顎は、はじめは怯えてでもいるように、そのうちにくそとふんばってでもいるように、こわばりだすのだ。時が経つにつれ、これはハワードと関係があるのではないか、彼の死が影響しているのではと思いはじめたが、アンソニーは何を訊いても答えてくれず、結局エリナは詳細に踏みこむことができなかった。

たいしたことではない、いまに彼が自力で乗り越えるはず、そうエリナは自分に言い聞かせた。誰もが戦争で大事な人を失くしているわけで、いずれ時がすべてを癒してくれるに違いない。手の震えさえおさまれば研修医に復帰できるはず。そうなれば状況も変わる。医師に、長年の夢だった外科医になれる、天職に就けるのだと。

しかし手の震えはいっこうにおさまらず、時が流れても状況は何ひとつ変わらず、かえって悪化するばかりだった。エリナとアンソニーが団結して上達したことといったら、真実の隠蔽《いんぺい》くらいだった。彼が恐ろしい悪夢にうなされて目を覚ますのも相変わらずだった。そんなとき、彼は大声でわめき散らしては体を震わせ、「さっさと逃げろ、犬を黙らせろ」と急《せ》きたてた。暴力をふるうことはめったになかったし、そうなったとしても彼に悪意はないのだとエリナは理解していた。人の役に立つこと、傷を負った者たちを治すことを生き甲斐にしてきた彼が、故意に他人を傷つけるわけがない。彼を苛《さいな》む恐怖がそうさせているだけなのだと。「万が一、娘たちを」と、やがて彼は口にするようになった。「もしあの子たちの誰かを……」

「しーっ」エリナは、馬鹿げた考えを声に出して言わせるつもりはなかった。「そんなこと起きるわけがないわ」

「起きないとも限らない」

「起きるものですか。そんなことは絶対にさせません、わたしが請け合います」

「そんな約束、できるものか」

「できますとも。任せてちょうだい」

彼の顔は不安でいっぱいだった。エリナの手を握りしめる手が震えていた。「だったら約束してほしい、もし何らかの選択に迫られるような事態になったら、娘たちの身の安全を優先してほしい。ぼくが馬鹿な真似をしないよう見張っていてくれ。万が一ぼくが――」

エリナは彼の唇に指を押しあて、恐ろしい言葉が飛び出すのを押しとどめた。それから口づけをして、ぶるぶる震える体をしっかりと抱きしめた。何を頼まれたのかもわかっていたし、約束を果たすためなら手段は選ばない覚悟だった。

21　ロンドン　二〇〇三年

セイディのフラットは見た目もにおいも、呼び出されて駆けつける事件現場といい勝負だった。「部屋を見れば、住人の人となりはおおよそ見当がつくからな」と、以前ドナルドが利いたふうなことを言ったことがある。万事がずぼらで、女房に身の回りの世話を任せっきりの男の科白《せりふ》にしては意外というしかない。玄関マットに散乱するダイレクトメールや請求書を掻き集め、ドアを一蹴りで閉める。外は曇り空、そこで電気のスイッチを入れたが、電球三個のうち、ともったのはひとつきりだった。

家を空けていたのは二週間程度なのに、そこらじゅうに埃が積もっていた。部屋全体に饐《す》えたにおいがたちこめていた。家具にしても、もともと愛想もこそもない代物だが、主《あるじ》の不在をむくれ顔でとがめているふうで、出かける前より古ぼけて見えた。無精かつ不人情をさらに思い知らされたのは、シンクに放置されたままの植木鉢だった。「あらやだ」セイディはそう言うと、バッグをその場に投げ捨て、郵便物をソファに放ると、すっかり干《ひ》からびた残骸に近づいた。「いったいどうしちゃったの？」ふた月ほど前、地元の幼稚園のイースター慈善バザーに出かけたおり、突如暮らしに潤《うるお》いがほしくなって衝動的に買い求めたものだった。そのころつき合いかけていた男への腹いせでもあった。彼が別れしなに口にした科白が、階段室にわんわん響きわたったのをいまも耳を離れない。「きみって鉢植えひとつも世話できないくらい、ひとり暮らしに慣れきっているんだね」ステンレスのシンクのなかで、からからに乾いて丸まった葉を握りつぶす。おっしゃるとおり、というわけだ。

外から聞こえる車の行き交う音や話し声のせいで、室内の静寂が際立った。リモコンを探しあて、テレビをつける。スティーヴン・フライ（英国人俳優）が画面に現われた。何やら気の利いたことを面白おかしくしゃべっている。セイディは音量をしぼると、冷蔵庫を点検した。ここにも惨状が待ち受けていた。ほとんど空だが、しなびきったニンジンが二本と紙パック入りオレンジジュースがあった。ジュースの賞味期限を確かめ、六日程度の遅れなら問題なしと判断する。こういうものの期限は早めに設定してあるものだ。これをグラスになみなみ注いで、デスクに向かった。

コンピューターを立ちあげるあいだ、携帯電話を充電器にセットし、バッグからエダヴェイン事件の捜査ファイルを取り出した。舌にぴりっとくるジュースを一口飲んで、ダイヤルアップ式モデムがたてる不穏なきしみ音にはらはらしながら、ネットに接続されるのをしばし待つ。自宅に戻るまでの道中は、マーゴット・シンクレアと交わした会話をなぞることに費やされた。ローズ・ウォーターズとアンソニー・エダヴェインが不倫関係にあり、セオはエリナでなくローズの子だとすっかり思いこんでいたせいで、新情報の出現にはただもう困惑するばかりだった。すでにパズルのピースがきれいにはまっていただけに、これをばらして、はじめからやり直すにはかなり強い意志が必要だった。それもあって、アンソニー・エダヴェインが重要な鍵を握っているという自分の直感をいまも捨てきれずにいた。検索エンジンのページが現われたところで、〝シェルショック〟と打ちこむ。

画面に現われた検索結果に目を走らせ、該当の症例の説明を読みはじめた。心因性疾患を指す用語を見つけ出した。これをクリックし、firstworldwar.comという信頼できそうなサイトを見つけ出した。

……熾烈《しれつ》な砲撃戦……通常は健全な精神を有する兵士が陥る神経障害。カメラに向かって憂いを帯びた微笑を浮かべる軍服姿の男の写真が紹介されていた。体が一方にかしいでいるため顔の右半分が影になっている。記事はさらに続いた。兵士たちはこの症状に気づきはじめるが、軍当局の認識はそれに追いつかず……パニック発作、精神および身体の麻痺、猛烈な頭痛、強迫的悪夢……多くの者はその後何年にもわたって諸症状に悩まされ……治療法は旧態然としたもので、最悪の場合は危険を伴い……。

ページ末尾に張られたリンクサイトを開くと、医学博士W・H・R・リヴァーズなる人物が一九一五年から一七年にかけて、クレイグロックハート戦争病院に収容された傷病兵の臨床観察に基づいてまとめた、症例研究の概要を読むことができた。記事の多くは抑圧プロセスの説明に割かれていて、ドクター・リヴァーズによると、日中を恐怖体験や当時の記憶を忘れようとすることにばかり費やしている帰還兵たちは、静寂と孤独感にさらされる夜間に症状を悪化させやすいとある。眠りが自制心を弱めるため、かえっておぞましい想念を招き寄せてしまうのだそうだ。

わかるような気がした。セイディの経験から言っても、たいていのことは夜間に、より鮮烈によみがえるものだ。暗い思考が自制の垣根を越えて逃げ出し、夢となってまとわりついてくるときはたしかにそうなった。さらに流し読みしていく。ドクター・リヴァーズによれば、抑圧が負の思考エネルギーを増大させ、その結果、生々しい夢もしくは辛い夢の映像と恐怖が脳裡に暴力的に押し入ってくるという。ノートにこのくだりを書きとめ、しばし考えてから、「暴力的に」という語を丸で囲んだ。この医師は兵士の脳の作用に言及しているが、この語は、とりわけセオ・エダヴェインの不可解な失踪という文脈に照らし合わせると、セイディを落ち着かない気分にさせた。くだんの男児はひとりで外に出たのでも連れ去られたのでもなく、暴力によって命を絶たれたのではないかという、身の毛もよだつ第三のシナリオは、セイディの念頭に最初からあった。クライヴと話をしたときは、クレメンタイン・エダヴェインの関与（偶発的か故意かはともかく）を疑いもした。だが、これがアンソニーだとしたらどうか？すべてセオの父親ひとりの犯行だったとしたら？

セイディはノートを遡《さかのぼ》ってめくっていき、クライヴの話を書きとめた箇所を開いた。アンソニーとエリナは互いにアリバイの証人になっている。エリナは事情聴取のあいだ悲しみに打ちひしがれ、その週は催眠鎮静剤を処方されている。アンソニーはことのほか細やかな気づかいのある夫で、妻を必死にかばっていたと、クライヴは言っていた。ご亭主は奥方をたいそう気づかい、優しくいたわり、ときには盾になり、休養をしっかり取らせ、捜索隊に加わろうと外に飛び出しそうになれば引き止めてもいた。とにかく奥方から目を離すことはほとんどなかったと。セイディは立ち上がって伸びをした。これらを書きとめたとき、クライヴの話をエダヴェイン夫妻の強い絆と良好な夫婦仲を物語るものとして、セイディは受け止めていた。まさかの事態に直面した夫婦が見せるごく自然な振舞いだと。そこに裏の意味があると疑ってかかることはなかった。だが、いま頭のなかで組み立てられつつあるシナリオのレンズを通して眺めると（あくまでも根拠のない憶測だと自分に言い聞かせながらも）、夫の態度がかえって怪しく思えてきた。まさかエリナは夫の犯行を知った上で、彼をかばっていたのか？　母親がそんなことをするだろうか？　妻がそんなことを？　アンソニーは妻を抱きこみ、妻が警察にばらさないよう目を光らせていた？

セイディは画面隅のデジタル時計に目をやった。オックスフォードから車を走らせながら、ドナルドに近況報告するのは今夜がいいと決めていた。すぐにも職場復帰できる状態だと彼を納得させるには、頭のなかを分別ある状態にしておくべきだろう。インターネットで過去の亡霊を追い回している場合ではない。ここはとりあえず電源を切って、ウェブサイトはあと回しにしよう。ノートもひとまず脇にやり、まずはシャワーだ。身だしなみは〝プロ意識〟を示す上で基本中の基本。ところが、開いたページのさらに下、走り書きされた箇所――エリナが〈ローアンネス〉に毎年来ていたというクライヴの話――が目に留まり、性懲《しょうこ》りもなく読みつづけていた。息子が自宅に戻っているかもしれないという期待がエリナにあったのではとクライヴは言っていたが、それは単なる推測で、エリナがクライヴに直接そう語ったわけではない。あくまでもクライヴがそう解釈したにすぎない。セオの死をすでに知っていたのであれば、セオの帰還を願って来ていたわけではないはずだ。となると、エリナがそこに通いつづけた理由は何か？　年に一度の訪問が安否の確認ではなく追憶にひたるため、いわゆる墓参りのようなものだったとしたら？

　セイディはノートをペンでとんとん叩いた。憶測ばかりが渦巻いていた。証言録のなかで、アンソニー・エダヴェインを「暴力」という語で表現している人は皆無だし、ドクター・リヴァーズにしても、解離性障害、鬱症状、錯乱といった、戦争体験者から「明るさ」が消えた状態について記してはいても、暴力的傾向への言及はいっさいしていない。セイディは再び腰を据え、ウェブページをいくつか開いていった。ざっと読み飛ばしてはクリックを繰り返すうちに、フィリップ・ギブスという名の従軍記者の、戦後生還した兵士たちについて書かれた記事に行き着いた。

　何かが違っていた。若者たちは再び平服に着替え、一九一四年八月以前の平和な時代に出張に出かけていたときと何ひとつ変わらぬ身なりで、母親や妻の前に現われた。だが、中身はまるで別人だった。何かが彼らの内面に異変を引き起こしていた。気分の急激な変化や奇妙な振舞い、交互に起こる躁《そう》と鬱。多くの者は自制心を失って感情に流されやすくなり、憎まれ口を叩いたり、暴言を吐いては周囲の者をぎょっとさせるのである。

　セイディは唇を嚙みしめ、その箇所を読み返した。気分の急激な変化……奇妙な振舞い……自制心を失って……暴言……周囲の者をぎょっとさせる。これはまさに、ひとりの人間に恐ろしい過《まが》ちを犯させて不思議のない精神状態だ。正常であれば決してやるはずのない禍々《まがまが》しい行為に走ったとしてもおかしくないだろう。

その先には、西部戦線の塹壕に関する記述が続いていた。ネズミとぬかるみ、〝塹壕足〟と呼ばれる水虫、腐肉にたかる蛆《うじ》など、まさに不衛生きわまりない環境が描写されていた。セイディは夢中で読み進めていたせいで、自宅の電話が鳴っていきなり現実に引き戻されたときもまだ、ぬかるみと殺戮《さつりく》の残像を引きずっていた。

受話器を取る。「はい？」

バーティだった。ほっこりとして飾らない声に癒された。「無事に戻ったかどうか確かめたくてね。携帯のほうにかけたがうまくつながらなかったんだ。たしかそっちに着いたら電話をくれるって話だったがな」

「やだ、ごめん！」不肖の孫娘とはこのことだ。「携帯は充電切れしてたの。途中何度も足止めを食っちゃって、M40の渋滞がひどくてね。いまさっき着いたばかりだったから」コーンウォールのキッチンにいる祖父を、テーブルの下で眠りこけている犬たちを思い浮かべると、恋しさが胸にこみ上げてくるのがわかった。「今日はどうだった？　わたしの相棒たちの様子は？」

「寂しがっているよ。わたしが靴を履くと足にじゃれついてくるんだ。駆けっこをしに行けるって思うんだろうね」

「だったらやらなくちゃ。あの子たちが道案内してくれるわよ」

バーティがあははと笑った。「駆けっこの相手がこのわたしじゃ、楽しくもなんともないだろうよ。なにせこっちは軽快な走りとは程遠いんだから」

後悔が波のように襲ってきた。「あのね、お祖父ちゃん、先日のことだけど——」

「もう終わったことだ」

「わたし、無神経だったわ」

「おまえさんはルースが恋しいんだろうよ」

「わたし、言いすぎたわ」

「言いすぎるのは気にかけている証拠だよ」

「ルイーズのことは好きよ、親切そうだし」

「彼女はわたしの大事な友達だ。わたしには友達が必要なんだよ。なにもおまえのお祖母《ばあ》ちゃんの代わりを見つけたいわけじゃない。ところで、ローズの妹の孫娘とかいう人に会ってきたんだろ？　どうだった？」

「袋小路ってところかな」

「赤ん坊は乳母の子じゃなかったのか？」

「どうやら違うみたい」セイディはマーゴット・シンクレアと交わした話をひととおり報告し、自説がくつがえされてがっかりしたことを伝え、アンソニー・エダヴェインがシェルショックを患っていたという思いがけない新事実で話を締めくくった。「彼がこれに該当するのかどうか、まだ何とも言えないけど、いま読み進めている資料からすると、すさまじい戦場を生き抜いた人がその後の人生でこれと無縁でいたとは考えにくいのよね」そんなふうに話しながら窓辺に寄って下を覗くと、通りでひとりの女性がバギーに乗るのをいやがる子供を叱りつけていた。「お祖父ちゃん、うちの身内で第一次世界大戦に行った人っている？」

「わたしの母親の従兄がソンムで戦っているが、北部に住んでいたから一度も会ったことがないんだ。それと大好きだった叔父さんが第二次大戦で戦っている」

「戻ってきたとき、人が変わっていたということはなかった？」

「戻ってこなかったんだ、フランスで戦死したからね。あれは辛かったな。母さんはずっと立ち直れなかったよ。隣に住んでいたロジャーズさんも第一次大戦の経験者だったが、戻ってきたときは、それはひどいありさまだった」

「どんなふうに？」

「向こうでは、爆撃のあと十八時間も地中に閉じこめられていたって話だ。十八時間もだぞ！考えられるかい？　彼がいたのは中間地帯《ノーマンズ・ランド》のど真ん中だったから、攻撃が続くあいだは誰も彼を助けに行けなかった。どうにか穴から引きずり出したときは、ショックのせいで体がこちこちに固まっていたそうだ。そのまま本国に送り返され、カントリーハウスを改装した軍病院のひとつで治療を受けたんだが、結局元どおりにはならなかったと、うちの父さんと母さんが話していたよ」

「どんな状態だったの？」

「顔には恐怖の表情が貼りついたままさ。それと、しょっちゅう夢にうなされ、そうなると息ができなくなって、喘《あえ》いでいるうちに目が覚めるんだとか。夜中に隣家から壁越しに聞こえるすさまじい呻き声で、うちの家族が跳び起きるなんてこともよくあった。なんとも気の毒な人だったね。近所の子供たちからはおっかながられるし。彼の家のドアを叩いたらぱっと逃げて身を隠す、なんていう肝試《きもだめ》しの標的にもされていた」

「お祖父ちゃんはそんなことしなかったわよね」

「するもんか。なにしろうちの母親ときたら、そういう残酷なことをうちの子もやりかねないと思っただけで尻をぶっ叩くような人だったからね。それに、母さんはロジャーズさんと懇意にしていたからな。よく面倒を見ていたよ。毎晩食事を余分にこしらえては届けてやり、洗濯を引き受け、部屋も不潔にならないようにしてやっていた。母さんはそういう人だった。根がとことん善良なんだね、恵まれない人を助けることに無上の喜びを感じていた」

「わたしも会ってみたかったな」

「会わせたかったよ」

「話を聞いていると、まるでルースのことみたいね」セイディは、行き場のないこの自分をルースが進んで引き取ってくれたことを、いまも忘れていなかった。

「おまえさんにそう言われると妙な気分だよ。母さんが死んだあと、わたしら夫婦が店を継いだわけだが、ルースはロジャーズさんの世話も引き継いだんだ。あの人が困っているのを見捨てておけるもんですか、ってね」

「お祖母ちゃんの声が聞こえるようだわ」

バーティはあははと笑い、それから溜息をもらした。セイディには予想がついた。電話を切ったらその足で屋根裏に上がり、ルースにまつわるちょっとした品々を箱から掘り出すのだろう。だが、バーティはルースの話をそれ以上続けることはなく、より現実的な話題に切り替えた。「晩飯は大丈夫なのか？」

セイディの胸に熱いものがこみ上げた。これが愛というものか？　ちゃんと食事をとっているかどうかを気にかけてくれる人が身近にいる。セイディは冷蔵庫を開け、鼻をくしゃっとさせた。「ご心配は無用よ」そう言って冷蔵庫をばたんと閉める。「これから友達と外食なの」

*

火曜の夜の《狐と猟犬亭》は大盛況だった。真向かいがバックパッカー御用達《ごようたし》の簡易宿泊所《ホステル》だし、開店から四時間もハッピーアワーが設けられているというのも人気の少なからぬ要因だろう。パブならロンドン警視庁本部のそばにいくらもあるが、そっちは警察関係者ばかりだし、職場でさんざん見飽きた連中から離れて息抜きするには、多少歩くくらいのことには目をつぶる、そうドナルドは言っていた。そんな彼の持論を長年鵜呑《うの》みにしてきたセイディだったが、この店につき合わされるのはいつもセイディだったし、話は決まって仕事のことばかり、それもたいてい彼のほうから水を向けてくるということに、最近ようやく気がついた。《狐と猟犬亭》のビールはテムズ河の北側では最安値、要するに、ドナルドはしみったれなのである。愛すべきしみったれ。だが、しみったれには違いない。火曜日は四人の娘たちが彼の家に集まり、一緒に夕食を囲む日でもあった。家のドアをくぐった途端に頭痛に見舞われたくなかったら、この店で可能な限りでき上がっておく必要があるのだと、そんなことを以前聞かされたことがあった。「ああだこうだかしましいったらありゃしない。そのうち口論がおっぱじまるわ、主張はころころ変わるわで、何が何だかさっぱりわからんよ。まったく女ってやつは！」そう言ってかぶりをしきりに振っていた。「不可解な生き物としか思えんね」

つまりドナルドは〝習慣の奴隷〟である。セイディはお腹をぐうぐういわせて《狐と猟犬亭》に向かいながら、きっと彼は「カエルの嫁取り」の額絵が上部にかかるいつものベンチにすわっているはずと踏んでいた。果たせるかな、店に着くと、目指すベンチの上にはそれとわかる紫の煙がたなびいていた。セイディは買い求めたパイントグラスのビールをふたつ、こぼさないよう高く掲げて店内を突っ切り、彼の向かいのベンチにすべりこもうとした。ところが席はすでに埋まっていた。ハリー・サリバンが奥の壁にもたれ、いましがたドナルドが言った何かに笑い転げていたのだ。セイディはビールをふたつテーブルに置いて言った。「ごめん、ハリー。あなたも来てたんだ」

ドナルドは異様なものや醜悪なものをさんざん見てきた古参刑事、驚きの表情を浮かべる能力はとうの昔に失くしている。せいぜいが眉を上げる程度の反応だ。「ああ、スパロウか」ちょっとうなずいてそう口にする様子は、セイディを二週間も荒野に追いやった張本人とはとても思えなかった。

「お久しぶり」

「休暇中だとばかり思っていましたよ、スパロウさん」ハリーが陽気に言った。「お天道様と波にもう飽きちゃったのかな?」

「まあそんなところよ、ハリー」セイディがドナルドに微笑んで見せると、ドナルドはグラスに残るビールを飲み干し、口ひげを手の甲でぬぐうと、空になったグラスをテーブルの端に押しやった。

「たしかコーンウォールでしたよね?」ハリーが続けた。「以前トゥルーロに伯母さんが住んでいましてね、毎年夏になるとぼくと兄貴と姉貴は――」

「もう一杯どうかね、サリバン君?」ドナルドが言った。

この若い刑事は、セイディが運んできてまだ口をつけていないビールに目をやり、それならもうここに、と言いかけて、すぐさま口を閉じた。署内一の勘のよさとまではいかないまでも、とりあえず察しはついたらしい。自分の空《から》のグラスをカウンターのほうへさっとかざしてからこう言った。「ちょっとあっちで、一杯やってきます」

「結構」ドナルドが満足げに言う。

セイディは体を引いてハリーを通すと、ハリーのいた席にすわった。席は生温かく、おまえの席はもうないと言われているようでむかっとした。「あれからハリーと組んでいるの?」

「まあね」

「何か面白いヤマでもあった?」

「不法侵入、目新しくもない」

セイディは詳しく知りたくてうずうずしたが、無理強いするほど愚かではない。そこでメニューを取り上げ、目を通した。「お腹がぺこぺこなの。食べてもいいかな?」

「いいとも」

昨今流行《はや》りの高級グルメなどは《狐と猟犬亭》のあずかり知らぬこと。メニューは基本の四品があるだけで、どれにもフライドポテトがついてくる。一九六四年から続く伝統だ。変化を頑として受けつけない経営方針がよほどの誇りと見え、その旨をメニューのいちばん上にでかでかと掲げている。言うまでもなく、ドナルドはこれを全面的に支持していた。「何がタパスだ」その手の話題になるといつも決まってドナルドはぼやいた。「昔風のパイのどこが悪い?庶民はいつからそんな洒落者になったんだ?」

やって来たウェイトレスに、セイディはフィッシュ&チップスを注文した。「あなたも何かどう?」

ドナルドは首を横に振った。「ファミリー・ディナーが控えているんでね」と、どんよりと言う。

ウェイトレスが立ち去ると、セイディはビールに口をつけた。「みなさん、お元気?」

「ああ、すこぶる元気だ」

「で、仕事は相変わらず忙しいの?」

「すこぶる忙しい。いいか、スパロウ――」

「わたしも忙しくしているの、ある未解決事件に遭遇しちゃって」言ってすぐに後悔した。エダヴェイン事件のことを話すつもりはさらさらなかった。七十年も前にいなくなった子供の行方を追って、古い図面や捜査ファイルを探し出し、関係者の子孫を訪ね歩いている――これのどこが静養目的の休暇か。だが、自分のいるべき場所にハリーがすわっているのを目にしたら、居ても立ってもいられなくなった。なんたるドジ！

だが、いまさら撤回もできなかった。失言をごまかすべく別の話題はないかと頭を回転させたわけだが、時すでに遅し。ウサギの気配を嗅ぎつけたシェパードよろしく、ドナルドの耳はぴんと立っていた。「未解決事件？　誰に頼まれた？」

「やだ、そんな大げさなことじゃないのよ。コーンウォールの元警官が、相談に乗ってくれる人を探していたものだから」セイディはビールをあおって時間を稼ぎ、話をでっち上げた。「祖父の友人だから、どうにも断われなくて」ドナルドがそこに至るまでの経緯をこれ以上つっこんで訊いてこないうちに、セイディはエダヴェイン事件のあらましを語っていた。強迫観念に取り憑かれていると思われるよりは、心穏やかに人助けをしていると思わせるほうがずっといい。ドナルドはじっと耳を傾け、ときおりうなずきながらテーブルに散らばる煙草の灰を払っていた。

「あくまでも勘だけど、このシェルショックというのが重要な鍵を握っているんじゃないかと思うの」セイディがそう言うのと同時に、ウェイトレスが揚げすぎて焦げたフライドフィッシュの皿を目の前に置いた。

「またしてもお得意の勘かね？」

セイディは己の迂闊《うかつ》を呪いつつ、ドナルドの皮肉を受け流した。「それについて何か知っている？」

「心的外傷後ストレス障害のことか？　多少はね」

それでセイディは、ドナルドの甥《おい》が湾岸戦争に従軍していたことを思い出した。目の前にいる相手は饒舌《じょうぜつ》とは言いがたく、奥歯にものが挟まったような語り方ではあったが、甥のジェレミーがどう控えめに見ても〝よい戦争〟を体験したわけでないことを知るには十分だった。

「あれにはまいったよ。ひと山越えたと思ったら、またぶり返してね。ひどい鬱状態さ」甥の苦しみを表わす言葉が見つからないとでもいうように、彼はしきりにかぶりを振った。「ドジな兵隊がへまして落ちこむというのとはまるで別物だよ。追い詰められ、自暴自棄になり、そりゃあひどいもんさ」

「不安症とか？」

「それもある。動悸が激しくなり、恐怖に駆られ、生々しい悪夢に苛まれる」

「衝動的に暴力をふるったりもするの？」

「そういうこともあるだろうね。甥っ子が父親の猟銃を手にしているところをやつの嫁さんが見つけてね。やつの弟の部屋のドアに銃口を向けていたんだそうだ。そこに敵の戦闘員どもがひそんでいると思ったんだな。幻覚ってやつだ」

「ああ、お気の毒だわ」

ドナルドの唇が引き結ばれた。それから短くうなずく。「あんまりだよな。優しい子だったんだ、実に気だてがよくってね。兄貴の子だからそう言うわけじゃない。うちの娘たちがジェレミーと一緒だと聞くだけで安心したものさ」ドナルドは腹立ちまぎれにテーブルの上の煙草の灰をなぎ払った。「ああいうことを若者たちがする羽目になろうとはな。目にしたことを忘れるなんてできっこない。そんな目に遭わされたあとに、どうやって普通の暮らしに戻れるというんだ？　さんざん人殺しをやらせておいて、さあ普通の人間に戻りましょう、なんて虫が良すぎるだろうが」

「返す言葉もないわ」セイディはかぶりを振った。

ドナルドがグラスを持ち上げ、一気に喉に流しこむ。グラスが空になると、剛毛の口ひげについた泡を手の甲でぬぐう。目が真っ赤だった。

「ドン――」

「何しに来た、スパロウ？」

「電話を入れたでしょ、伝言も残したわ。聞いてないの？」

「冗談も休み休みにしてほしいね。今日は十三日の金曜日かよ」

「冗談なんかじゃないわ。もう仕事に戻っても大丈夫。わたしを信じて――」

「もう手遅れなんだよ、スパロウ」彼の声が一段低くなり、吐き捨てるようにつぶやいた。それから体を前に乗り出して首だけひねると、カウンターにもたれてブロンドのバックパッカー相手に談笑するハリーをうかがった。「アシュフォードがベイリー事件のリークの件で調査に乗り出した。パー＝ウィルソンが知らせてくれたよ、やつは署内一の早耳だからな。上から圧力がかかったのさ、見せしめがほしいんだろう、組織によくある駆け引きだ。まあそんなところだ」

「くそったれ」

「だよな」

ふたりは一瞬黙りこみ、それぞれ事の重大さに思いを馳せた。ドンがテーブルに置かれた自分のグラスを前後に動かす。「まいったよ、スパロウ。知ってのとおり、おまえさんのことは大事に思っているが、こっちは年末には引退だし、ごたごたは避けたいんでね」

セイディはうなずきながらも、新たな現実に押しつぶされそうだった。

「いまできる最善のことは、このままコーンウォールに引き揚げることだな。万が一、真相が明るみに出ちまったとしても――おれがチクることは絶対ないが――おまえさんは、あのころは精神的に追い詰められていたと主張することもできるだろうし、あれは自分が間違っていた、出すぎた真似をしたと素直に認めればいい」

セイディは額をしきりにこすった。落胆の苦さが口に広がり、店内が突如、前より騒がしく感じられた。

「わかったな、スパロウ?」

しぶしぶうなずく。

「いい子だ。おまえさんは今夜ここには来なかった、ずっとコーンウォールで休養していた、ってことにしておくよ」

「ハリーはどうなの？」

「あいつは心配ない。ああやってブロンド娘にジョークを飛ばして笑い転げているんだ、おまえさんの名前すら憶えちゃいないよ」

「ああ、恩に着るわ」

「たいしたことじゃない」

「ほんとよ、ありがとう」

「だったらとっとと帰れ」

セイディはバッグを手に取った。

「ところでスパロウ？」

セイディは彼に向きなおった。

「その未解決事件とやらに関わることになった経緯を聞かせてくれないか？」

22 （ロンドン　二〇〇三年）

自宅にたどり着くころには雨は本降りになり、斜めに降りそそぐ銀の細い矢が街灯の明かりに浮かび上がっていた。路肩に水がたまり、車が走り抜けるたびに水しぶきが飛んできた。家までひとっ走りしたら気分も晴れるかと思ったのだが、《狐と猟犬亭》を出たときとさして変わらず、気分は晴れるどころかかえってずぶ濡れになっていた。少なくともこれ以上ひどいことにはならないはず、こういうときは熱いシャワーを浴びるに限ると自分に言い聞かせた。やがて自宅フラットの建物が見えてきた。すると玄関前の日よけの下の暗がりに人がたたずんでいるのが目に留まった。雨のなかを散歩しようなどという酔狂な者はまずいないだろうし、その人物は明らかに人待ち顔だった。背中を丸めて腕を組み、ここからは男か女か判然としないが、とにかく壁に張りついて身構えている。セイディは小走りから歩きに変えると、上方に目を向けた。どの部屋も明かりがついていた。窓が暗いのはセイディの部屋だけ――ということはおそらく、暗がりにたたずむ人物が待っているのはこの自分だろう。覚悟の溜息をひとつつくとバッグを漁り、先端のとがった鍵を指のあいだに挟みこんだ。前に一度、相手にすきを見せて痛い目に遭っている――あれは麻薬売買に手を染めていたふてくされた男だった――ああいうドジは一度でいい。

落ち着け、歩調をくずさず歩きつづけろと自分に言い聞かせるも、アドレナリンが皮膚の下を駆け抜けた。自分が起訴に持ちこんだ過去の事件を反芻し、顔見知りの不審人物の顔を脳裡に呼び出し、そのなかに今夜を仕返しの絶好のチャンスと考えそうな人物がいないか頭をめまぐるしく回転させた。道端に駐車された車列にさりげなく目を走らせ、もしやそのどれかに共犯者が乗っているのではと疑心に駆られたところで、携帯電話が室内で充電中だったことを思い出す。万事休す。

相手との距離が縮まるにつれて、それまで本能が引き起こしていた恐怖心を、苛立ちが打ち負かした。他人のしかけるゲームにつき合う気分ではなかった。すでに散々な夜を過ごしたあとだったからなおさらだった。歯を食いしばり、謎の人物の機先を制す。「わたしに何か用?」

相手がさっと振り向いた。「もうここにいないのかと思ったわ」

女の声だった。街灯の明かりがその顔をオレンジ色に照らし出した。年齢も年季もドナルドほど積んでいないため、驚愕がそっくり声に表われる。「そう、逃げ出したの」セイディは口ごもった。「でも戻ってきたわ。今日」

ナンシー・ベイリーは薄い笑みを浮かべた。「だったらグッドタイミングってわけね? お邪魔してもかまわない?」

セイディはひるんだ。いや、それは困る。上層部の内部調査をどうにかかわそうとしているいま、マギー・ベイリーの母親を自宅にあげるなどもってのほかだった。ベイリー事件にまだ引きずられていることが知れたら、ただではすまないだろう。

「見捨てないって言ってくれましたよね」ナンシーが言った。「何か思いついたら知らせてくれるって」

なんたるドジ。己の馬鹿さ加減を呪うしかなかった。ドナルドとふたりでナンシーを最後に訪ね、捜査打ち切りと捜索終了を伝えたとき、たしかにそう言ってしまったのだ。

「わかってください、ミセス・ベイリー、黙って勝手に休暇旅行に出かけてしまうような人を警察がいちいち探しているわけにはいかないんですよ」そう言ってあの日、捜査打ち切りの報告をしたのはドナルドで、セイディはその横でうなずきを繰り返しただけだった。なのに、下の通りに出たところで手帳を置き忘れてきたことに気づいて慌てて取って返し、再びナンシーの部屋のドアを叩いたのである。なんたる間抜け。

セイディは自分に腹が立ったが、こうなった以上、ほかにどうできるというのか？「どうぞはいって」セイディは正面玄関のドアを開け、マギーの母親を建物に招じ入れた。肩越しにさっと振り返る。アシュフォードに命じられた監視役の誰かがすぐそこでメモを取っているのではと疑心に駆られていた。

部屋ではテレビがぼそぼそと声を発したままだったし、枯れた鉢植えも相変わらず枯れたままだった。照明は——不気味と見るかロマンチックと見るか——そこは受け止め手次第だろう。ソファに散らばるあれこれ——衣類がはみ出したままの旅行鞄《かばん》、帰宅したときに放り投げた封書やダイレクトメール——を急いで掻き集め、コーヒーテーブルの端に積み上げる。「楽にして」セイディは声をかけた。「ちょっと体をふいてくるわね。すぐ戻ります」

寝室にはいると声を殺して悪態をつきながら、濡れたシャツを脱ぎ捨て、引き出しを引っかきまわして洗いたてのものを探す。くそ、くそ、くそ。髪をタオルで拭き、顔をぬぐい、深々と息を吸いこむ。ナンシーを部屋に入れたのはまずかったが、選択の余地はなかった。だが、少なくともこのピンチをチャンスに変えることはできる。今日を限りに関係をきっぱり終わらせればいい。

よしとばかり、大きく息を吐き出して居間に戻った。

ナンシーはソファに腰かけ、色あせたジーンズの太腿のあたりに指を軽く打ちつけながら待っていた。その不安げな様子に、その若さに、セイディは胸が詰まった。まだ四十五歳、灰味がかったブロンドを肩の下まで垂らし、前髪を長めに切りそろえている。

「お茶でいいかな、ナンシー？」

「ええ、お願い」

急いでキッチンを調べると、ティーバッグを切らしていた。「ウィスキーでもいい？」

「そっちのほうがありがたいわ」

セイディは改めてナンシーに好感を持った。前世では親友だったのかもしれないと。こういう感情がことをややこしくしたのである。グラスをふたつ取り出して、ジョニー・ウォーカーと一緒にコーヒーテーブルに運んだ。どうすべきかはわかっていた。〝マギー失踪〟に関する話題は断固拒むこと、ナンシーの娘はちょっと魔が差しただけであって二週間もすればひょっこり帰ってくるかのような態度で接すること、「まだマギーから連絡はない？」くらいの軽いノリでしゃべること。それで行こうと口を開きかけたが、すぐに閉じた。マギーが何らかの事件に巻きこまれたというシナリオの絶対的支持者であるセイディがそんなこと言えば、ナンシーに対するひどい裏切りだ。そこでまずはナンシーにしゃべらせることにした。ふたつのグラスにウィスキーを注ぎ、ひとつを手渡す。

「実はね」ナンシーが口を開いた。「マギーのフラットに越してきた人たちに会ってきたの。いい娘たちのフラットだったのに――貸し主の男ときたら、知らぬ間にあの部屋を売り飛ばしていたの。マギーなどはじめからいなかったみたいに」

「新しい所有者に会いに行ったんですか？」

「あそこであったことを知っているのかどうか、確かめておきたかったから。万が一、ということもあるし」

ナンシーはそれ以上言わなかったが、聞くまでもなかった。彼女の言わんとするところはわかっていた。万が一、マギーが戻ってくることを考慮して、というわけだ。話の流れは容易に察しがついた。セイディの知る限り、たいていの人は何らかの事件のあった部屋を買って住もうとは思わぬものだが、育児放棄は殺人よりはまだましだ。「それで？」セイディはうながした。「どうでした？」

「いい人たちだったわ。若いカップル、新婚さん——新居ってわけね。まだ荷ほどきの最中だったけれど、お茶でもどうかって勧めてくれて」

「誘いを受けたんですか？」

「当然じゃありませんか」

ナンシーには当然のことなのだ。マギーの無実を信じて疑わないナンシーだから、自分の主張が正しいことを、つまり自分の娘は我が子を捨てたりしていないことを、証明するためなら何だってやるだろう。

「もう一度、部屋を見ておきたかったの。娘は、わたしのマギーはもういないけどね。同じ部屋なのに、あの子の持ち物がないとまるで別物のようだった」マギーの家財はすべて箱詰めされ、ナンシーの自宅の、孫娘ケイトリンのために空けてある予備室に積み上げられていることはセイディも知っていた。いまにも泣きだしそうなナンシーに、かける言葉が見つからなかった。コーヒーテーブルの上にせめてティッシュでもあればいいのだが、それすら切らしていた。

「そんなことしても何の意味もないことはわかっているの」ナンシーが続けた。「馬鹿げた振舞いよね。ご夫妻は親切だったし、娘のことをあれこれ尋ねてくれたけど、顔を見れば、わたしを憐れんでいるのが、頭のイカレた女だと思っているのがわかったわ。クレージーで気の毒なおばさんだって。馬鹿なことをしたもんよね」

たしかに馬鹿な振舞いだ。さほど寛容でないカップルなら警察に通報しただろうし、ナンシーはいやがらせ行為あるいは住居不法侵入の罪で捕まっていてもおかしくない。だが、そうしたくなるナンシーの気持ちもわかるのだ。ここでセイディは〈ローアンネス〉のことを思った。エリナセオがいなくなって七十年も経つのに家具はそのままだし、クライヴの話によれば、エリナ・エダヴェインは息子を最後に見たあの場所にただ身を置くだけのために毎年やって来たという。・ナンシーには姿を消した娘を偲《しの》ぶ贅沢な祭壇こそないものの（彼女にあるのは、段ボールの山と安手《やすで》の家具がおさまる予備室のみ）、やっていることは同じだった。

「ケイトリンは元気ですか？」話題を変えるつもりでセイディは尋ねた。

その問いかけにナンシーが微笑んだ。「元気にしているわ。母親が恋しいだろうに、けなげに振る舞っているわ。ただ、なかなか思うように会えなくて」

「それは辛いですね」セイディも辛かった。ナンシーのフラットではじめて事情聴取をしたとき、幼い孫娘の写真が何枚も額に入れて飾ってあるのを見て、唖然とした。テレビの上にも壁面にも本棚にも、ほかの写真に混じって飾られていた。マギーが突如行方をくらます以前は、多くの時間をケイトリンと一緒に過ごしていたのだろう。マギーが仕事に出ているときはたいてい、ナンシーがケイトリンの面倒を見ていたのだ。

「ふたりいっぺんに失ってしまった気分だわ」ナンシーはソファの上のクッションの縁をしきりにいじっていた。

「でも実際はそうじゃない。ケイトリンはこれまで以上にあなたが必要になると思いますよ」

「もうわたしの出る幕はないみたい。ケイティの暮らしはすっかり変わってしまったわ。スティーヴの家では立派な子供部屋をあてがわれ、玩具もふんだんに与えられ、新しいベッドにはあの子のいちばん好きな『ドーラの大冒険』の布団《ふとん》まであるんだもの」

「そうでした、あれが大のお気に入りでしたね」セイディは、廊下にたたずむ少女が着ていたドーラ柄のピンクのネグリジェを思い出していた。その記憶が胸に鋭く突き刺さった。ケイトリンの母親であるマギーがさっさと切り捨てられてしまったことにナンシーはひどく傷ついている、それがセイディにも見て取れた。

「まだ子供ですものね。子供はみんな玩具やテレビのキャラクターが好きですから。でも、本当に大事なものは何か、子供だってちゃんとわかっていますよ」

ナンシーは溜息をもらすと前髪を搔き上げた。「あなたはいい人ね、セイディ。わたしったら、なんでここに来ちゃったのかしら。来るべきじゃなかったのよね、あなたが面倒に巻きこまれるだけなのに」

セイディは、あの生真面目な警官はとうに厄介払いされたと告げるのはやめにした。代わりにふたつのグラスに酒を注ぎ足した。

「いまは別の事件を担当なさっているんでしょ？」

「事件に休みはありませんからね」

セイディは話題を変えるためにも、エダヴェイン事件のことを話そうかと考えた。だが、似たような事件――行方不明者が見つからずじまい――の話をしても詮無いことだと思い直した。いずれにせよナンシーは心ここにあらず、まだマギーのことを考えているのだ。「とにかく、どうしてもしっくりこないの」ナンシーはグラスを置くと、左右の指を絡ませた。「さんざん苦労してケイトリンを手に入れたマギーが、置き去りにするなんてどう考えてもおかしいのよ」

「手に入れるとは、やっと授かったという意味ですか？」セイディはすこし驚いた。不妊症の話は初耳だった。

「あら、違うんですよ。マギーとスティーヴは一目惚れというやつでしてね。結婚を早めざるを得なかったと言えば、意味するところはおわかりよね。つまりさっき言ったのは離婚後の、親権争いのこと。自分がまっとうな母親だということを証明するために、それはもう大変な努力をしたんです。味方になってくれる人に証言を頼んだり、社会福祉局がやって来てあれこれ調査されるのにも辛抱強くつき合ったり。若すぎるということもあって裁判官を説得するのは骨が折れたけど、ケイトリンを取られてなるものかと必死だった。あの子はわたしに言ったんです、『ママ、ケイティはわたしの娘、わたしの一部なんだから』ってね」ナンシーは訴えかけるような、しかしどこか誇らしげな表情でセイディを見た。わかってくれた？　そう言いたげだった。「そこまで頑張った人が、ふらりと出ていくわけがないんです」

法廷での争いは何の証明にもならない、そうナンシーに告げる勇気はなかった。両親が親権の奪い合いをしないケースはごくまれだし、双方が意地を張り合うのも、子供をなんとしても引き取りたいからというよりはむしろ、相手を出し抜きたいがためという場合も少なくない。普段は穏やかで理性的な人たちが、家宝のギニー金貨や銀食器セット、大伯母のミルドレッドが描いたビルボとかいう名のテリアの絵などをめぐって家庭裁判所の法廷で激しくやり合う場面を、セイディは何度も目にしていた。

「すんなりとはいきませんでしたよ。向こうはマギーより断然経済力があるし、再婚してもいますからね。子供にはパパとママ、ふた親そろっているほうが望ましいと裁判所が判断するんじゃないかって、マギーは心配してました。でも結局、あの女性判事さんは正当な裁定をしてくださった。マギーがいかにいい母親かをわかってくれたんです。実際、いい母親だったもの。たしかスティーヴはあなたにこう言ったんですよね、マギーが保育園にケイトリンを迎えに行くのを忘れたとか何だとか。でもね、あれは事実を捻《ね》じ曲げているだけ。勤めはじめたばかりだったからちょっと遅れただけで、マギーもこれではまずいと気づいて、すぐにわたしに応援を求めてきた。あの子はあっぱれな母親ですよ。以前、ケイトリンが二歳になったら海辺に連れていってやりたいとマギーが言うので、わたしたちは誕生日に行く計画を立てていたんです。

絶対に行こうねと何週間も前から楽しみにしていたのに、出発前日にマギーがしょんぼりと訪ねてきましてね。ケイティがひどい熱を出してぐったりしていると言って残念がっていた。それでどうしたと思います？　あの子はなんと海のほうをケイティのところに運んできましたよ。職場の倉庫から廃棄処分が決まった文房具を掻き集め、徹夜でセロファンと板紙で波や魚やカモメをこしらえ、ケイティが拾い集めて遊べるようにと貝殻まで作ってやったんです。〈パンチ&ジュディ〉の人形劇だって上演したんですよ、ケイティひとりに見せるだけのために」

　思い出に浸るナンシーの青い瞳がかすかにきらめいた。それに応えるセイディの笑みには憐《れん》憫《びん》が入り混じった。ナンシーがなぜ今夜訪ねてきたのかがわかり、切なくなった。この事件の捜査に進展はひとつもない。彼女はただマギーのことを話したいだけ、しかも心を許して話せる相手に彼女が選んだのは友人でも身内でもなく、セイディだった。捜査を進めるうちに関係者家族が担当刑事に異様なまでの連帯感を抱くようになるのはそう珍しいことではない。まさかの事件に遭遇した衝撃とトラウマによって人生をひっくり返された人が、事件の解明と安心感を与えてくれそうな人、事態の収拾に全力を尽くしてくれそうな人にすがりたくなる気持ちはわからなくもなかった。

　だが、すでにマギー探しの担当をはずされたセイディにはどうすることもできなかった。ナンシー・ベイリーのためであれ、自分自身のためであれ、それは叶わぬことだった。セイディはオーヴンの上のデジタル時計にちらりと目をやった。その途端、猛烈な疲労感に襲われた。今日はいろいろなことがありすぎた長い一日だったから、コーンウォールで朝を迎えたということが、はるか遠い昔に他人の身に起きたことのように感じられた。ナンシーを気の毒には思うものの、ふたりがいまやっていることは双方にとって実りのない繰り言でしかない。セイディは空になったふたつのグラスをウィスキーボトルの横に引き寄せた。「ねえナンシー、悪いけど、わたし、すごく疲れているの」

相手は即座にうなずいた。「そうよね、ごめんなさい——ただ、ちょっと行き詰まっていたものだから」

「お察しするわ」

「それと、今夜うかがったのには理由《わけ》があるの」ナンシーはポケットから何やら取り出した。革表紙の小型手帳だった。「マギーの持ち物を改めて調べてみたの、何か手掛かりが見つかるんじゃないかと思って。実はこれに、MTとかいう人と食事をする約束になっていたことが出てくるの。とうに気づいてはいたけれど、誰のことかわからなくて。でもやっと思い出したの、この人は職場の同僚よ」そう言って深爪の指でイニシャルを示した。

「このMTという人が事件に関係があるとお思いなんですか？　マギーの失踪に何か関わりがあると？」

はっしと見つめてくるナンシーのまなざしは分別を失っているように見えた。「ちょっと、しっかりしてくださいよ！　この男は、マギーが自分の意志で出ていったのではない証拠じゃないですか。マギーが男と出かけるなんて、スティーヴと別れてからは一度だってないんだから。男を次から次へと家に連れてきてケイティを混乱させるのはよくないと、あの子は思ってましたからね。でも、この男は違ったの、このMTだけは。彼のことはマギーから聞かされているんです、何度もね。『ママ、彼はとてもハンサムで優しくて楽しい人なの』って。この人は運命の人かもしれないと、きっとそう思ったんだわ」

「ナンシー――」

「これだけ言ってもまだわからないの？　万事いい方向に進んでいたのに、どうして出ていったりするんですか？」

セイディにはいくらでもその理由を思いつけたが、この場合、理由はさして重要ではなかった。ドナルドがいつも言っているように、動機にばかり気をとられていると大事なものを見落とすことになる。人は動機をすんなり説明できないと、目の前にある事実を見ようとしなくなるのだと。重視すべきはマギーがいなくなったという事実だ。それについては動かしがたい物証があった。「書き置きがあったでしょ、ナンシー」

「書き置きなんて」ナンシーは焦《じ》れたように手を振りたてた。「あれをわたしがどう思っているか、知っているくせに」

たしかに知っていた。あんなものは何の証拠にもならないとナンシーは思っていた。あれは偽物だと言って聞かなかった。だが、何度そう繰り返されても、再三行なわれた筆跡鑑定は、かなりの高確率でマギーが書いたものと結論づけていた。

「絶対に変よ」ナンシーはなおも言いつのった。「あの子のことを知っていたら、あなただってきっと変だと思うはずだわ」

たしかにマギーと面識はないが、知っていることはいくらもあった。書き置きが残されていたことも知っているし、フラットでケイトリンがお腹をすかせて怯えていたのをこの目で見てもいるし、その少女もいまは幸せかつ安全に暮らしていることも知っている。ソファの隅にすわるナンシーの顔は、マギーの身に起こったかもしれない状況をあれこれ際限なくこねくりまわしてきたせいで、すっかりやつれていた。人間の脳というのは、納得のいく答を見つけ出そうとしはじめると、無限の創造力を発揮するらしい。

セイディの思考は、同じように我が子を失ったエリナ・エダヴェインに再び向かった。クライヴの残した聴取メモには、息子のいそうな場所をエリナが口にしたという記録はなかった。それどころか、彼女は逸る心をぐっとこらえて捜索をすべて警察に任せていたようだし、彼女の夫も、ともすれば外に飛び出し捜索に加わろうとするエリナを引き止めてもいる。また、発見者への報奨金は出さなかったものの、のちに警察の尽力に対して多額の寄付をしていた。

そのときふと、そうした振舞いが逆に不自然に思えてきた。警察は間違っている、なんとしても自分の手で新たな手掛かりを見つけたいというナンシー・ベイリーの執念とは、まるで違うのだ。うがった見方をするなら、エリナ・エダヴェインの受け身の姿勢は、子供の居場所を知っているからこそのものだと言えないだろうか。クライヴはそうは考えていなかった。彼女はすさまじい意志の力で身を律していたのであり、それが崩れたのは友人ルウェリンの自殺という悲劇に追い討ちをかけられたせいだと信じているようだった。

だが一介の捜査員に、それもまだ駆け出しの若い刑事に、被害者家族の心情をどこまで理解できていたのか疑問は残る。セイディは身じろぎもせず、突如活発に動きだした頭でさまざまな可能性を模索しはじめた。警察への寄付は、裏を返せば、すでに不毛に終わるとわかった上で時間と労力を使わせてしまったことへの謝罪の気持ちからだったのではないのか？　つまり、すでに死んでいるのを承知で男児を探させた？　ひょっとすると〈ローアンネス〉のどこかに埋められているのか？　たとえばプライバシーが完全に守れるあの屋敷の森とかに？

「ごめんなさい。疲れていらっしゃるのよね。そろそろ失礼します」

セイディは目をしばたたいた。頭がよそに行っていて、客の存在をすっかり忘れていた。

ナンシーがバッグを肩にかけて立ち上がった。「話を聞いてくださってありがとう」

「ナンシー――」セイディは言葉に詰まった。何が言いたいのか自分でもわからなかった。こんな結果に終わってしまってごめんなさい。がっかりさせてごめんなさい。普段はハグなどしないセイディだが、このときばかりは相手の女性を抱きしめたいという衝動に駆られた。そしてその衝動に従った。

＊

ナンシーが帰ったあと、しばらくソファにすわっていた。疲れているのに、頭が活発に働きはじめていて眠れそうになかった。コーンウォールを離れる前に例の博士論文『虚構への逃避』を返却してしまったことが悔やまれた。あれがあったら格好の誘眠剤になったことだろう。先ほどまで目の前にいた女性の悲しみ、寂しさ、我が娘の出奔に覚えた裏切られた思いが、いまも室内に暗い余韻を漂わせていた。ケイトリンと引き離されて身を切られるような思いでいるナンシーにおおいに同情してはいるものの、幼い少女が愛情深い父親と、自分とは血のつながらない子を育てる覚悟の現在の妻に引き取られたことにほっとしてもいた。世の中には善良な人もいる、バーティとルースのような人たちが。

あの夏、妊娠に気づいたとき、セイディと両親は壮絶な口論を何度も繰りひろげた。「他人様に知られては絶対にまずい」と両親は頑として譲らず、迅速かつ秘密裡に「始末しろ」と言い放った。セイディはうろたえ怯えたが、それでもこれをきっぱりとはねつけた。するとますます収拾がつかなくなり、父親がわめき散らし恫喝《どうかつ》をはじめ、ついには――いまとなってはどちらが最後通牒《つうちょう》を突きつけたのかはっきり憶えていないが――セイディが家を出ることになった。そのとき相談に乗ってくれたのが社会福祉局の人で、お互い冷静になれるまでひとまず身を寄せられる身内か友人はいるかと訊いてきた。そんな人はいないと当初は伝えていた。それでも執拗に問い詰められ、それでようやく子供時代に何度か会ったきりの母方の祖父母を思い出した。ロンドンへのドライヴ旅行、日曜日のバーベキュー・ランチ、塀に囲まれた小さな庭が、脳裡におぼろによみがえった。祖父母と両親のあいだに何らかのいさかいがあり――両親は狭量《きょうりょう》で頑迷な人間のご多分にもれず、しょっちゅう人とぶつかっていた――セイディが四歳のころから絶縁状態にあったのだ。

十何年かぶりでバーティとルースと顔を合わすことになったとき、セイディは不安だった。再会のきっかけとなった事情が事情なだけに恥じてもいたし、腹立たしくもあった。ばつの悪さに店内の壁にもたれたままふてくされた態度を取りつづけ、ガーディナー夫妻と親しげに言葉を交わす祖父母をまともに見られなかった。ルースがおしゃべりするその横には、聡明そうな額に皺《しわ》を刻みつけたバーティが静かにたたずんでいた。その間セイディがひたすら見つめていたのは自分の靴と手指の爪、それとレジ横にある額入りの絵ハガキだけ――セイディの小世界を見守ることになった善良なふたりの大人ではなかった。

その場に突っ立ったまま、その絵ハガキを、どこかの庭の入口を写したセピア色の写真を見つめていると、はじめてお腹の赤ん坊が蹴ってきた。お腹に隠れている小さな命とわたしは、なんだかものすごい秘密を分かち合っている気分です。エリナがアイビーの蔓《つる》で縁取られたあの便箋にしたためていたその言葉は、まさにあの日、セイディが感じた気持ちそのものだった。自分たちはこれからふたりだけで世間に立ち向かうのだと。あの瞬間、そんな思いがささやきとなって聞こえてきた。ひょっとしたらこの子を自分の手で育てられるのではないか、ふたりが一致団結すれば万事うまくいくのではないかと。現実はそう甘くなかった。なんといってもまだ十六歳、収入もなければ未来は不透明、子育ての知識もない――母親自体がほんの子供――なのに思いばかりが強すぎて、しばらくは冷静に考えることができなかった。ホルモンのせいね、と看護師には言われた。

セイディは溜息をひとつもらし、テーブルの隅に置かれた郵便物の山を手に取ると、ひとつひとつに目を通しながら請求書とダイレクトメールを選り分けていった。作業も終わりかけたそのとき、そのどちらにも属さない封筒が現われた。手書きの宛名、誰の筆跡かはすぐにわかった。先週差し戻したあの手紙だ。郵便局の手違いで差出人に戻されず、またこっちに届いてしまったらしい。だがそう思ったのも一瞬のこと、これはまったくの別物、シャーロット・サザランドが新たに送りつけてきたものだった。

気つけの一杯を喉に流しこむ。

封を開けたくないと思うその一方で、何が書かれているのか知りたくてうずうずしている自分もいた。

好奇心が勝ちをおさめた。いつものことである。

中身は前回とほぼ同じ、きちんとした折り目正しい言葉づかいで自己紹介から始まり、学校の成績や趣味のこと、好きなこと嫌いなことなどが綴られていたが、最後のほうにさしかかると筆跡が乱れ、文章もぎくしゃくしだした。とりわけ最後の数行は脈絡を欠いていた。お願いです、返事をください――何かしてほしいわけじゃない、わたしが何者なのかを知りたいだけ。自分がわからない、鏡を覗いても自分が誰だかわからない。お願いわかって。

手紙がいきなり燃えだしでもしたかのように、便箋をぱっと放り出した。一語一語が真に迫って鳴り響いた。それは十五年前の自分自身の思いと重なった。もはや自分が自分だとわからなくなる感覚がもたらす心の痛みはいまも生々しく思い出せた。パーティとルースの家の鏡を覗いたときのことも忘れていなかった。以前はぺちゃんこだったお腹がふくれていき、そこに別の命が息づいているということの衝撃も憶えている。いや、それ以上にショックだったのは、出産の痕跡が皮膚に刻みつけられたことだった。元の自分に戻れるとばかり思っていたのに、気づいたときにはすでに手遅れ、もはや不可能だった。

生まれてきた子に名前をつけないようにと病院側から注意を受けていた。そのほうがのちのち面倒がないということなのだろう、誰もが穏便にことを進めようと心を砕いていた。修羅場《しゅらば》を望む人などいないのだ。どんなに用心していてもそういうことは決まって起きる、避けようのないことだと看護師が教えてくれた。看護師は理性的に淡々と、さらに続けた。どれほどきちんとしたシステムが確立していようと、そういうことは常に起こるのよと。黒髪のイタリア系らしき娘が泣きわめく声が、いまもときどきセイディの脳裡によみがえることがあった。**わたしの赤ちゃんはどこ、赤ちゃんを返して**。白く塗られた廊下を、ガウンの前をはだけ、目を血走らせて駆けていく姿が。

セイディはわめかなかった。口を開きさえしなかった。すべてが終わり、バーティとルースが迎えに来た日も、セイディは着古した自分の服に着替えると、何事もなかったかのように、すべては蛇行するナイル川のようなひび割れが壁に走る、薄緑色の部屋に置いてきたとでもいうように、そのドアに一瞥をくれただけで廊下をぐんぐん進んだ。

職業柄、若い母親と接する機会もあるので知っているのだが、最近のその手の斡旋《あっせん》業者は、子供を産んだ当人も交えて養子縁組先を考えるのだそうだ。出産直後に子供と対面もできれば命名さえ任され、一緒に過ごす時間も与えられるという。場合によっては子供の成長ぶりを報告してもらうことも可能だし、訪ねていくことさえできる。

だが、当時はそういうわけにいかなかった。規則はいまより多く、その内容もかなり違った。

看護師たちが分娩後の処置に忙しく立ち回るなか、セイディは傍らのテーブルに置かれたモニターに腕をつながれたままの状態でベッドに横たわり、妙に熱を帯びた包みを抱いていた。華奢な手足、丸いお腹、ふっくらしたほっぺ、そのどれもがベルベットのような手触りだった。

九十分間。

抱かせてもらえるのはきっかり九十分、そのあとすぐに引き離された。はかなげな小さな手が、体をくるんでいる黄色と白のストライプ柄の毛布をはねのけた。それは一時間半のあいだセイディが撫でたりあやしたりした奇跡のように愛らしい手、まるでこれはわたしのものだと言わんばかりにセイディの指をしっかりつかんで離さなかった手だった。するとふたりのあいだに大きな穴がぽっかりと口を開けたように思え、その刹那、生まれたての娘に伝えたいことが、人生と愛、過去と未来について知っておいてほしいことがセイディの胸にこみ上げてきた。だが、看護師たちには決まった手順があり、セイディが考えるより先に、声をかける間もなく、小さな包みは運び去られてしまった。赤ん坊の泣き声の残響が、いまもときどきセイディの背筋をぞくりとさせた。生まれたばかりのあの愛らしい手の熱を感じてはっと目を覚まし、冷や汗が噴き出すこともあった。こうして居間にいるいまも、寒気《さむけ》に襲われていた、ひどく寒かった。病院の規則を、セイディはひとつだけ破っていた。娘に名前をつけたのだ。

＊

ドナルドとはビール、その後ナンシーとはウィスキーを飲み、あれこれ感傷に浸っているうちに体力は限界に達していた。まだ九時半だったが知らぬ間に眠りこんでいたらしい。はっと気づくと携帯電話が鳴っていた。照明の鈍い光に目をしょぼつかせ、あれをどこに置いたかと記憶をたぐる。

充電器。セイディはよろよろと立ち上がると、頭を振ってしゃっきりさせながら電話に向かった。頭のなかは赤ん坊だらけだった。いなくなった赤ん坊、もらわれていった赤ん坊、見捨てられた赤ん坊。おそらく殺されたであろう赤ん坊。

携帯を手に取ると、不在着信の記録が画面にどっさり現われた。どれも同じ番号、心当たりのない番号だ。「はい?」

「刑事のセイディ・スパロウさんですか?」

「はい、そうですが」

「ピーター・オーベルと申します。作家のA・C・エダヴェインのアシスタントをしている者です」

アリス。セイディの脳内をアドレナリンが駆け巡った。眠気がいっぺんに吹き飛んだ。「はい」

「夜分に申し訳ありません。いささかデリケートな問題なので、留守電にメッセージを残すのは控えたかったものですから」

これはよくある決まり文句。この人物の雇用主にこれ以上うるさくつきまとうなら、法的手段に出るのもやぶさかでないと言いたいのだろう。

「ミズ・エダヴェインの弟セオの失踪事件に関するお手紙は届いております。それで電話をしておくようことづかったわけでして」

「なるほど」

「ついては直接お会いして話をうかがいたいと申しております。今週の金曜日正午。ご都合はいかがでしょうか？」

23（ロンドン　二〇〇三年）

アリスにとって父親の最初の記憶といえば、サーカスに出かけた日のことだ。あれは四歳の誕生日から数週間が過ぎたころのこと、村はずれのだだっ広い草原に魔法の毒キノコめく赤と黄色のテントが突如出現した。「あの人たち、どうしてわたしの誕生日がわかったの？」会場の近くを通りかかったとき、大きく見開いた目を輝かせて母親にそう尋ねたのだった。続く数日のあいだにますます胸は高鳴った。あちこちの壁や店のウィンドウに張り出されたポスターには、道化師やライオンばかりか、アリスお気に入りの空中ブランコ乗りの少女が、きらびやかなブランコに乗って赤いリボンをたなびかせながら宙を舞う姿があった。

待ちに待った日がついにやって来た。赤ん坊のクレメンタインが肺炎を起こしたので母は家に残ることになり、アリスは父に手を引かれて草原へと出発した。父親の歩みに合わせてスキップすると、おろしたてのドレスの裾も気持ちよさそうに弾《はず》んだ。そうしながら父親に何か話しかけなくてはと懸命に考えていた。照れくさかったが、自分が偉くなったような気分だった。いまにして思えばその場にはデボラもいたはずだが、アリスの脳細胞は姉の存在を都合よく記憶から消し去ってしまったらしい。到着すると、おがくずや厩肥《きゅうひ》のにおい、屋外広場で奏でられる音楽や子供たちの甲高い声、馬のいななきなどがどっと襲いかかってきた。大天幕が目の前にそびえ立ち、黒々とした口をぽっかりと開け、とんがり屋根が空に突き出していた。アリスは立ち止まり、テントのてっぺんで風を受けて翻《ひるがえ》るジグザグ型の黄色い旗を、目を皿のようにして見つめた。その上空を、風に乗って舞うムクドリの群れが小さく見えた。「なんとまあでっかいこと」アリスは口を開いた。この言い回しに満足を覚えた。ミセス・スティーヴンソンがキッチンでそう言うのを聞きかじり、いつか使ってやろうと思っていたのだ。

入場口では人々が押し合いへし合いしながら列を作っていた。子供も大人も興奮した様子でわいわい言いながら大天幕の下にはいると、階段状に並ぶベンチシートにそれぞれ腰かけた。人々のざわめきが場内を満たし、誰もがショーの開演をいまかいまかと待ちかまえた。太陽の熱にあぶられたキャンバス地のにおいと期待感が発するにおいが混じり合った。そしてついにドラムロールが鳴り響くと、話し声が静まり、誰もが椅子から身を乗り出した。サーカス団長が胸を突き出して偉そうに歩けば、ライオンたちが咆哮《ほうこう》をとどろかせ、ゾウの一団は踊り子たちを背中に乗せて場内を練り歩いた。ショーのあいだじゅうアリスの目は釘づけだった。ごくまれに、ほんの一瞬、演技から目を離してちらりと横目でうかがうのは隣にいる父親だった。

神妙な面持ちでショーに見入る父の顔に、頰のこけ具合に、ひげをきれいに剃り上げた顎にうっとりと見惚れた。このころもまだアリスにとって、父は目新しい存在だった。完成途上のパズルのピース、戦争で何年ものあいだ存在すら知らずにきた欠けたピースだった。ひげ剃り石鹼の香り、玄関に置かれたものすごく大きなブーツ、心底おかしそうにくっくと笑うさま。

ショーのあと、父にピーナッツを一袋買ってもらい、動物たちの檻《おり》を見て回った。柵のあいだから差し入れた手をひらひら動かしては、ざらつく舌で舐めさせた。それから林檎飴《りんごあめ》を手に、興奮とけだるさの余韻に浸りながら出口に向かった。出口のところに、両脚に木の義足をはめ、顔半分を金属でおおった男がいた。アリスはぎょっとした。この人もひげの生えた女や、悲しげな表情の化粧をしてトップハットをかぶった小人の道化師と同じ見せ物だろうかと考えていると、驚いたことに、父がその男の傍らに膝をつき、そっと声をかけたのだ。かなりの時間が流れ、次第にアリスは飽きてきた。地面を蹴りながら、林檎飴はあらかた食べ終えていた。

崖沿いの道をたどって帰路についた。はるか下では波が砕け、野原にはデイジーが揺れていた。そのとき父が、あの金属マスクを着けていた人はわたしと同じ兵士だったんだよと教えてくれた。みんながみんなわたしのように運よく我が家に、美しい妻と子供たちの待つ家に戻れたわけじゃない。フランスのぬかるみに体の一部を残してきた人たちも大勢いるのだと。「でも父さまは無事だったのね」アリスは悪びれた様子もなく言った。父親が無傷のまま、ハンサムな顔を半分なくさなかったことが誇らしかった。そう言うアリスに父は何か言いかけたようだったが、結局そのまま聞けずに終わった。ちょうど綱渡りの真似ごとをしてごつごつした岩から岩へと飛び移っていたアリスが足を滑らせて転落し、膝をざっくり切ってしまったからだ。だしぬけに襲ってきた痛みは激烈だった。アリスは悔し涙をほとばしらせた。行く手にひょいと現われて、つまずかせた岩が憎らしかった。父は持っていたハンカチで傷口をぬぐうと、痛みが飛んでいくおまじないを優しく口にしてから、アリスをおぶって家まで運んでくれた。

「あなたの父さまは応急処置の心得があるのよ」と母が言った。そう言われたのは、日焼けした顔を輝かせて家に戻り、風呂に入れられ髪を梳《と》いてもらったあと、子供部屋で茹《ゆ》で卵を食べているときだった。「あなたが生まれるよりずっと前、父さまはとびきり優秀な人でないとはいれないイングランドの一流大学に通っていたの。そこで体の悪いところを直す方法を学んだのよ。お医者さんになるためにね」

アリスは眉間《みけん》に皺を寄せ、この新情報にしばし考えこみ、かぶりを振って母親の間違いを指摘した。「父さまはお医者さんなんかじゃないわ。ドクター・ギブソンズとちっとも似ていないもの」（ドクター・ギブソンズの指はひんやりして冷たいし、息がハッカ臭いのだ）。「うちの父さまは魔法使いよ」

エリナは微笑むと、アリスを膝に乗せて抱き寄せ、そっとささやいた。「あなたの父さまがわたしの命を救ってくれたって、前に話したことがあったでしょ？」アリスは身を乗り出し、お気に入りのエピソードのひとつが繰り返されるのを待ち受けた。母の語りは実に生き生きしていて、大気に混じる排気ガスや馬糞のにおいまで漂ってきそうだったし、バスや自動車や路面電車がひしめくメリルボーンの通りが目に見えるようだったし、リプトン紅茶の広告が目前に迫ってきたときに母が抱いた恐怖心までが手に取るように伝わってきて……。
いる。「そろそろですね」彼は言った。

「アリス？」

アリスはまばたきをして我に返った。アシスタントのピーターだった。そばでもじもじして

アリスは腕時計に目を落とした。「そのようね。時間どおりに来る人なんてそうめったにいないけど。例外はあなたとわたしくらいだわ」声に不安が覗かないようにしたつもりだったが、うまく隠し切れていないことはピーターの穏やかな笑みからわかった。

「何かお手伝いすることはありますか？　彼女が来てからのことですが。記録を取るとか、お茶を出すとか」

ただそばにいてくれるだけでいい。そう言いたかった。こっちはふたりで向こうはひとり。そう思えれば心強いもの。「特にないわ」アリスはからりと言った。「でも、十五分経ってまだ刑事さんがいるようなら、お茶を出してもらおうかしら。そのころには相手が時間泥棒かどうかの見極めもついているだろうし。それまでは仕事の続きをしていてちょうだい」

言いつけに従い、ピーターはキッチンに引き揚げた。彼は午前中はそっちでずっと、例の忌《いま》忌《いま》しいウェブサイトに取り組んでいたのだった。彼が部屋から姿を消した途端、またしても執拗な記憶が室内にうごめきだした。アリスは溜息をついた。どこの家庭もさまざまな物語でき上がっているわけだが、どうやらエダヴェイン家の場合、ひとつひとつの物語にまとわせる

衣が、語り手の数だけあるらしい。物語の数の多さも原因のひとつだが、家族の誰もが語り、書きしるし、あれこれ思い巡らすのを好んでいたせいでもあった。〈ローアンネス〉で暮らしたこともその一因だろう。屋敷それ自体が歴史の宝庫だったのだから、自分たちの人生を一連の物語として紡《つむ》ぎたくなるのは自然の成行きだ。だが、なかでもとりわけ重要な一章であるにもかかわらず、決して語られることのなかったものがある。あまりにも深刻で容易ならざる真実を、アリスの両親は生涯にわたって隠し通したのだ。サーカスに行ったあの日、義足と金属マスクをつけた男の人に同情しつつも、父の横をスキップしながら無傷な父を誇らしく思っていたアリスだが、あれはとんだ考え違いだった。父もまたフランスで、傷を負っていたのである。

「戦勝記念日（一九四五年五月八日）の直後に、母さまがこんな話をしてくれたの」先日の火曜日、デボラの家の朝食室でお茶を飲みながら、デボラがそう口にしたのだった。それは彼女の発した不可解な謝罪の言葉がまだ宙を漂っている最中のことだった。「あの日、母さまとわたしは祝賀パーティの準備をしていて、父さまは上で休んでいらしたわ。父さまはもう先が長くなかったし、母さまがふさぎこんでいるように見えたものだから、戦争が終わってよかったわね、若者たちもこれで家に帰って元の暮らしを取り戻せるわねって、わたしは世間話のつもりで話しかけたのだけれど、母さまはうんともすんとも言わないの。踏み台に上って窓辺に国旗を留めつけるばかりで、こっちに背中を向けたままだった。だから聞こえていないんだと思って、もう一度繰り返したら、母さまの肩が小刻みに震えているのに気づいて、それでようやく母さまが泣いているんだとわかったの。父さまのことを聞かされたのはそのときだった。父さまが受けた傷のことをね。第一次大戦のあと、ふたりはずっと苦しみを抱えて生きてきたの」

そのときアリスは長椅子の上でボーンチャイナの薄手のティーカップを手にしたまま、すっかり困惑していた。父がシェルショックに苦しんでいたという事実も驚きだったが、それ以上に、セオのことを話し合うはずの日に、どうしてここでそのことを持ち出すのか、デボラの真意がわからなかった。「父さまが神経症だったなんて、そんな兆候は微塵もなかったじゃないの。ロンドン大空襲《ブリッツ》のときだって、あのふたりはロンドンに留まっていたのよ。当時ふたりには何度も会っていたけれど、父さまが爆音に怯えるところなんて一度も目にしたことがないわ」

「母さまの話では、そういうのとは違ったみたいね。記憶力が以前より低下して、神経ガスを浴びたせいで手の震えが止まらなくなり——外科医になるための研修を続けることができなくなって、父さまはひどく落ちこんでいた。でも真の問題は別のところにあった。戦地で何かがあって、父さまは自分で自分をどうしても許すことができずにいたらしいわ」

「どういうこと？」

「母さまはそれ以上教えてくれなかった。果たして母さまがどこまで知っていたのかもわからない。それに父さまは医者に相談するのを拒んでいたというし。ただ、戦地で何があったにせよ、何を目にしたにせよ、それがその後ずっと悪夢となって父さまにつきまとい、恐怖に取り憑かれたが最後、正気を失ってしまうんだと、母さまは言ってらしたわ」

「信じられない。ちっとも気づかなかった」

「あのふたりは約束を交わしていたのよ。そのことをわたしたち子供にも、ほかの誰にも決して知られないよう用心していたんだと、母さまから聞いたわ。父さまは子供たちに絶対知られないようにしようと心に決めていた。自分が父親としての役目をきちんと果たせないだけでも子供たちに多くの犠牲を強いているのだからと、父さまは言っていらしたそうよ。そう聞かされて、母さまが不憫《ふびん》でならなかったわ。母さまはずっと孤独に耐えてきたんだということがわかったんですもの。わたしはずっと、あの人たちはふたりだけの世界に引きこもって、人を寄せつけたくないんだとばかり思っていたけれど、父さまの病状が母さまをそうさせていたんだと、そのときようやく気づいたの。病人を世話するだけでも大変だったでしょうに、そのことを隠し通すために友人や家族とのつながりも断たねばならなかった、常に周囲と距離を置いていないとならなかった。その間ずっと母さまには心を許せる相手がひとりもいなかった。一九一九年以来、ようやく打ち明けた相手がこのわたしだった。二十五年以上もひとりで抱えこんでいたなんて！」

デボラの家の炉棚にさっと目をやると、そこには両親の結婚写真が額におさまって飾られていた。驚くほど若々しく幸せそうなふたり。エリナとアンソニーの結婚に至るエピソードは、アリスが物心つくころにはすでに、エダヴェイン家の神聖にして侵すことのできない神話と化していた。ふたりがずっと秘密を抱えて暮らしていたと知らされることは、その真価が問われるようなもの、あれは偽りの結婚だったと突如気づかされるようなものだった。それだけでも腹立たしいのに、それ以上に許せないのは、デボラが六十年近く前から知っていながら、アリスはその間ずっと蚊帳《かや》の外に置かれていたということだ。そんな馬鹿なことがあるだろうか。この自分こそが一家の探偵役、誰ひとり知るはずのないことを知っていてしかるべき人間ではないか。アリスは顎をぐいと突き出した。「どうして秘密にするわけ？　父さまは戦争の英雄だったのよ、恥じることでも何でもないわ。わたしたちにだって理解できたはずよ。知っていれば力になれたかもしれないのに」

「たしかにそうね、でも母さまは、父さまが復員してすぐに父さまと約束を交わしていたの。母さまが約束に厳しい人だったのは、あなただって知っているはずよ。何かちょっとした不都合が起こって、それで母さまは、これからは人には絶対気づかれないようにすると、父さまに約束したようね。子供たちを怯えさせてしまうのではと父さまが気を揉まずにすんだのは、母さまがそうなるのを未然に防いでいたからなの。いまにも発作が起きそうなときの兆候を、ふたりは次第にうまく察知できるようになっていたのでしょうね。だからそういうときは母さまが先回りして、父さまの発作がおさまるまでわたしたち子供を遠ざけるようにしていたの」

「約束がどうあれ、わたしたちには知らせるべきだったのよ」

「そこはわたしも変だと思うわ。ただ、最近いろいろなことを思い出すようになってね。なんとなく不安に駆られたことや気になったこと、何気なく目にしたことがそれこそ何百とよみがえってくるうちに、わたしはすでにそれとなく察していたような気がしてきたの。知らされるまでもなく、とっくに気づいていたんじゃないかって」

「要するに、わたしだけがまるで気づいていなかったというわけね、常に備えを怠らないこのわたしだけが」

「あなたがしっかり者なのは百も承知よ。あなたは臨機応変に立ち回れる人だもの。でも、当時はまだ子供だったわけだし」

「年はそんなに違わないのに」

「それが違うのよ。あなたは自分ひとりの世界にこもりっぱなしだったけど、わたしは大人たちを観察しては、ああいう深遠な世界に加わりたくてうずうずしていたんだもの」デボラは笑みを浮かべたが、楽しげではなかった。「わたし、いろいろ見ちゃったのよ、アリス」

「たとえばどんな?」

「父さまと母さまの部屋のそばを通りかかると急にドアが閉まったこととか、興奮して高ぶった声が不意にやんだこととか、それと母さまの顔に浮かんだ表情とかも。森に出かけてしまった父さまの帰りを待っているときの母さまの、不安と愛情が入り混じったような顔といったらなかったわ。父さまが書斎にひとりこもっているときは決して邪魔してはいけませんよって、母さまはくどいほどわたしたちに言っていたし、小包を受け取りに行くのを口実にしょっちゅう町につき合わされたわよね。一度、父さまの部屋にこっそり行ってみたらドアに鍵がかかっていた、なんてこともあったわ」

アリスは馬鹿ばかしいとばかり、手で払いのける仕草をした。「父さまはプライバシーを大事にしていた人よ。わたしだって子供がいたら、ドアに鍵くらいかけるわ」

「鍵は外からかけてあったのよ、アリス。そのことを母さまに問いただすと、といっても何年も経ってシェルショックのことを打ち明けられたときにようやく訊いたわけだけど、あれは父さまのたっての希望だったと聞かされたわ。父さまは発作が起きそうだと気づいたとき、とりわけ激昂に歯止めが利かなくなりそうだと感じたとき、子供たちに危害が及ぶのを避けたかったのね」

「危害！」アリスはまぜかえした。「父さまがわたしたちにそんなことするわけないじゃない」

途方もない暴言であるばかりか、なぜそんなことまで姉が持ち出すのかと困惑した。ここにこうして出向いてきたのは、セオのことを、彼の身に何があったのかを話すのが目的だったはず。父のシェルショックは、どう考えてもベンジャミン・マンローとも、アリス考案の誘拐シナリオとも無関係にしか思えなかった。そこで改めて繰り返した。「父さまがわたしたちを傷つけるなんてあるわけないわ」

「したくてするんじゃない、そうじゃないの」デボラは言った。「それに、父さまの怒りの矛《ほこ》先《さき》は常に父さま自身に向けられていたんだと、母さまはきっぱりおっしゃったわ。ただ、いったんそうなってしまうと、自分で自分を制御できなくなってしまうのだと」

そういうことだったのかと、窓の隙間風に撫でられでもしたかのように、アリスはぞくりとした。これもセオに関係した話だったのだ。「父さまがセオに危害を加えたと思っているの？」

「危害どころじゃないのよ」

アリスは、ぽかんと開けた自分の口から小さく息がもれるのがわかった。雲を摑むようだった話が一気に鮮明になった。デボラは父がセオを殺したと思っている。あの父さまが。シェルショックによる何らかの怒りの発作に苦しめられていた父さまが、うっかり幼い我が子を殺《あや》めてしまったと。

いや、それは違う。それが真相でないことはアリスがいちばんよく知っていた。セオをさらったのはベンなのだ。ベンが、アリスの書いた小説の筋書きをなぞり、脅迫状を送りつける計画だった。そうやってアリスの両親に身代金を出させ、ロンドンで苦境に喘ぐ幼馴染みのフローを助けるつもりだった。信じ難いことに思われそうだが、根拠がないわけではない。あの夜、〈ローアンネス〉の森で、たしかにこの目で彼を見ているのだから。

デボラの口にした推理は馬鹿げているとしか言いようがなかった。父さまはアリスが知るなかでも、もっとも温厚で心優しい人だ。そんなことができるわけがないし、すさまじい怒りに駆られるなどあるはずもない。あまりに痛ましい光景。そんなことは絶対あり得ない。「わたしは信じないわよ」アリスは言った。「これっぽっちもね。もしも、あくまでも仮定の話だけれど、父さまが姉さんの言うようなことをしたのだとしたら、セオはどうなったの？　あの子の亡骸《なきがら》をどう始末したのか、という意味だけど」

「〈ローアンネス〉の庭のどこかに埋めたんじゃないかしら。ひょっとしたら、警察が引き揚げるまではどこかに隠しておいて、あとで埋めたのかもしれないわね」デボラはおぞましいシナリオを口にしながらも、その口調はアリスの憤慨に力ずくで抵抗するかのように、超然として冷静だった。

「やめてちょうだい」アリスは言った。「暴力はともかく、人を欺くようなことが父さまにできるもんですか。父さまと母さまは愛し合っていたのよ。あれは本物だったわ。ふたりの仲睦まじさは誰もが認めていたはずよ。そんなことあるわけがない。そんな卑劣な真似をする父さまなんて想像もつかないし、しかもそれを母さまにも言わずにいたなんて、わたしは信じませんからね。母さまがセオの身を案じて気も狂わんばかりになっているときに、父さまがセオを埋めていただなんて、とんでもない話だわ」

「そういうことが言いたかったわけじゃないの」

「だったら――?」

「その点はわたしもずっと頭を悩ませてきたことなのよ、アリス。あれこれ考えるうちに、いまに頭がどうにかなってしまうんじゃないかと怖かった。事件後のふたりの様子がどんなふうだったか、憶えている? はじめのうち驚くほど親密で、互いに片時もそばを離れようとしなかったのに、〈ローアンネス〉を出てロンドンに引き揚げるころには妙によそよそしくなっていた。ふたりをよく知らない人にはそうは見えなかったでしょうけどね、ごくかすかな変化だったから。とにかく、互いに気づかい合う演技をしているだけ、といったふうだった。ふたりの交わす言葉や態度はそれまでどおり、愛情がこもっているように見えるのだけれど、そこに硬さが生まれ、以前は自然にできたことを無理してやっているかのようだった。それと、母さまが父さまに向けるまなざしに違和感を覚えることもあったわ。それもまた気づかいや愛情には違いないのだけれど、何か別のもの、もっと暗い何かがそこに宿っていた。つまり母さまはすべてを知った上で、父さまをかばっていたんじゃないかと思うの」

「だとしたら、どうして母さまにそんな真似ができるの？」

「父さまを愛していたからよ。それと恩義を感じていたからでしょうね」

アリスは慌ただしく頭を回転させた。話の筋道を見失うまいと、またしても必死になっていた。こんな経験は馴染まなかった。気に食わなかった。幼い妹役を何十年かぶりに割り振られた気分だった。「ふたりのなれそめのことを言っているの？　虎を見に出かけた日に、母さまが父さまに命を救われたこと、それと父さまが〈ローアンネス〉を買い戻してくれたことに恩義を感じていたと？」

「それもあるけれど、理由はほかにもあるの。それを今日、打ち明けたかったのよ、アリス。ボート小屋の窓越しにクレミーが見たという、そのことと関係があるの」

たちまち顔が火を噴いた。アリスはぱっと立ち上がると、手で顔をあおいだ。

「アリス？」

やはり話はベンジャミン・マンローのことだった。あの日の記憶がアリスの脳裡にどっと押し寄せた。あの昼下がり、ボート小屋で彼の胸に飛びこんでいったこと、ところが拒まれてしまったこと、それがあまりにも優しくてやんわりとした拒絶だったから、暗い穴にもぐりこんでそのまま土くれに還りたくなったこと、そうすれば己の馬鹿さ加減に、愛らしさの欠片《かけら》もない自分の姿に、ひどく幼稚な自分に気づかされた屈辱を、もうこれ以上味わわなくてすむと思ったこと。彼はこう言ったのだった。**きみは才能豊かな子だよ、アリス。きみくらい聡明な人**

に出会ったのははじめてだ。いまに大人になっていろんな場所に行き、いろんな人に出会うことになるだろうし、そうなればぼくのことなんか思い出しもしないさ。

「大丈夫?」デボラの顔に不安が広がった。

「ええ、大丈夫、ごめんなさい。ちょっと急に……」

ほかに好きな人がいるのね? 不当な扱いを受けたロマンス小説のヒロインが口走りそうな科白を、あのときアリスは投げつけていた。本気でそう思ったわけではなく、ただの勢いで発した言葉だったのだが、彼はそれには答えず、ひどくすまなそうな顔をした。それを見て、図星だったことに気づいたのだ。

「だっていきなりそんな話を持ち出すから……」

「冷静に聞ける話じゃないわよね」

「ええ」リネンの長椅子にすわりなおすと、ある科白がアリスの脳裡をよぎった。地下鉄でひとりの女性が相手の女性に言っているのを小耳に挟み、小説に使えそうだと手帳に書きとめておいたのだ。だから自分に言い聞かせたの、もうちょっと大人になっていまこそ現実と向きあわなくちゃって。アリスははぐらかすことにうんざりしていた。いい加減自分も大人になって過去と向き合うべきなのだ。「さっきクレミーのことを言っていたでしょ」アリスは言った。

「ボート小屋の窓越しに何か見たという話、クレミーから聞いたのね」

「ええ、わたしが自分自身を許せないのは、そのことなの」デボラが言った。「父さまに告げ口してしまったの。あの日、余計なことをこっそり聞かせて父さまを逆上させたのは、このわたしだったの」

アリスは眉をひそめた。「そのふたつがどう結びつくの？」

「クレミーが何を見たのか、知っているのね？」

「もちろん知っているわ」

「だったらあの子がひどく動揺したこともわかるはずよね。あの子は真っ先にわたしのところに来たので、わたしがなんとかするから大丈夫だと言ってあげた。そのときは父さまに告げ口しようなんて考えもしなかったのだけど、そのうち彼がひどく気の毒に思えてきて、彼女にひどく腹が立ってきてしまったの。わたしはまだ未熟で、頭が足りなかったのね。しっかり口をつぐんでいるべきだったのに」

アリスはすっかり頭が混乱した。彼？　彼女？　デボラは誰に腹を立てたのか？　クレミーにか？　ボート小屋でアリスとベンのあいだにあったことが父の怒りを引き起こし、その怒りの矛先が誰あろうセオに向けられた、デボラは本気でそう思っているのか！　苛立ちのこもる溜息を吐き出すと、アリスは両の手のひらを上に向けて広げた。「デボラ、ちょっと待って、お願いだから。もう遠い昔の話だし、頭が混乱しているの」

「そうよね、ごめんなさい。もう一杯、淹《い》れましょうか？」

「いいえ、結構よ。できれば少し話を戻して、クレミーが何を見たのか、正確なところを聞かせて」

乞われるままにデボラは語った。それを聞き終えると、アリスはすぐにも腰を上げてこの洒落た朝食室を離れ、ひとりになりたくなった。誰にも邪魔されない場所で、ひとり静かにじっくり考えたかった。彼との交際のことを、交わした会話や笑みのひとつひとつを、記憶の底から呼び戻したかった。どうしてここまで一面的な見方しかできなかったのか、きちんと理解する必要があった。この自分が徹頭徹尾、とんでもない思い違いをしていたことに気づかされたのである。クレミーが窓越しに見たのはアリスではなかったし、デボラはアリスがベン・マンローに夢中だったことなど何ひとつ知らなかった。さらには、アリスがベンのセオ誘拐を後押ししたとは微塵も考えていなかった。デボラが庭師の名前をいまのいままで憶えていた理由はほかにあったのだ。

アリスは長居しなかった。疲れたと訴え、近いうちの再会を約してデボラの家をあとにした。地下鉄では身じろぎもせずに席に腰かけ、しかし頭のなかでは新たに知った事実をふるいにかけては諸々の感情がせめぎ合うに任せた。

＊

この自分が自分中心にしかものを考えられない愚かな娘だったとは信じられなかった。恋に恋することに夢中のあまり自分の世界にしか目が向かず、周囲で起きていることがまるで見えていなかった。しかしクレメンタインは知っていた、そしてあの大空襲のさなか、夜の闇に紛れてアリスにそのことを伝えようとしていた。事件からほぼ十年近くが経ち、どちらも成人女性になっていたし、戦争がこの世に不幸をばらまいている最中だったというのに、あまりに愚かなアリスは話をはぐらかしてしまったのだ。自分の誤った認識にすっかり絡めとられていた。てっきりアリスとベンの密会現場を目にしたクレメンタインが、誘拐犯と自分の関係に気づいたのではと不安に駆られていた。しかし、クレメンタインが見たのはアリスとベンではなかった。そこをいまのいままで勘違いしていた。ということは、ひょっとしてセオの身に起きたことでも、考え違いをしているということか？

アリスは午後のあいだ延々と地下鉄に乗りつづけ、周囲の乗客はほとんど目にはいらなかった。これだけ長いあいだ一連の出来事に自分勝手な解釈を当てはめ、それを疑うことすらしなかったのだが、デボラの告白によってちょっとした疑問の数々が浮上し、頭を悩ませた。だが、脅迫状が届かなかったのは、誘拐中に何かまずいことが起きたせいだとずっと思ってきた。罪悪感に苛まれてきたこれまでの自分から距離を置いて改めて眺めてみると、それがいかにも作り物めいた、裏づけとなる証拠を欠いたただの思いこみに思えてきた。いかにも小説にありそうな、それも出来の悪い小説にありそうな稚拙な発想だと。

あの夜、森でベンを見かけたという確信にしても——見かけたというその一点だけが確信全体を支えていたようなもの——いま思えば、彼にもう一度会いたいと願う恋にのぼせ上がった娘の想念が見せた幻だったのかもしれない。あの付近は暗かったし、相手との距離もそこそこあったし、〈ローアンネス〉のミッドサマー・パーティに来ていた客は三百人もいた。それが誰であってもおかしくない。いや、誰ひとり見かけなかったのかもしれない。森というのはそんなふうに人の目を欺くもの、影を投げかけ、人にいたずらを仕掛けてくる。あそこに行くべきではなかった。もしあのとき、あのままミスター・ルウェリンを待ちつづけていたら、まったく違う結果になっていたのかもしれない。何よりもまず、大事な友を死なせずにすんだのではなかったか（これまでは、予定どおりに会えずに終わったことも、〝大事な〟相談ごとを持ちかけられていたことも、小川の畔で死にかけていた気の毒な老人のことも、極力考えないよう自分を仕向けてきた。もしあのとき、森に向かわず彼を探しに行っていたら、命を救ってあげられたのだろうか?）。

懐疑は一本のマッチを灯すようなもの。自分が作り上げた推理はそっくり全部、いまとなってはすこぶる短絡的なものだと思い知らされた。金が必要な友人のために身代金目的で、盛大なパーティが開かれている夜に雇い主の子供の誘拐を企てる庭師。彼は秘密のトンネルと睡眠薬を使い、小説好きの十六歳の小娘が考えたとおりに計画を実行する……。笑止千万《しょうしせんばん》。ベンは誘拐犯ではなかった。アリスは自らの罪の意識に目をくらまされていた。十代のときの思いこみはコンクリートのように強固で、のちの大人の分別をもってしても突き崩すことはできなかった。そしてまた、アリス自身も突き崩そうとしなかった。とにかくそのことを考えまいとしてきたのだから。

対するデボラの考えるシナリオは、不快ではあるものの、アリスのとは違って平明だった。一連の出来事が論理的かつ単純明快につながるし、必然性さえ具えている。セオは〈ローアンネス〉を一歩も出てはいなかった。警察が彼の足どりを発見できなかったのはそのためだ。セオは自宅で命を奪われていた、彼が愛し、信頼を寄せていた者の手で。その人もまた大戦で心に深い傷を負い、戦後も終わりの見えない恐怖に苛まれていた。

そうとわかると、遠い昔の死が新たな感慨を呼び覚ました。地下鉄の車内でアリスは、サングラスに隠れた目から涙があふれ出すのがわかった。赤ん坊だった弟を悼《いた》む涙であると同時に、父を憐れむ涙、究極のおぞましい行為に手を染めてしまった善人を憐れむ涙でもあった。その瞬間、人生があり得ないほど残酷で冷淡なものに感じられ、突如ひどい疲労感に襲われた。神の存在は信じていないアリスだが、クレミーが真相を知らずに死んだことを、子供に恵まれない夫婦とセオの、その後の幸せな人生をめぐるお伽噺を信じたまま、クレミーが命を終えたことを、神に感謝せずにはいられなかった。

ようやく家路につく気になったとき、この日一日に味わった困惑や自責の念、恐怖や悲しみとは別の感情が、心の片隅に引っかかっていることに気がついた。アリスはその軽やかな尻尾をつかまえようと躍起になった。それが安堵の感情だとわかったのは、ハムステッド駅の薄暮に染まる地上に足を踏み出したときだった。これまでずっとベンにトンネルの存在を教えたことで自分を責めてきたが、あれから七十年の時を経てデボラから真相を聞かされ――あくまでも推測の域を出ない話ではあるが――ある意味、過去から自由になれたのだ。

とはいえ、セイディ・スパロウと連絡を取るようピーターに指示を出したのは、安堵感からというよりは、ただの好奇心からだった。以前のアリスなら、他人の家族の歴史にやたら詳しい見ず知らずの人間を信用するのかと誰かに問われたら、それこそ一笑に付しただろう。自尊心とプライバシーをことのほか重んじる、一徹な気質がそれを拒んでいたはずだ。だが、いまやアリスは年寄りだ。残された時間はたいしてない。それにデボラの話を聞いてからこっち、夜中に目が覚めると頭にさまざまな思いが去来し、ひとつ気づくとまた別のことに気づくといった具合に、これまでこうだと思いこんでいた物事が万華鏡のオブジェクトのように位置を変えては新たな絵柄を描き出すのである。アリスは真実を知る必要を感じていた。

創作に長年たずさわってきたお蔭で、情報をふるいにかけてひとつの物語にするのはお手のものだったし、いくつもの事実を時系列に整理しなおすのもさして時間はかからなかった。とはいうものの、裏を取るという些末な問題も含め、抜け落ちている細部をすべて埋めたかった。なんとしても完全な絵柄がほしかった。必要不可欠な調査はずっと自力でこなしてきたわけだが、時と場合によっては心身の衰えを自覚するべきだろうし、齢《よわい》八十六のいま、それなりの体力の限界を認めないわけにはいかない。こんなふうに言うとなんだかエリナみたいだが、現職の捜査員が、それもアリスがものごとを根本から見直したいと望んでいるところへ、会ってほしいと言ってきたのは何かの巡り合わせのように思えた。それに、火曜日から刑事課内のあらゆるコネを使って、くだんの人物の身元調査もすませてあるいま、もはやセイディ・スパロウは単なる赤の他人ではなかった。

アリスは人物調査書を取り出し、内容にひととおり目を通すと、スパロウ刑事の仕事ぶりに関する記述に目を走らせた。どの点から見ても優秀な刑事らしかった。熱血漢とか粘り強いとか、かなり頑固とかさまざまに評されているが、目に余る職務怠慢をにおわせる記述は見当たらなかった。記者のデレク・メイトランドからも彼女の誠実さを否定するようなコメントは引き出せず、これはかなり手ごわい相手とは思ったものの、アリスにはうまく対処できる自信があった。ベイリー事件の新聞報道はひととおり押さえてあった。失踪事件の話題には日頃から関心を払っている。だからこの事件の捜査が打ち切りになったことも、警察が幼女の母親の育児放棄として事件を処理したことも知っていたし、その後、当局の捜査怠慢をすっぱ抜く記事にも目を通していた。刑事課内の誰かがリークしたのだろうとすぐに見抜いてもいたし、いまはそれが誰なのかも知っていた。事前の自衛策は講じるに越したことがないわけで、そういう発想自体ぞっとしないものではあるが（卑劣な脅し以外の何ものでもない）、デレク・メイトランドという切り札を密かに用意してある以上、スパロウ刑事がエダヴェイン家の名誉を傷つけることはないと踏んでいた。

ファイルを閉じて、時計に目をやる。分針は12の位置まであとわずか、このまま行けばセイディ・スパロウは何秒かの遅刻になるわけで、となれば優越感を多少なりとも味わえそうだ。優位に立てればすべて世はこともなし。無意識に息を詰めていた。それに気づくとかぶりを振り、験担《げんかつ》ぎに足をすくわれかけた自分を笑った。なんて馬鹿なことをしているのか。これではまるで今回の面談の首尾が、家族の謎が概《おおむ》ね望ましい形で片づくことが、すべて来訪者の遅刻にかかっているかのようではないか。アリスは肩の力を抜いて朝食からずっと取り組んでいる新聞のクロスワードパズルを手に取ると、秒針が刻々と12に近づくのを無表情で見守った。分針がぴくんと跳《は》ねたのと同時に、アリスの期待もむなしく、ノックの音がした。その瞬間、アリスの心臓もぴくんと跳ね上がった。

24（ロンドン　二〇〇三年）

セイディは玄関前の石段の上に立ち、息を整えた。バス停からずっと駆けどおしだった。しかも革のパンプスでとなると走るのは容易ではない。パンプスは家を出る間際にクロゼットの奥から引っ張り出してきたものだった。埃をかぶりカビ臭く、見れば片方のヒールがぐらついていた。腰をかがめ、以前にうっかりつけてしまった擦り疵《きず》をこすってごまかす。別人の足、それも好きになれそうにない人の足にしか見えなかったが、A・C・エダヴェインは常に洒落た身なりをしている人だから、普段のみすぼらしいなりで玄関先に現われて老婦人の顰蹙《ひんしゅく》を買うのだけは避けたかった。遅刻も絶対にする気はなかったので、ヒールの不具合をものともせずに走ってきたのだった。A・C・エダヴェインは時間にひどくやかましい人だ。時間にだらしないジャーナリストのインタビューを途中で打ち切ったこともあったし、BBCのある番組のホストに待ちぼうけを食わされたときは、彼を本番中に叱りつけたのは有名な話だ。このことをセイディが知っているのは、この二日半のあいだ、付け焼刃的猛勉強で頭をぼーっとさせながら、過去のインタビュー番組を見たり、A・C・エダヴェイン関連の記事に可能な限り目を通したりしていたからだった（これがけっこう楽しい作業だったし――アリス・エダヴェインには人を惹きつけずにはおかない何かがある――そのお蔭で、シャーロット・サザランドから届いた二通目の手紙のことを頭から締め出せたのはありがたかった)。この作家が草花よりも灌木が好みだということもそれで知っていたので、窓辺に並ぶ鉢植えを目にしてなるほどとうなずいた。ここまでは実に順調。自信の波が全身を駆け巡るのに気をよくしながら袖口を整える。今回の会見はこちらの台本どおりに進めたい、必要な情報を引き出させないまま退散するつもりはなかった。

片手を構え、二打目のノックに移ろうとしたそのとき、手が触れないうちにドアがさっと開いた。立っていたのはアリス・エダヴェインではなく、ひょろ長い脚に伸ばしたての顎ひげといった、三十がらみの男性だった。なんだかローリング・ストーンズの映画のエキストラみたいな風貌だ。思わず目を奪われる。必ずしも不快とはいえない戦慄が体を駆け抜けた。「ピーターさん、ですね?」勘を働かせた。

「スパロウ刑事ですね」彼がにこっとした。「どうぞ、アリスがお待ちです」

歩を進めるたびに床板がきしみ、どこからか時を刻む時計の音が聞こえた。ピーターが案内してくれた居間は家具であふれ、エレガントでありながら、あくまでも男っぽい雰囲気だった。

火のない暖炉の脇の椅子にすわる女性が、出版物で目にした写真から、すぐにアリス・エダヴェインその人とわかった。超有名人と間近に接したときはたいていそういうものだろうが、セイディもまた強い親近感を覚えた。一瞬かすめるデジャヴュというのでなく、目の前の女性をすでに知っているという、素直な感銘というやつだ。パンツに包まれた左右の脚を絡めて新聞をさりげなく構える姿も、顎をちょっと突き出す仕草も、お馴染みのものだった。とはいえ、知っているのはあくまでもひとしきり読み漁ったおびただしい数のインタビュー記事に限ってのこと、そのときある科白がふと頭に浮かんだ——ただの顔見知りというだけで友人と履き違える人ほどうんざりさせられるものはない——これが先週読んだディゴリー・ブレントものの一節だと気づき、セイディは顔を赤らめた。

「アリス」ピーターが声をかけた。「スパロウ刑事がお見えです」それからセイディのほうに向きなおると、丁重な仕草で、ボタン打ちされたグリーンの革の肘掛椅子を勧めた。「あとはよろしく。用があればキッチンにおりますので」

ピーターがいなくなると、炉棚の置時計の音が妙に耳につき、セイディは何か言わなくてはと気が急いた。だが、どこかのインタビューでアリスが、最近の人は沈黙に対する堪《こら》え性がないと蔑《さげす》むように言っていたのを思い出し、じっと我慢した。こちらの動揺を気取《けど》られてなるものかと肝に銘じる。気づかれたら最後、悲惨な結果に終わるような気がした。

アリスがじっと見つめてきた。小さな目が放つ鋭いまなざしには、容色の衰えた顔のわりに異様な輝きがあった。不意にセイディは確信した、この目で人の心の奥底まで見抜くのだと。ひどく長く感じられる数秒が流れ、老婦人が口を開いた。声は舞台女優のそれ、ひと昔前の発声法だ。「さて」と第一声。「やっとお会いできましたわね、スパロウ刑事」

「どうかセイディとお呼びください。今日は職務ではありませんので」

「ええ、存じておりますとも」

セイディは言葉に詰まった。相手の発した言葉にではなく——それはただの相槌だ——アリスの口調にだ。万事承知しているというそのまなざしに。

「あなたのことはひととおり調べさせてもらいましたよ、スパロウ刑事。そうするのが分別ある者の心得だということはご理解いただけますわね。わたくしの家族が暮らした家にはいらせてほしいと、あなたは手紙で許可を求めていらした、つまり我が家の過去を調べさせてくれということですね。とりわけわたくしの弟の失踪についても話が聞きたいと。すでにお察しのとおり、わたくしは仕事で顔をさらしてはいますが、プライバシーを重んじる人間です。家族のことを誰かれかまわずお話しするわけにはまいりません。あなたが信用に足る人間かどうかを知る必要がありましたし、あなたの人となりをきっちり押さえておくためにも、少し調べさせていただいたというわけです」

セイディは猛烈な不安を穏やかな笑みで必死に隠しながら、いったい自分がどんな人となりに描き出されたのかと気が気でなかった。

アリスが続けた。「ベイリー事件のことも存じています。ジャーナリストのデレク・メイトランドとの裏取引のことも」

セイディの血液が頭から指先へとどっと流れこみ、そこから先に進めなくなったとばかりにどくどく脈打ちはじめるのがわかった。アリスはリークの一件を知っている。その言葉がネオンのように点滅すると、パニックで頭がかっとなり、ほかのことが考えられなくなった。それでも徐々に、理性が戻ってきた。アリスはリーク元がセイディだと知った上で、それでもこうして会ってくれたということだ。

「感心しましたよ、スパロウ刑事、例の失踪したマギー・ベイリーという女性は何らかの事件に巻きこまれたはずだと信じて疑わないあなたの心意気に。そういうシナリオを示唆《しさ》する材料は何ひとつなさそうなのにね」

まさかここでベイリー事件の話が出るとは思わなかったが、これを持ち出すだけの理由がこの女性にはあるのだろう。でなければ、今回のことを直ちにセイディの上司に報告して、今後いっさい関わりを持たないようにすればいいだけの話だ。ところがそうはせず、自宅に招いてくれた。これはアリスがセイディをもっとよく知ろうとしているからだと、セイディはいいほうに解釈することにした。この手のゲームは心得たものだった。聴取の駆け引きはセイディの得意とするところ。目の前の老婦人への同志意識がいやましに高まった。「そのへんを説明するのはちょっと厄介なんです」

アリスの頬のあたりに落胆の色がのぞいた。説得力のないつまらぬ返答というわけだ。もう少しましな答え方をする必要があると気づく。そこで急いで先を続けた。「ひとつにはフラット内部の様子です。お金のあるなしに関わらず、内装のちょっとしたところにも、そこに暮らす人の思いが表われるものです。あの家にあった玩具のピアノは明るい陽射しを思わせる黄色に塗られていましたし、壁は幼女が描いた絵で埋まっていて、絵の隅には誇らしげに子供の名前も書かれていました。こうした愛情表現ができる女性が育児放棄をするとはどうしても思えなかったんです。わたしにはしっくりこなかったし、その後彼女を知る人たちに話を聞いてみても同じような答が返ってきました」

「誰に訊いたの？」

「たとえば彼女の母親とか」

アリスは眉を上げた。「スパロウ刑事、母親というのはこういう場合、我が子をかばうものじゃないかしら。ほかの知り合いにも話を聞いたんでしょ？　たしか別れた夫がいたわよね？その人も同じ意見だった？」

「彼の評価はさほどではありませんでした」

「そうなの？」

「ええ、しかし、元夫というのはこういう場合、えてして多くは語らないものですし」

アリスは口元にこみ上げる薄笑いを隠そうとしなかった、どこか面白がっているふうだった。ここで椅子の背に深くもたれかかると、突き合わせた指先越しにセイディをまじまじと見つめた。「人って当てにならないものじゃない？　どんなに善良な証人でも、自分に何の得にもならないのに、ただ相手を喜ばせたい一心で間違いを犯すってことが往々にしてありますからね。証言にちょっとした記憶違いや憶測をまじえたり、事実というよりはむしろ自分なりの解釈でものを言ったりするものよ」

セイディの脳裡に、クライヴがアリスについて語ったことが浮かんだ。一九三三年の事情聴取でアリスは協力的でなかったと彼は言っていた。図書室の外の廊下に身をひそめている様子から、彼女は何か隠している、あるいはほかの人たちが何を訊かれ何を話しているのかを知りたがっている、そんな印象を受けたという。

「われわれ人間というのは、自らの体験に足をすくわれるものよ」アリスは続けた。「現在を、自らの過去のレンズで見てしまいがちなの」

アリスがもはや一般論を語っているのではないことがはっきり見て取れた。鳥のような凝視をまたしても向けてくる。「たしかにそうですね」セイディは返答した。

「わたしは興味津々なんですよ、スパロウ刑事。証人の証言はひとまず措くとして、その若い母親の身に何かまずいことが起きたと考える根拠でもあるの？」

「いいえ」セイディはしぶしぶ認めた。「実のところ、あるのはマギーの署名がはいった置き手紙だけで、これが自らの意思で出ていったという説を裏づける証拠になっています」

「新聞にもそんなことが書いてあったわね。その手紙は、たしか子供が発見されて一週間くらいして見つかったんだとか」

「ええ、あれはひととおりの捜査をしつくしたあとでした。何かの弾みで落ちたんでしょう、冷蔵庫と壁の隙間に挟まっていたんです」

「それが見つかったのに、マギーがただ出ていったという考えにあなたは与《くみ》しなかったのね？」

「どうしても自分の考えから抜け出せなくて」

「それで思い余って外部の記者に漏らしたというわけね」

セイディはアリスの凝視を受け止めた。否定しようもなかった。アリスは馬鹿ではない。セイディも否定する気はなかった。この老婦人はセイディのキャリアをつぶせるだけの情報を握っている、それがわかり、思いがけず胸のつかえがとれていた。職場を離れてからこっち、ベイリー事件について本音で語り合える人はほとんどいなかった。ドナルドは聞く耳を持とうとしなかったし、クライヴには同業者としての面子《メンツ》を保つ必要があり、バーティには真実を告げてがっかりさせるのは避けたかった。だがここでなら心置きなくしゃべることができそうだった。もはや失うものは何もない。アリスはすでに最悪の事態を知っているのだ。「マギーの不運を世論に訴えるにはこれしかないと思ったんです。警視庁はさっさと先に進んでしまいました——納税者の金で食べさせてもらっている公務員には、確たる証拠がない事件にいつまでもかかずらってはいられないというわけです——彼女の身に何か起きたはずなのに、そこを誰ひとりちゃんと見極めようとしないと思うと、居ても立ってもいられなかったんです」

「リークしたのがあなただとわかったら、職を失うことになるわね」

「覚悟しています」

「刑事の仕事は楽しい？」

「もちろんです」

「なのに危険を冒した」

「そうするしかなかったからです」

「あなたは向こう見ずな人間なのかしら、スパロウ刑事？」

セイディはその問いかけにしばし考えこんだ。「そうではないと思いたいですね。たしかにデレク・メイトランドへの接近は性急にすぎました。でも、わたしはマギーのために責任を果たそうとしていたのであって、職務に対して無責任だったとは思いたくありません」ここできっぱりとした息を吐いた。「ええ、向こう見ずなわけではありません。あくまでも、良心に従ったまでのこと。猪突猛進《ちょとつもうしん》の観は否《いな》めませんが」

セイディが自己分析に四苦八苦しているあいだに、ピーターが部屋に戻っていた。セイディはすがる思いで一瞥を送った。ひょっとして自分でも気づかぬうちにうっかり失言ボタンを押してしまい、セイディを玄関まで引っ立てていくためにやって来たのだろうかと気が揉めた。彼は無言のまま、アリスに向かってもの問いたげな表情をした。するとアリスが仔細顔でこくんとうなずき、口を開いた。「お茶をお願いするわ、ピーター」

ピーターがやけに嬉しそうな表情を浮かべた。「おお、それはよかった。喜んでお持ちします」立ち去り際にこれ以上ないほど温かい笑みを投げかけられたセイディは、ちょっと心を揺さぶられはしたものの、そこまでしてもらうほど自分は何をしたのだろうかと、狐につままれた気分だった。そう、セイディは間違いなくピーターに惹かれていた。なんだかおかしな具合だ、全然タイプではないからだ。彼のもつれた長髪と古風な立ち居振舞いに興味をそそられた。年はそうたいして違わなそうだし、いかにも本好きといった雰囲気も魅力的だった。どういう経緯で当世風ラーチ（映画『アダムス・ファミリー』の召使い）としてここで働くことになったのか？

「彼はドクターなの、といっても文学博士のほうで、医者じゃありませんよ」アリス・エダヴェインがセイディの心を読んだかのように言った。「これまで雇ったアシスタントのなかでは断トツよ」

セイディは彼をまじまじと見つめていた自分に気づき、慌てて自分の膝に視線を落とすと、ありもしない糸屑をせっせとつまんだ。

「わたしの作品は何か読んでくださったのかしら、スパロウ刑事？」

セイディはズボンを最後に一払いした。「一冊だけですが」

「だったらディゴリー・ブレントはご存じね」

「はい」

「気づいてらっしゃらないかもしれないけど、あの男は、あなたが最近起こした失態とそっくり同じことをして警察をくびになり、私立探偵になったのよ」

「それは知りませんでした」

「知らなくて当然だわ。シリーズものを出すとき、以前は新作を出すたびに冒頭で主人公の背景をざっと紹介するのが慣例だったんです。でも、出版社側がそれをさほど強く求めなくなったこともあって、これだけたくさん作品を書いてきたいまは、その制約を謹んで返上させていただいたというわけ。毎回手を替え品を替えて同じことを繰り返し書くのも限界があるし、それで作品がつまらなくなるんじゃ元も子もないですからね」

「わかります」

「ディゴリーは刑事課の鬼っ子だった。とにかく一途な男でね、ただ、私生活では辛い喪失を体験しているの。奥さんと幼い子供を亡くしていて、これが彼の粘り強さの原動力になっているわけだけど、そのせいで上司はもちろん、同僚からも疎《うと》まれていた。子供を失うというのは身を苛むほどの虚無感を人の心に植えつける、というのがわたくしの持論なの」

この女性は知るはずのないこちらの過去まで知っている、そんな薄気味悪さをセイディはまたしても覚えた。曖昧な笑みを浮かべるセイディに、アリス・エダヴェインは話を続けた。

「ディゴリーは司法の制約を離れた場所で捜査するほうがずっと性に合っていた。といっても法をまったく顧《かえり》みないという意味じゃありませんからね、むしろその反対。名誉を重んじる人だし、呆れるくらい誠実なの。それも——ほら、さっきあなたが言っていたわよね？——そう、猪突猛進というまさにそれ」

部屋に戻ってきたピーターが、ティーセットを載せたトレイをセイディの背後のデスクに置いた。「ミルクと砂糖は？」と声をかけてきて、セイディが好みを告げると、優雅な手つきでミルクと砂糖を一杯ずつ入れたお茶を差し出した。

「ありがとう。ピーター」アリスも自分用のカップを受け取った。砂糖もミルクも足さないストレートだ。彼女は一口すると、一拍置いてからごくりと飲みくだし、それからカップと皿を下に置いて持ち手の位置を直した。「さてと」アリスはギアチェンジをするような声で言った。「そろそろ本題にはいりましょうか？　あなたは手紙のなかで、ひとつの推理を立てているとおっしゃっていた。そして湖畔荘のなかを調べさせてほしいと。つまり、〈ローアンネス〉の第二のトンネルの存在に気づいたということかしら？」

こんな調子でマギー・ベイリーやディゴリー・ブレントの話題をさっと切り上げ、アリスは弟の失踪をめぐる質疑応答にとりかかろうとしていた。本題に戻れたのはありがたかったし、どこでどう流れが変わったのか戸惑いはしたものの、セイディとしては一気に攻めこみたいところだった。「はい」彼女は居ずまいを正して言った。「ただ、お手紙を差し上げてから、すこし考えが変わりました。まずはお父上のことをお尋ねしてもよろしいでしょうか」

アリスが一瞬、目をしばたたく。これから飛び出す話をすでに知っているかのようだった。

「かまいませんよ、スパロウ刑事。ただ、こっちは年寄りだから少しでも時間が惜しいの。できれば途中を省いて、あなたの推理だけを聞かせてもらえると助かるし、あなたにも有益なはずよ。で、セオの身に何があったと、あなたはお考えなのかしら?」

警視庁で働きはじめて十年になるが、アリス・エダヴェインのような人に事情聴取したことは、はっきり言って一度もない。気合負けしているところを見せないよう心がけた。「弟さんは七十年前の夜に〈ローアンネス〉で亡くなったのだと考えています」

「わたくしもそう思います」まるで試験を受けている生徒が正解を述べたとでもいうように、アリスは満足そうだった。「長いあいだ、そうは思っていませんでした、弟は誘拐されたと思っていたのです、でも最近になって、それが間違いだったと知りました」

セイディは気を引き締め、先を続けた。「お父上は戦場から戻られてからシェルショックを患っていらした」

これにもアリスは動じなかった。「おっしゃるとおりよ、ただ、そのことを知ったのもごく最近です。両親が実に巧妙に守ってきた秘密だったのです。姉のデボラが教えてくれました。

その姉にしても、知ったのは一九四五年になってからだそうです」アリスの長い指が、腰かけている椅子の肘掛けのベルベットのパイピングをしきりに撫でさする。「で、どうなんです、スパロウ刑事」アリスが言った。「おっしゃるとおり、父がシェルショックを患っていたことは間違いありません。弟が〈ローアンネス〉で死んだ可能性が高いことも認めます。では、そのふたつがどう結びつくとお思いなの？」

ついに来た。セイディはアリスの凝視を耐え忍んだ。「弟さんは殺されたのだと思います、うっかり誤って、お父上の手で」

「そう」アリスは言った。「わたくしも最近そう思えてきました」

「お父上は〈ローアンネス〉に遺体を埋めたのではと思うのですが」

「そう考えるのが妥当でしょうね」

セイディは安堵の吐息をもらした。もっとも近しい大事な人を重罪人呼ばわりされたら、たいていの人はいい顔をしない、そうセイディは経験からもよく知っていた。だからある程度納得のいく説明が必要になるだろう、穏やかに順を追って話を進め、彼女の感情を害さないよう慎重に対応することになるだろうと思っていた。これほどすんなり受け容れてもらえたのは願ってもないことだった。「ただ、ひとつ問題があって」セイディは続けた。「それをどう証明すればいいのかわからないのです」

「それでしたら、スパロウ刑事、わたくしが力になれそうよ」

セイディは戸惑いつつも胸が高鳴った。「どうやって？」

「これだけ時間が経ってしまうと、いわゆる〝物証〟のようなものは残っていないでしょうね、でもほかにも役に立ちそうなものがあるんです。うちの家族は何でも書きとめておく性質《たち》でしたからね。あなたはどう？」

セイディは首を横に振った。

「違うの？　まあいいわ、いま暴《あば》こうとしているのはあなたの秘密じゃないですものね。父は几帳面に日記をつけていたし、母は、日記こそつけていないけれど手紙好きでした。母は妖精たちに宛てたちょっとした手紙を置いておくような子供だったようで、これがとても素敵な手紙だったわ。その後、結婚して、父が出征してから、手紙を書く習慣がすっかり定着したのでしょう」

セイディは、ボート小屋で見つけたアイビーの縁取りのある恋文を思い出した。エリナが戦地のアンソニーに宛てて書いた手紙で、当時エリナはアリスを身ごもっていた。そのことをここで言おうかと思ったがやめにした。彼らの娘からすれば、セイディの好奇心はどこか覗き見趣味に映るのではという気がした。それに、アリスはすでに先に話を進めていた。

「〈ローアンネス〉の屋根裏部屋は、何世代も前からの一族の記録が保管されている書斎で、かつて父が仕事場にしていた部屋よ。母の部屋には蛇腹《じゃばら》式の蓋のついた書き物机があるわ。わたしならその机を手始めに調べるわね。母は手紙に関してとても几帳面な人だったの。出す手紙はすべて複写できる帳面を使って記録を残し、使用済みの帳面は中の棚に並べていたわ。受け取った手紙は左右の引き出しに保管されているはず。どれも鍵がかかっているけれど、鍵は机の椅子の下の小さなフックにかかっているわ。子供のころのわたしは、そういうことを突き止めるのが得意だったの。ああ、まいったわね、まさか母の書いたものに知るべき価値があるなんて思いもしなかったわ。父の書斎にしても、禁を破ってまで忍びこむ勇気はなかったし。もしも当時、ちょっとでも覗き見していたら、わたしたちの手間もだいぶ省けたでしょうにね。まあいいわ。手遅れでもやらないよりはましだもの。目当てのものが見つかるという保証はできないけれど、希望は捨てずにおきましょう。あなたの捜査能力について聞こえてくるのは褒め言葉ばかりだし」

セイディは、期待に応えたい気持ちが伝わることを願いつつ、笑みをどうにかこしらえた。

「読み進めていくうちに雑多な記録が見つかるでしょうが、あなたの口の堅さを信用していますよ。お互い、外聞をはばかる秘密を抱えている身ですものね？」

言葉遣いは丁寧ながら、これは脅しだとセイディは気がついた。「信用してくださって大丈夫です」

「これでも人を見る目はかなりあるのよ、スパロウ刑事、あなたは信用できる方だと思う。あなたには信念を貫く強さがある。そういう気質は昔からずっと高く評価しているの。あの夜、何があったのかをちゃんと知りたいんですよ。〝閉合《クロージャー》〟（不完全な対象を完全なものとして知覚し、欠如部分を埋めようとする生来的傾向をさす心理学の用語）なんて言葉には虫酸《むしず》が走るわ。予定調和も小説世界ならともかく、そんなもの、我々の暮らす広大な世界では幼稚な無いものねだりにすぎませんよ。ともあれ、謎の答を見つけることがわたしにとってどれほどの意味があるのか、いまさら説明するまでもないわよね」アリスは手を伸ばすと、脇の小机から鍵束を取り出した。これを二度、三度、両手のあいだで往復させてからセイディに差し出した。「〈ローアンネス〉の鍵よ。これで心行くまでお調べなさい」

セイディは神妙な面持ちで鍵を受け取った。「必ずしも何かが見つかるとは――」

「あなたなら見つけられるでしょう。さあ、もういいわね。ほかになければこのへんで」

退去を命じられたのは重々承知、だが、日記をつける父親の習慣や手紙好きの母親の話を聞いているときに頭をかすめた疑問が残っていた。セオの死に父親が関与したことを示す証拠が見つかるはずだとアリスは確信しているようだが、セイディにそれが突き止められるというのなら、夫の病状をはじめから知っていたエリナ・エダヴェインがまずそのことに気づいてもいいはずだ。「ひとついいですか――お母さまが知っていた可能性は、あると思われますか？」

アリスはまばたきひとつしなかった。「知っていたでしょうね」

「だとしたら――」これの持つ意味は驚愕すべきものだ。「なぜ警察に話さなかったのでしょう？　しかも、その後も夫婦でありつづけた。夫がそんなことをしたのに、どうしてそんなふうにいられるんですか？」

「父は病気だったのよ。故意にそんなことをするような人ではありません」

「でも、お母さまにすれば自分のお腹を痛めた子じゃないですか」

「母は道徳や正義に強いこだわりのある人だった。いったんなされた誓いは守らねばならないと信じていた。起きたことは自分にもある程度責任がある、身から出た錆《さび》とすら感じていたのかもしれないわね」

セイディは釈然としなかった。「お母さまがそんなふうに責任を感じるのには、何かわけがあったのでしょうか？」

椅子にすわるアリスの背筋はぴんと伸びていた。彫像のように微動だにしない。「〈ローアンネス〉で一時期働いていた男がいました、マンローという名の男が」

「ベンジャミン・マンロー、ええ、存じています。あなたは彼に恋をしていらした」

目の前の女性がまとう冷静の衣が、ごくわずかながら乱れたように感じられた。「おやおや、予習をしっかりなさっていらしたようね」

「職業病みたいなものです」セイディは自分の野暮《やぼ》な科白に身がすくんだ。

「なるほどね、まあいいわ、今回の件では無用な情報ですけどね」アリスが一方の肩をすくめた拍子に、象牙色のシルクのブラウスの下に端正な鎖骨が覗いた。「子供じみた恋心を抱いていた、ただそれだけのこと。若いときはいとも簡単に恋に溺れてしまう、それはあなただってご存じのはずよ」

アリスの口ぶりから、恋にのぼせ上がっていた十代のころのセイディを知っているのだろうかと気になった。気障《きざ》な誘い文句を心得ていて、ぴかぴかの車の持ち主で、膝の力が抜けるような笑みを浮かべてきた若者のことを。セイディは先を続けた。「セオがいなくなったのは、ベンジャミン・マンローが〈ローアンネス〉を出ていった直後でしたよね」

「ええ。雇用契約が切れたので」

「となると、彼はセオの一件とは無関係ですよね」

「実質的な意味ではそうなるわね」

セイディは判じ物めいた問答にうんざりしはじめた。「だとしたら、ここで彼の話が出てくる意味がよくわからないのですが」

アリスが顎を突き出した。「母がなぜセオのことで責任を感じていたのかと、あなたが訊いたからですよ。ミッドサマーの一週間前、姉のデボラがある事実を父に告げたせいで、父は逆上してしまった。そのことはわたしもつい先日、知ったばかりなの。どうやら母はミッドサマーあたりまで、ベンジャミン・マンローと情事を重ねていたらしいわね」

25 コーンウォール 一九三一年

エリナは三十六歳にして二度目の恋に落ちた。アンソニーとのような一目惚れではない。一九三一年のエリナは、まだ若い娘だった二十年前のエリナとは違うのだ。だが、愛にもさまざまな色合いがあるわけで、今回はこんな具合に始まった。灰色に煙る雨のロンドン、ハーリー街の医師、《リバティ》でのお茶、黒い雨傘の海、人がひしめく駅構内、じめつく車内で腰かけた黄土色の座席。

ホイッスルが響きわたり、列車はいままさにホームを離れようとしていた。エリナは窓の外の煤で黒ずんだ線路を見つめていたので、ドアが閉まる寸前に飛びこんできた男が向かいの席に腰をおろしたときも、特に注意を払わなかった。しばらくしてガラスに映りこむ男の姿が目に留まり――少なくとも自分より十歳ほど若く、発車間際に運よく切符が買えたと隣の男に話しかける声が耳に心地よかったが、その後は彼を意識することもなかった。

煙を吐きながら列車が駅を離れると、窓ガラスを伝い落ちる雨滴に外の景色が溶解した。ロンドンの街並みが広大な田園風景に変わるころ、エリナはハイマー医師とのやりとりを反芻し、余計なことをしゃべりすぎたのではと気になりだした。部屋の隅でタイプライターに向かう取り澄ました小柄な女性が、エリナの語る一字一句を打ちこんでいくあいだも心穏やかではいられなかったが、それを思い返すだけでえずきそうになった。医者には心を開いてアンソニーの言動を正確に伝えることが重要だとわかっていても、自分の用いた表現を改めて頭に呼び出し、そのとき口にした言葉をなぞるうちに、自分が守ってみせると誓った夫を裏切ってしまったような気がして心が沈むのだった。

たしかに忌まわしい症状に見舞われてはいるが、それとは違う面も夫にはいっぱいある。むしろエリナとしては、夫が娘たちをいかに大事にしているかを、出会ったころの夫がいかに温厚で誠実で熱意にあふれていたかを、知ってほしかった。そして戦争が不当にも人の心を抜け殻にし、人生という織物を引き裂き、それまで紡いできた夢をもはや修復不能な糸くずに変えてしまったのだと訴えたかった。けれども、どう言葉を選ぼうと、夫への深い愛情も、アンソニーがこの自分の命を救ってくれたように今度はこちらが彼を救いたいという切なる願いも、伝えきれずに終わった。望みは、八方塞がりのエリナに救いの手を差し伸べてもらうことなのに、灰色のスーツと銀縁眼鏡で武装した医師は手にしたペンを唇に押しつけ、ときおりうなずいたり溜息をついたりしては罫線紙の余白に何やら書きつけるばかりだった。エリナの発する言葉は、アヒルの背中を伝い落ちる水のようなもの、整髪油で撫でつけた医師の頭髪にはじかれでもしたように、まるで相手にされなかった。その間も診療所ならではの気詰まりな静けさのなかで、タイプライターのせわしない音がエリナをしきりに責めたてた。

　エリナは自分でも気づかぬうちに嗚咽《おえつ》をもらしていた。すると向かいの席の男が身を乗り出し、ハンカチを差し出した。はっとして顔を上げると、すでに車内は自分たちふたりと、ドア付近の長椅子の隅に腰かける年配の女性だけになっていた。ずっと物思いにふけっていたせいで、何度も停車していたことにさえ気づかなかった。

　ハンカチを受け取り、目元をぬぐった。きまり悪かった――それ以上に自分が腹立たしかった――見ず知らずの人から情けをかけられるほど惨めな人間になり下がった気分だった。若い男のハンカチを借りるという行為自体が深い仲を思わせてしまいそうで、ドア付近にいる女性の目がひどく気になった。せっせと編み物をしているようでいて、その合間にこちらをちらちらちら盗み見ていた。ハンカチを返そうとすると、男が言った。「いいですよ。持っててください」男はエリナの涙のわけを尋ねなかったし、エリナも言うつもりはなかった。彼は控えめな笑みを浮かべただけで、自分の作業に戻っていった。

　見れば、指先を素早く正確に動かしては、小さな紙を折ったり重ねたりしていた。三角や四角が現われたかと思うと、それをひっくり返し、同じ動作を繰り返す。エリナはじっと見入っている自分に気づいて慌てて目を逸《そ》らしたものの、どうしても見ないではいられず、車窓に映りこんだ男の手元を見守った。男は最後に形を整えると、出来上がったものを片手でつまみ上げ、さまざまな角度から眺めていた。エリナは不意に喜びに包まれた。鳥だった。とがった翼と長い首を持つ白鳥のような姿をしていた。

列車ががたごとと重い車体を引きずりながら西を目指して進むうちに、車窓は芝居がはねたあとの舞台のような闇に沈んだ。エリナは知らぬ間にぐっすり寝こんでしまったようで、気づいたときには終点に着いていた。駅長が笛を吹いて降車を呼びかけ、乗客たちが窓のすぐ横をかすめ過ぎていく。

荷物を棚から下ろそうとしたが手が届かず、そのとき手を貸してくれたのが彼だった。ごく自然にそうなった。ショッピングバッグが金具の突起部分に引っかかってうまくはずれず、エリナは寝起きで頭がぼんやりしていたし、夜明け前から始まった一日を終えて疲れきっていた。「ありがとうございます」エリナは言った。「それと先ほどは、ハンカチを汚してしまい申し訳ありません」

「いいんですよ」そう言って微笑んだ彼の頰に、浅いえくぼが浮かんだ。「そのままお持ちください」

ショッピングバッグを受け取るときに手と手が触れた途端、ふたりの視線がぶつかった。彼がびくっとして、戸惑うような表情をさっと浮かべたことから、彼もそれを感じたのがわかった。電流が走ったのだ。天啓の火花が飛び散った。その瞬間、時の織物が眼前に広がり、ふたりが列車に乗り合わせた他人同士という以上の存在となって身を置く、別の世界を垣間見せたかのようだった。

エリナは途方もない考えを打ち消した。窓の外に目をやると、明かりに照らされたホームに運転手のマーティンがたたずみ、行き交う人々に目を走らせてはエリナの姿を探していた。

「では」エリナは言った。新入りのメイドを下がらせるときと同じ、毅然とした口調になった。「改めてお礼申し上げます」それからちょっと会釈《えしやく》をし、青年をその場に残して列車を下りると、顎を上げて歩きだした。

＊

再び顔を合わせることさえなければ、その出会いもいつしか忘れていったのだろう。たまたま列車に乗り合わせ、小さな親切を施してくれた見ず知らずのハンサムな青年というだけの話。取るに足らない束の間の出来事として、すでにほかのことであふれそうな記憶の奥底に葬り去られていたはずだ。

ところが機会は再び訪れた。あれから数か月が過ぎた八月の、どんよりと曇った日のことだった。朝がたは肌にまとわりつくようなひどい暑さで、アンソニーの寝覚めは悪かった。夜明け前、しきりに寝返りを打つ夫に気づき、夜中も恐ろしい幻覚と格闘する気配を聞きつけていたエリナは、今日は最悪の一日になりそうだと覚悟した。攻撃は最大の防御、それを経験から知っていた。朝食がすんだところですぐに夫を上階に連れていき、どうにか説き伏せてドクター・ギボンズが処方した睡眠薬を飲ませると、使用人たちには、夫はいま大事な仕事に取りかかっているから邪魔をしないようにときつく言い渡しておいた。この日は乳母のローズの休養日だったので、娘たちを呼び集め、靴を取ってくるよう命じた。午前中は娘たちを町に連れ出し、時間をつぶすことにしたのである。

「やだ、嘘！　どうして？」決まって最初に不平を鳴らすのはアリスだった。今日から一週間、鉱山にもぐって過ごすことになったと告げるほうが、まだしも反発は少なかっただろう。

「郵便局に小包がいくつか届いているの。運ぶのを手伝ってもらえると助かるんだけど」

「もう、母さまったら、また小包？　この調子じゃロンドンじゅうのものを買い占めちゃうわね」ぶつくさ、ぶつくさ。

「耳にタコができそうよ、アリス。そのうちあなただって一家の女主人になれば、日々の暮らしを円滑に進めるためには何を買って何を買わないか、決めなくてはならなくなるんですからね」

アリスの顔が悲鳴をあげていた。そんなことは願い下げ！　十四歳の我が子の顔に貼りついた頑《かたくな》な表情に、昔の自分を見るようで愕然とした。それに気づくとむしゃくしゃしてきて、つい居丈高になった。意図した以上に甲走った声をあげていた。「二度と言いませんよ、アリス。みんなで町に行くのです。マーティンにはすでに車を用意させているんですからね、すぐに靴を履いていらっしゃい」

アリスは横柄に口を一文字に引き結び、潤んだ目に蔑みを露わにした。「承知いたしました、お母さま」アリスは、これ以上は無理とばかりの素早さで唇を動かし、呼称をきっぱりと発音した。

お母さま。こう呼ばれる人は誰からも快く思われていない。つまらぬ規則へのこだわりを絶えず押しつけるこの存在に、当のエリナですら身がすくむことがあった。愉快なところがちっともないし、子供たちがちょっと騒いだだけで、すぐさま責任や安全に関する説教を垂れて興を削ぐ。それでも必要不可欠な存在だ。〝エリナ〟であればアンソニーの病状がもたらす心労にとっくに押しつぶされていただろうが、〝お母さま〟ならこの務めに耐え忍ぶことができるのだ。必要とあらば娘たちを父親から遠ざけ、絶えず目を光らせて症状が悪化しそうになったら夫を隔離する。〝お母さま〟は、娘たちに鬼ババアと思われようが気にしない。それの何が悪い？　すべては娘たちの無事の成長を願ってのことなのだ。

それに比べて〝エリナ〟はくよくよ思い悩んでばかりいた。娘たちを膝に乗せて物語を語り聞かせたり、みんなで地所の隅々まで探検してまわっては、エリナが子供時代に見つけた魔法めく場所を教えてあげたりした遠い昔を懐かしみ、あの戦争中の数年間を取り戻せないことを嘆き悲しむのである。とはいえ、自己憐憫はとうに卒業した。傷病者の介護に日々追われ、戦争がもたらした甚大な二次的被害という逃れようのない苦境に陥った家族をいくつも見てきたからだ。それでもアンソニーの失意と苦悩という暗い影が、成長期の娘たちの日常に漏れ広がるのだけは避けたかった。夫の抱える問題を自分ひとりの力で解消できさえすれば、娘たちに危害が及ぶことはないだろうし、いずれ有能な医師を見つけて適切な治療法にたどり着ければ、このまま誰にも気づかれずにすむ。

この時期のエリナは、アンソニーの病状をひた隠しにすることに必死だった。それは夫との約束でもあった。エリナがロンドンのあちこちの百貨店にひっきりなしに注文を出すのも、夫との約束を果たすための方便だった。購入品の半数は不要なものばかりだが、それはどうでもよかった。こうするのが子供たちを父親から引き離す手っ取り早い方法で、何年もかけて編み出した口実のなかでもっとも説得力があった。浜辺や草原に連れ出すこともあるが、その合間を縫って小包の受け取りに子供たちを町につき合わせるのである。娘たちは、母親が最新流行の服をロンドンから取り寄せずにはいられない買い物中毒だと（あからさまに腹を立てて見せながら）すっかり信じこんでいた。

「デボラ、クレメンタイン、アリス！　早く来なさい！　マーティンが待っていますよ」

すぐにどこかに行方をくらます靴を探して娘たちが家じゅうをひっかきまわすという、いつものひと騒動があった。そのあとにはお説教が続いた――淑女たるもの……責任感……自らを律し……云々《うんぬん》かんぬん。〝お母さま〟は教訓を垂れるのが得意だった。実際、そうであって何の不思議もない。彼女にはコンスタンスという完璧な手本があった。自分にもがみがみ女のような声が出せることに、それも冷ややかで面白味に欠ける声が出せることに我ながら驚くばかりだった。険しい口調で苦言を呈すると、娘たちはまた始まったとばかりに嫌悪を露わにした。デボラだけはごくまれに――いまとは天と地ほどに違う時代があったはずだと言いたげに――

傷心と困惑で顔をくもらすこともあったが、それを除けば彼女たちの表情には驚きの欠片《かけら》も見当たらない。エリナにとってこれが何より辛かった。娘たちは、エリナが自由奔放な娘たちをどれほど羨ましく思っているのかも、世間体など気にしない彼女たちにどれだけ喝采《かっさい》を送っているのかも知らずにいた。エリナもかつては彼女たちとそっくり同じだった。状況が違えば大親友になれたはずなのだ。

ようやく娘たちが階段の下に集合した。身だしなみは期待とだいぶかけ離れていたが、とりあえず靴は履いているのでよしとした。マーティンがエンジンをかけて待つ車に呼び寄せると、子供たちはぞろぞろと後部座席におさまった。誰が窓側にすわるかとか、ドレスの裾が誰かのお尻で踏んづけられているとか、子供たちが小競り合いをしているすきに、エリナは窓の外に目を走らせ、アンソニーが休んでいる屋根裏部屋のほうをうかがった。うまくいけばそのうち容体もよくなり、今日一日をどうにか乗り切ることができるだろう。こういう朝を何度か繰り返したあとには、家族そろっての団欒《だんらん》のひとときが訪れることもあった。浮き沈みには奇妙なパターンがあり、絶望の淵まで沈んだあとは目覚ましい回復を見せるのだ。それは何にも代えがたい貴重な時間。ごくまれにしか訪れないが、昔の彼の面影に出会えるまたとない機会だった。いや、彼はいまも昔のままではないかと、エリナは訂正する、昔の彼はいまも奥底に息づいているのだと。

町に着くころには雲も消えていた。漁船が続々と港に戻りはじめ、スレート色の静かな海面ではカモメたちが波間に揺れながら啼き声をあげていた。本通りにはいるとマーティンが車の速度をゆるめた。「どのあたりでお停めしますか、奥さま?」

「ここでいいわ、ありがとう、マーティン」

彼は車を停めると、ドアを開けて全員を降ろした。

「お買い物が済むまで、ここでお待ちしたほうがよろしいですか?」

「いいえ、それには及ばないわ」スカートの皺を伸ばすエリナのうなじを、潮風がかすめた。「あなたはミセス・スティーヴンソンに頼まれた用事があるのでしょ。こっちは二時間ほどかかりそうだし」

ならば十二時半に迎えに来るという運転手の言葉に、案の定、不満の声があがった。「母さま、丸々二時間だなんて!」、「小包を受け取るだけなんでしょ?」、「退屈しすぎて死んじゃうわ!」

「退屈は愚か者がすることです」思わずそう言っていた。「情けない」さらにあがる抗議の声には取り合わず、「こっちでモーニング・ティーでも楽しもうと思っていたのよ。あなたがたのお勉強の成果も聞きたいし」どうせたいした成果は上がっていないはず、とエリナは思う。手づくり新聞の発行回数の多さや、メイドたちが仕事をさぼってくすくす笑い合う様子を見れば、この子たちが本来の勉強そっちのけで古い印刷機により多くの時間を割いているのは明らかだった。無論エリナも似たような子供だったわけだが、それを我が子に明かそうとは思わない。

勉強のことはともかく、ケーキが食べられるとわかって機嫌が直った娘たちは、エリナの先導で通りに面したカフェにはいり、それなりに愉快なひとときを過ごすことになったわけだが、クレメンタインがミルクの容器をひっくり返し、バケツとモップの出動を余儀なくされるという一幕もあった。

いやはや、にこやかでいられるのもここまでだった。なごやかに進んだ会話も、ポットのお茶もあらかた底をつき、エリナは父親の形見の腕時計にこっそり目をやった。つぶすべき時間はあと一時間余り。会計を済ませたところで、プランBを決行した。どうでもいい用事をあれこれひねり出し、服飾雑貨店と帽子屋と宝石商に行く予定を前もって立てておいたのだ。エリナは娘たちを引き連れて本通り沿いの店を巡った。ところが、金鎖のブレスレットの留め金の修理を頼んでいる最中に、飽きてきた子供たちがへそを曲げだした。

「ねえ母さま、お願いがあるの」アリスが言った。「ご用がすむまで、三人で海に行ってきちゃ駄目？」

「賛成、いいでしょ、ねえ」クレメンタインが同調した。彼女は店に来てわずか数分のあいだに三つの時計を壊しそうになっていた。

「妹たちのことはわたしに任せて、母さま」十七歳のデボラは長女としての務めを、もうじき大人になることを自覚しはじめていた。「絶対に目を離さないし、お行儀よくさせるから。それに小包は、マーティンが迎えに来る前にみんなで受け取りに行けばいいわ」

遠ざかる子供たちを見送りながら、エリナは長い溜息をついた。実際、子供たちに負けず劣らずエリナも喜んでいた。たえず機嫌をうかがい退屈させないよう気を配らずにすむなら、時間つぶしもぐんと楽になるというものだ。エリナは宝石商の提案する修理方法に同意すると、礼を言って店をあとにした。

広場に木製のベンチがあった。ありがたいことに誰もすわっていない。そこに腰をおろして行き交う人々を眺めながら、三十分ほどを心静かに過ごした。子供のころには気づかなかったが、大人になったいま、こうしてただすわっているだけでも大きな喜びが得られるものだとしみじみ思った。要求も期待も、問いかけも会話もない状態は、真に素朴な喜びだった。マーティンが迎えに来るまであと十五分、それに気づくと立ち去り難くもあったが、勇気を奮い起こして郵便局に行くことにした。

つまり——エリナは気を引き締める——立ち向かうべき相手は女郵便局長だ。マージョリー・ケンプリングは無類のゴシップ好き、無尽蔵と思《おぼ》しき噂話を他人様にお裾分けしたくてうずうずしているような女性である。エリナが小包を受け取りに頻繁に現われるようになったことで、どうやらミス・ケンプリングはエダヴェイン夫妻を犯罪組織か何かの一味ではないかと勘繰りはじめているらしかった。見当違いもいいところ、疑いを招くような素振りをした憶えはない。エリナ自身は隣人たちの内実を穿鑿《せんさく》する気などさらさらないのだが、どんなにきっぱりと無言の抵抗を試みても、この女性の情熱を押しとどめることはできそうになかった。それどころか、エリナが聞く余地を少しでも見せれば、ミス・ケンプリングはますます発奮するのだった。

郵便局の石造りの建物の階段を上がりきったところで、エリナはしばし逡巡した。ドアの内側の軒縁《アーキトレーヴ》に小さなベルがさがっていて、そのすさまじい音色にいつも震え上がってしまうのだ。エリナにすれば、それは猛攻撃開始の合図だった。颯爽《さっそう》とした足取りでなかにはいったら、上品かつ毅然とした態度で小包を受け取り、無駄口は利かずに引き揚げればいいだけのこと、そう覚悟を決めた。ドアの取っ手を必要以上の力で握りしめ、いままさに押し開けようとした。その瞬間、いきなりドアが内側に後退し、なかから出てきた男と鉢合わせした。エリナはすっかり恐縮した。「あいすみません、とんだご無礼を」と、後ずさりながら詫びる。

「とんでもない、悪いのはこっちですよ、気が急いていたもので。なぜか急に、外の空気としばしの静寂が猛烈に恋しくなりましてね」

エリナは、思わず吹き出した。目と目が合った途端、あのときの彼だとわかった。すっかり様子が違っていた、カールした黒髪はさらに長く伸び、肌もだいぶ浅黒くなっている。車内で出会った、きちんとした身なりのあの青年とは別人のようだった。

彼の顔に笑みが広がった。「どこかでお会いしてますよね?」

「いいえ」即座にそう言いつつも、あの日のロンドン行きを、ハンカチを、指と指が触れ合った瞬間に覚えた衝撃を思い出していた。「気のせいですわ」

「たしかロンドンで?」

「いいえ。それはございません」

相手は眉間をかすかにくもらせたが、めげた様子もなく微笑んだ。「ぼくの勘違いかな。失礼しました。では」

「ごきげんよう」

エリナは息をふーっと吐き出した。この邂逅《かいこう》は思いがけない動揺をもたらした。しばらく間を置いて局内に足を踏み入れる。ドアのベルが陽気な音色を響かせた。思わずベルを殴りつけて黙らせたくなったが、どうにか踏みとどまった。

「ごきげんよう、ミス・ケンプリング。入口のところで紳士と鉢合わせしてしまったの。ぼんやりしていたものだから。ちょっと焦ったわ」

「おやまあ！　それならミスター・マンローですよ。さあどうぞ——お掛けになって、いま冷たいお水をお持ちしますわ」

ミスター・マンロー。マージョリー・ケンプリングなら彼の素姓を知っていてもおかしくない。興味津々の自分が疎ましかった。女局長が男の名前を気安く口にしたことで、激しい嫉妬に駆られている自分に腹が立った。

「それにしても、ちょいといい男でしょ？」ミス・ケンプリングが水のグラスを手に、カウンターの向こうからばたばたと出てきた。「映画にだって出られそうじゃありませんか！　あんな若者、このあたりじゃめったにお目にかかれませんよ。聞いた話じゃ〝何でも屋〟らしいですよ。あちこち渡り歩いて、声がかかるとそこで仕事をするんだそうです。この夏はずっと、ミスター・ニコルソンの林檎園で働いていたんですって」彼女がぐいと身を寄せてきたので、肌に擦りこんだ油性クリームのにおいが鼻をついた。「川岸の古いワゴンに住んでいるんですよ、ジプシーみたいにね。見りゃわかりますって、いくぶんそっちの血が混じってるんじゃないかしら。あの肌！　あの目つき！」

エリナは薄く微笑んだ。女局長のはしゃぐ姿もゴシップ好きも見下しているくせに、心の奥底にもっと聞きたがっている自分がいた。ああ、なんという偽善者か！

「ジェントリー階級でもないのに」相手はまだしゃべり続けていた。「マナーはいいし、なんだか憎めなくってね。もう来ないと思うと寂しいわ」

もう来ない？「あら、そうなの？」

「さっき来たのも、もう手紙を取りに来ることはないと知らせに来たんですよ。ミスター・ニコルソンとの雇用契約がもうじき切れるので、来週にはよそに移るんだとか。移動先の住所を残して行かなかったから、なおのことがっかりだわ。実に謎めいているじゃありませんか。さっきも訊いたんですよ、『もし郵便物が届いたら、どこに送ればいいんですか？』って。そしたら何て言ったと思います？」

「想像もつかないわ」

「こう言ったんですよ、便りを楽しみにしているぼくを知る人なら、手紙の送り先は先刻承知、それ以外の手紙は不要ですから、だって」

＊

彼のことが忘れられなくなった。ミス・ケンプリングの話はエリナの心に火をつけるのに十分だった。それからの数週間、気がつけば彼のことばかり考えていた。頭に滲みこんだ名前が何かの拍子にひょいと顔を覗かせた。書斎でアンソニーといるとき、芝生に出て娘たちを見守っているとき、湖で騒ぎだす夜鳥たちの声を聞きながらベッドに横たわっているときにまで。たとえるなら耳について離れない歌、どうにも逃れようがなかった。温《ぬく》もりのある彼の声が、ふたりにしか通じないジョークがこめられてでもいるように見つめてくるあのまなざしが、列車で手と手が触れ合ったときに覚えた衝撃が、これは運命だ、ふたりは出会うべくして出会ったのだと直感したあの瞬間が、ふと脳裡に現われるのだった。

こういう物思いが危険なことはわかっていたし、勝手な思いこみだということもわかっていた。彼のことを考えはじめると起きる禁断の戦慄が、そう告げていた。我ながらショックだったし、うろたえもした。アンソニー以外の人に心惹かれる自分を想像したこともなかったし、知らぬ間にそうなっていたこと自体、はしたないことに思えた。これは一時の気の迷い、魔が差しただけ、そう自分に言い聞かせた。そのうちすぐに忘れるはず。これは頭のなかだけのことであって、誰に知らせるまでもない。彼は何週間も前にこの地を離れてしまったのだし、次の住所も残していないのだ。どう考えても実害はない。ならば、たまに思い出と戯れるくらいかまわないのではないか？　誰に迷惑がかかるというのか？　だから思い出は手放さなかった。ときには空想をふくらませもした。ミスター・マンロー。あの飾らない笑顔、見つめられたときに感じた磁力、もしもあのときこう告げていたら、どうなっていただろうかと。「ええ、よく憶えていますわ。以前お会いしましたわね」

無論、心にすきを許せば、それが害のないわずかなすきであれ、危険なことに変わりはない。次に娘たちを〈ローアンネス〉から遠ざける必要に迫られたのは、篠つく雨が何週間も続き、ようやくまぶしい陽射しが戻ってきた朝のことだった。こんな日にはフォーマルなドレスで体を締めつけて町に出る気になれず、そこでピクニックに出かけることにした。

ミセス・スティーヴンソンにランチを詰めてもらうと、エリナは子供たちを引き連れて月桂樹の茂みがつくる小径を抜け、湖の縁を巡り、やがて庭のはずれの川辺にやって来た。エドウィナも、置いてきぼりにされてなるものかとばかり、息を荒らげて必死についてきた。この愛くるしい雌犬は誰に対しても忠実で聞き分けがよかったが、とりわけエリナによく懐《なつ》いていた。ふたりの固い絆《きずな》は、アンソニーとのあの一件以来、ずっと続いていた。当時はまだ子犬だったエドウィナも、いまでは年を取り関節炎を患っていたが、ご主人のお伴を決してやめようとしなかった。

ここまでの好天は珍しかった。何日も家に閉じこめられていたせいだろう、エリナたちは普段ならまず行きそうにないあたりまで足を伸ばしていた。ミスター・ニコルソンの果樹園の際《きわ》まで行ったのは誓って故意ではないと、のちにエリナは自らに言い聞かせることになる。先導したのはクレメンタインだった。両手を大きく広げて先に駆けていってしまい、そうこうするうちデボラが岸辺の柳の下に広がる平らな草地を指さし、こう言ったのだ。「ねえ、あそこで休憩にしましょうよ、おあつらえむきの場所だわ！」言うまでもなく、そこがどういう場所か、エリナは知っていた。この一か月余り、胸に秘めてきた夢想の数々が堰を切ったようにあふれ出し、かすかに波立つ気まずさをこらえるのがやっとだった。エリナが異議を唱える間もなく、もっと上流か、この先の草地にしようと提案する間もなく、ブランケットが広げられ、上の娘ふたりが寝転んでしまった。見ればアリスは早くも眉間に皺を寄せ、手帳を見つめながら唇を嚙み、頭に渦巻く思考をペン先に伝えようとしていた。こうなっては動かしようがない、エリナは溜息をもらすしかなかった。実のところ、ほかに移るほどの理由はなかった。あの男、ミスター・マンローは――その名前を思うだけで頬が火照った――何週間も前にすでにここを立ち去っているのだ。ほかでもないこの農場の、ほかならぬこの場所に腰をおろすことをためらわせるのは、良心が咎《とが》めるからにすぎない。

　エリナはピクニック・バスケットを開いて、ミセス・スティーヴンソンが用意してくれたご馳走を並べた。太陽がさらに空の高みに昇るころ、四人はハムサンドやコックス・オレンジピピン（林檎の品種）を食べ、これでもかというほどケーキをほおばり、作りたてのジンジャーエールで喉を潤した。エドウィナはその様子をものほしげに見つめ、ときおり飛んでくるおこぼれを素早く受け止めた。

　十月だというのにこの暑さ！　エリナは袖口の真珠のボタンをはずすと袖を丁寧に一折りし、さらにもう一折りした。昼食を食べ終わると眠気に襲われ、ブランケットに仰向けに寝そべった。目を閉じると、ケーキの最後の一切れをめぐって性懲りもなく言い争う娘たちの声が耳に届いたが、いつしか意識はさまよい出し、鱒《ます》が鱗《うろこ》をきらめかせて跳ねる水音や、森の緑陰にひそむコオロギが奏でる単調な音色、すぐそこの果樹園の葉群《はむら》がたてる熱っぽいざわめきだけを拾い上げていた。ささやかなこの場所がうっとりするような魔法をかけられでもしたように、音のひとつひとつがくっきりと際立ち、お伽噺から抜け出たような世界に、子供のころから親しんできたミスター・ルウェリンのお話の一場面に、身を置く気分だった。溜息がもれた。老ルウェリンがここを出てすでに一か月が過ぎていた。彼は夏が終わるとそわそわと落ち着かなくなり、毎年決まってイタリアの温暖な気候を求めて旅立ってしまうのだ。彼がひどく恋しかった。〈ローアンネス〉の冬の数か月は、彼がいないというだけでなおのこと長く、寒々しく感じられた。彼がそばにいないと普段以上に頑になり、ますます内向的になった。彼はいまなおエリナを見守りつづけてくれる人、髪を盛大にもつれさせ、汲めどもつきぬ気概にあふれたあの少女の片鱗《へんりん》をエリナのなかにいまも見出している唯一の人だった。

いつしか眠りに落ちていた。やがて意識の断崖を踏みはずし、子供時代の夢を見ていた。エリナは自分専用のボートに乗っていた。白い帆が風をはらみ、父さまとミスター・ルウェリンが岸から手を振っている。胸は幸福感に満ちあふれ、心細さも恐れも感じなかった。日の光が水面に揺らめき葉群をきらめかせた。視線をさまよわせるうちに、思った以上に遠くまで流されているのに気づいた。湖はもはや記憶している姿をとどめておらず、あんぐりと大きく口を開けてボートを呑みこまんばかり、家や家族からどんどん引き離そうとしていた。流れの勢いは強烈で、岸がぐんぐん遠ざかる。湖面が波立ち、ボートが左右に激しく揺れると、ふり落とされないようしっかりと縁を握りしめ――。

はっと目を覚ますと、体を揺さぶられていた。「母さま！　起きて、母さま！」

「どうしたの？」陽射しはすでになかった。黒い群雲が西の空をおおい、風が強まっていた。エリナはぱっと身を起こすと、周囲に目を走らせ、子供たちの人数を確かめた。「クレメンタインはどこ？」

「あの子なら大丈夫。心配なのはエドウィナよ。三十分ほど前にウサギを追っていったきり、まだ戻らないの。雨になりそうだというのに」

「三十分――わたし、どのくらい眠っていたのかしら？」エリナは腕時計を確認した。じきに三時。「どっちに行ったの？」

デボラが指さすはるか向こうの雑木林に目をやると、こうすればエドウィナを透視できるとでもいうように、エリナはじっと目を凝らした。

空は暗紅色に染まっていた。熱と湿気をはらむ大気のにおいから、夕立が来そうだとエリナは察知した。いまにも激しく降りだしそうだが、家からかなり離れたこの場所にエドウィナを残していくわけにはいかなかった。エドウィナはもう年だし、視力もだいぶ衰え、関節も硬くなっている。何かあっても自力で対処できるとは思えない。

「探してくるわ」エリナはきっぱりとそう言い、ピクニック用の食器をバスケットに詰めはじめた。

「わたしたちはここで待つの？」デボラが言った。

エリナはちょっと考えてからかぶりを振った。「全員がびしょ濡れになっても意味ないわ。あなたがみんなを連れて帰ってちょうだい。クレミーが雨に当たらないよう気をつけてあげてね」

道草を食わぬようにときつく言い渡して娘たちを送り出すと、エリナは雑木林のほうに歩きだした。「エドウィナ」と呼びかけるも、声は強風にかき消された。足早に進み、ときおり足を止めては遠くのほうに目をやり、声をかけては耳を澄ましたが、吠えたてる声は聞こえなかった。

あたりは急速に暗さを増しつつあった。不安が分刻みでふくれ上がった。エドウィナはさぞや怯えていることだろう。自宅にいても、雨が降りだすと図書室のカーテンの陰に設けられた寝床にすぐさま逃げこみ、尻尾を後ろ足のあいだに巻きこんで前足で目をおおい、最悪の事態が通り過ぎるのをじっと待つくらい臆病なのだ。

すさまじい雷鳴が谷間を満たした。雨雲が頭上にかかる。空を照らす最後の光が騒がしい翳りに呑みこまれると、エリナはためらうことなくU字形自在門《キッシング・ゲート》（家畜の逃走防止用）をすり抜け、隣家の草地を歩きだした。一陣の突風に体をもっていかれそうになった。稲妻が空を切り裂いた。最初の雨粒が落ちてきたところで、両手を口元に添えて声を張り上げた。「エドウィナ！」しかし声は激しい雨音に呑みこまれ、応答は返ってこなかった。

雷鳴が大地に轟《とどろ》きわたると、何分もしないうちにエリナはずぶ濡れになっていた。ドレスが脚に絡みつき、土砂降りの先を見通すには目をすがめねばならなかった。稲妻の裂け目が空を走る。エドウィナの身を案じながらも、奇妙な興奮を覚えてもいた。暴風、脅威、猛烈な雨、そうしたすべてが結託して、〝お母さま〟の仮面をはぎ取った。本来のエリナが戻っていた。冒険家エリナが。束縛《そくばく》を解かれたエリナが。

丘の上にたどり着いた。下を覗くと、川岸に小さなジプシー・ワゴンが見えた。車体はワインレッド、黄色い車輪は色がはげ落ちていた。誰のものかすぐにわかり、興奮にうち震えながらそちらに足を向けた。ワゴンはおそらく無人だろう、窓辺に色あせたカーテンがかかっていた。だいぶ傷んではいるが、はげかけたペンキの下から、かつて車体を彩《いろど》っていた古風な花柄模様が覗いていた。いまごろ彼はどこにいるのだろうかと考えるともなく考えた。こんなふうに生きる気分はどんなだろうか。ふらりと旅に出て何かを探し求め、いやになったらさっさとよそに移る、そんな勝手気ままが許される暮らし。そうやって自由を謳歌している彼が羨ましかった。するとなぜか、彼に対する怒りも湧いてきた。どうかしている、彼が何をしたというのか。こっちが勝手に妄想をふくらませ、裏切られたという気分を増幅させているにすぎないのだ。

川のすぐ近くまで来ていた。このまま流れをたどって〈ローアンネス〉に戻ろうか、それとも向こう岸に渡ろうかと思案する。そのときワゴンのほうに視線が流れ、つと足が止まった。粗造りの木の階段を上がった先の踊り場にエドウィナがいた。見たところどこも濡れていない。エリナはぷっと吹き出した。「まあ、お利口さんだこと！　こっちはすっかりずぶ濡れなのに、そんなところでちゃっかり雨宿りしていたなんて」

ほっと安堵の胸をなでおろした。エリナは階段を駆け上がるとひざまずき、年老いたレトリーバーの顔を愛おしげに両手で包みこんだ。「ずいぶん心配したのよ」と声をかける。「どこかにもぐりこんで出られなくなったのかと思ったわ。怪我《けが》はしていない？」犬の脚に傷がないことを確かめたところで、やっと身を置ける程度の踊り場の狭さにようやく気づき、唖然とした。「いったいどうやってここに上がったの？」

ワゴンの扉が開いたのにもエリナは気づかなかった。声が降ってきてはじめて、彼がまだここにいたことを知った。「ぼくが手を貸してやったんです」彼が言った。「嵐になったとき、ワゴンの下から怯えたような声がしたもので、こっちのほうが居心地がいいかなと思って」見れば彼のもつれた黒髪が湿っていて、身につけているのはズボンと肌着のシャツだけだった。「なかに入れようとしたんですが、外のほうがいいらしくて。どうやらあなたが来るのを待っていたようだ」

言葉が見つからなかった。彼と会えた衝撃のせいだった。まだいるとは思ってもみなかった。すでにここを離れ、次の仕事に就いているとばかり思っていた。彼の郵便物は、彼が近況を知りたがっている人たちからの手紙は、転居先に届くという話だった。しかし、衝撃はそれだけでなかった。デジャヴュにも似た感覚、いや、もっとずっと鮮明な感覚に圧倒されていた。おそらくこの悪天候が、この摩訶不思議な一日が、そんな途方もない気分をもたらしたのだろう、とにかく彼がここにこうして立っているのは、この自分が魔法の力で呼び出したからだと直感した。ここでこうして出会ったのは必然の結果、すべてはこうなるように仕組まれていたのだと。この先どうすればいいのか、何を言えばいいのかわからなかった。首をねじって背後に目を走らせる。相変わらずの荒れ模様。草地は激しく波打っていた。自分がそちら側でもこちら側でもない中間地帯にいる気分、ふたつの世界をつなぐ狭い橋の上に立ちつくしている気分だった。そこへ彼が口を開き、橋が足元から崩れ落ちた。「ちょうど火を熾《おこ》すところだったんです。よかったらこっちで雨がやむのを待ってはどうですか？」

26　ロンドン　二〇〇三年

セイディ・スパロウが〈ローアンネス〉の鍵をバッグにおさめて引き揚げてしまうと、アリスは裏庭に出た。夕闇が迫っていた。翳りとともに憂いをはらんだ静寂があたりを包みこむ。草が野放図にはびこる煉瓦《れんが》敷きの小径をたどりながら、数週間のうちにやるべき庭仕事を頭に刻みつけた。やることは山ほどあった。庭は個性的なのが好みだが、いくら個性的でも混沌はいただけない。問題はめったに庭に出ないことにあった。昔は戸外で過ごすのがあんなに好きだったのに。

ひざまずいて足元に伸び広がるスタージャスミンのもつれた枝を摘み取ると、鼻先にかざして陽射しが育《はぐく》んだ香りを吸いこんだ。ふと気まぐれを起こし、靴紐をほどいた。椿の横の壁のくぼみに置かれた繊細なデザインの鉄の椅子に腰をおろし、靴とソックスから足を解放し、芳《かぐわ》しい大気にさらした指先をうごめかす。そばの薔薇《ばら》の茂みの上を季節はずれの蝶が舞っているのが目に留まり、いつものように父を思った、アリスが生まれたときはすでに、父はアマチュア研究者だった。彼がそれ以外の道を志していたとは夢にも思わなかった。かつては医学を学び医師を目指していたという話は聞いて知っていたが、明るくくっきりした現実に身を置くアリスには、子を持つ親の夢や願望がたいていそうであるように、それは現実味に乏しい領域の話くらいにしか思えなかった。だがいまは、戦争がいかに多くのものを父から奪い去ったのかが少しわかってきた。父と交わした会話の断片、手の震えや集中力の衰えをぼやいては毒づいていた父、記憶力ゲームに熱心に取り組んでは、頭のなかを必死に整理しようとしていた父——そんなさまざまな場面が思い出されるのだ。

陽射しで温もった煉瓦に足を下ろす。砂粒のひとつひとつが、しおれた花のひとつひとつが、足裏にはっきりと感じ取れた。最近は皮膚が敏感になっている、遊びで鍛えられて硬くなった子供のころの足裏とは大違いだった。〈ローアンネス〉では夏になると何週間も、靴を履かずに過ごすことが多かったから、町への外出を母が宣言するたびに、子供たちは大慌てで靴を探したものだった。家じゅうをばたばた駆け回り、四つん這いになってベッドの下やドアの陰や階段下を覗きこみ、ようやっと見つけ出すといったありさまだった。あれはいまも手で触れられそうなほど生き生きとした思い出だ。

アリスは重い息を吐き出した。セイディ・スパロウに〈ローアンネス〉の鍵を預けたことで、長いあいだ抑えこんできた悲しみが目を覚ましていた。母が亡くなり、あの家を相続したものの、鍵をしまいこみ、あそこへは二度と戻るまいと心に誓っていた。それでも心のどこかで、そんな誓いは一時の気の迷い、そのうち心変わりするに違いないとも思っていた。なんといっても〈ローアンネス〉は生まれ育った故郷《ホーム》であり、愛してやまぬ場所なのだ。

しかし心境に変化が起きることはなかった。その気持ちは今後も変わることはなさそうだ。赤の他人――ひたむきで野心もなく、あの事件の謎を解きたいという純粋な探究心に衝《つ》き動かされているあの年若い刑事――に屋敷の鍵を預け、家族の秘密に立ち入る許可を与えてしまったのだから。どうやらこれでドラマの幕は下りたらしい。自分はあそこに戻る気はないと認めたも同然だ。

「G&T《ジントニック》でもいかがですか?」

ピーターだった。片手にクリスタルの酒瓶、片手にグラスをふたつ持っている。ノエル・カワードの芝居の小道具よろしく、氷がからんと鳴った。

アリスは笑顔を浮かべた。当人が意図した以上の、というか彼が予期した以上の安堵の笑みになっていた。「気が利くじゃないの」

錬鉄製のテーブルに向かうと、ピーターがグラスにジンを注いだ。酸味と渋味と冷たい喉ごし、どれもがアリスの欲していたものだった。ふたりはここの庭について語らい、和気藹々《わきあいあい》とおしゃべりを楽しんだ。このところひとりで思い悩むことが多かっただけに、いい気晴らしになった。アリスの裸足に気づき、これを習慣からの驚くべき逸脱と思ったとしても、奥ゆかしいピーターがそれを指摘することはなかった。彼はグラスを空けると立ち上がり、椅子をテーブルの下に戻した。

「そろそろ帰ります」彼は言った。「ほかにご用があれば別ですが」

「特にないわ」

彼はうなずいたものの、すぐに立ち去ろうとしなかった。そういえばまだ慰労の言葉をかけていなかった、とアリスは気づく。「今日はありがとう、ピーター。スパロウ刑事との会見をお膳立てしてくれた上に、彼女がいるあいだもうまくことを進めてくれて助かったわ」

「とんでもない、当然のことです」彼は横に飛び出したアイビーの蔓を摑むと、指でしきりに葉をいじっている。「実りある話し合いになりましたか？」

「そう思うわ」

「それはよかった」彼は言った。「そううかがえて嬉しいです」彼はまだぐずぐずしている。

「ピーター？」

「はい」

「まだ何かあるの？」

ピーターが腹を括《くく》ったとでもいうように息を吐き出した。「実はご相談があるんです」

「言ってみて」

「ウェブサイトの作業が一段落したので、少し休みをいただきたいと思いまして。しばらく通常業務からはずしてもらえたらと」

アリスは面食らった。これまで休暇を願い出たことなど一度もなかった。咄嗟に却下しようかと思った。なんとしても手放したくなかった。ピーターに馴染んでいた。彼がそばにいてくれるのが一番だった。「なるほど」

「大事な用があるんです――どうしてもやりたいことが」

ピーターの顔に目を向けた途端、己の不徳を否応なく思い知らされ、打ちのめされた。この青年が何かを自分から願い出たことは一度もない、こっちが何か頼めば愚痴ひとつこぼさずやってくれるし、卵だって好みの固さに茹でてもくれる。なのにわたしときたら、彼を困らせようとしているのだ。ここまで気難しい人間になっていたとは。どこでどう間違ってこんなふうになったのか？　かつては汲めども尽きぬ喜びに胸ふくらませ、世界は無限の可能性に満ちた場所だと思っていたこの自分がどうして？　エリナの身に起こったこともこれだったのか？

アリスは大きく息を吸いこむと、口を開いた。「期間はどれくらい？」

ピーターが破顔する。叱責を免《まぬが》れてほっとしたらしい。「三、四日いただければ、この週末を含めて」

思わず声を荒らげそうになった。何を企んでいるのか？　だが、言葉をかろうじて呑みこむと、とびきり爽《さわ》やかな笑顔を無理矢理こしらえた。「なら四日ということで。水曜日には戻ってくるのよね」

「それがその……」

「何なの、ピーター？」

「できればおつき合いいただきたいんです」

アリスは目をむいた。「休暇につき合えと?」

ピーターが笑い声をあげた。「そういう意味じゃなくて。つまりその、我々もコーンウォールに行ったほうがいいように思うんです。〈ローアンネス〉に。スパロウ刑事の邪魔をしようというわけじゃありません、そこにただ行くだけです。そうすれば、あなたは作業を監督できるし、ぼくは日記や手紙を調べる手伝いができます。行間を読んだり、文章を分析したり――そういうのは普段からやっていることですし」

ピーターはまじまじと見つめ、アリスの反応をうかがう。一時間前ならノーと、断じてノーと言っていただろう。だがいまは、その一言が出てこなかった。ジンを飲んで談笑するうちに、昼下がりのそよ風が運んできた庭特有の湿った土やキノコのにおいに、思いがけず郷愁を掻き立てられていた。するとローアンネス〉に置いてきたあるものを欲している自分に気がついた。己の少女期を、長年抱えこんできた罪悪感と羞恥心《しゅうちしん》を映し出す象徴の品を。すると突然、長い人生で必要を感じたものは数あれど、いまの自分にはあれこそがもっとも必要なものになっていた。前に進むためには過去に向き合う必要がある、そう直感が告げていた。

とはいえ、それには〈ローアンネス〉に再び足を踏み入れなくてはならない。決してもう戻らないと自らに誓ったあの場所に……。

簡単には決められなかった。決断できないことそれ自体に、心が掻き乱された。アリス・エダヴェインは優柔不断に免疫がない。すでにものごとがほころびはじめていることにも、織り上げた誓いにしがみつく手をゆるめつつある自分にも、ならば手の力を抜くのもそう悪いことではないのではと思う自分がいることにも、気づかずにはいられなかった。

ピーターは相変わらずそばに立ちつくしていた。

「さて、どうしたものか」アリスはようやく口を開いた。「困ったわね」

＊

ピーターが帰ったあと、アリスは一時間ほど庭にとどまった。二杯目、さらに三杯目とジンを飲むうちに、近隣から夕方の日課をこなす心安らぐ音が聞こえはじめ、表通りを行き交う車の騒音はしだいに薄れ、一日を仲良く過ごした鳥たちの最後の一団がねぐらを目指して飛んでいった。非の打ちどころのない夏の夕べ、すべてがいま絶頂期にあった。移ろいゆく自然の臨界点。大気は甘い香りにむせ返り、空がピンク、薄紫、群青の層に染め上げられていく。この数日のあいだにさまざまなことを知ったわけだが、にもかかわらず、いまのアリスは大きな安らぎに包まれていた。

ようやく腰を上げて家のなかに戻る。見ればピーターが用意した夕食が、コンロの上に載っていた。テーブルはアリス好みにセッティングされ、スープの温め時間を書いたメモがコンロ脇のお玉立てに立てかけてある。どうやら料理下手の認定証を頂戴してしまったらしい。まだお腹はへっていないので、しばらく本を読むことにした。そこで居間に行ったわけだが、気がつけば〈ローアンネス〉でピクニックを楽しんだ遠い昔の家族写真を手に取っていた。すべてが崩壊する寸前に撮られた写真。いや、このときすでに壊れかけていたのだと思いなおした。

母の顔をしみじみと眺めた。一九三三年当時のエリナは三十八歳、いまのアリスからすればまだほんの子供だ。母は美しく、はっとするほど整った面立ちだが、その表情にひそむ悲しみをこれまでどうして見過ごしてしまったのかと、アリスは不思議に思う。父の世話を一手に引き受け、父の病状をひとり胸にしまいこみ、父の失意を自分のことのように受け止める、そんな母の終わりのない試練を知った上で見直せば、それがはっきりと見て取れた。ある意味それが母をいっそう魅力的にしていた。そのたたずまいには用心深さが透けて見え、射るようなまなざしには脳裡につきまとう影が見え隠れし、眉間にこもる力には忍従というか、不屈の魂が宿っていた。脆《もろ》さと強さが共存する母には、人を魅了する何かがあった。ベンが母に惹かれたのもわかる気がした。

写真を元の場所に戻した。ボート小屋で目にしたことをデボラに伝えたときのクレミーは、すっかり取り乱していたという。「当時あの子は十二歳よね」デボラは言っていた。「でも、その割には幼なかったわ。子供時代との訣別をたいそう嫌がっていたものね。そう、言うまでもなく、あの子が見てしまったのは母さまだったの」妹がボート小屋のポーチのガラス窓に腕を当て、手の甲に額を押しつけてなかを覗く姿が、目に浮かぶようだった。母とベンが肌を合わせているところを見てしまえば、頭が混乱して当然だ。父にしても、そのことを知らされてどれほどの衝撃を受けたことか。それはデボラも同じだったろう。そのことにアリスが触れると、デボラはうなずき、こう言ったのだった。「わたしだってクレミーの話を聞いてからは、母を死ぬまで憎みつづけてやろうと思ったわ」

「でも、そうはならなかったのよね」

「セオがあんなことになって、どうして憎みつづけられるというの？　弟を失った途端に母の不貞なんてどうでもよくなったわ、あなただってそう思うでしょ？　あのときわたしは、母はこれで十分罰を受けたんだと思ったの、同情が怒りを上回ったのね。それに、事件後の母さまは、再び父さまに尽くすようになった。父さまが母さまを許したなら、わたしも許そうと思ったの」

「クレミーはどうなの？」

デボラはかぶりを振った。「クレミーは心の内を決して見せようとしなかった。あの一件を自分から話題にすることもなかったし。一度か二度、わたしから話を振ってみたことがあるけれど、こっちがわけのわからないことをしゃべっているみたいな顔をされてしまったわ。あの子は飛行機にすっかり夢中だったでしょ。俗世間に生きるわたしたちが陥りがちな蹉跌《さてつ》を、あの子は空の高みで軽々と乗り越えてしまったんだと、そんなふうに思うこともあったわ」

本当にそうなのか？　クレミーと母の決して埋まることのない溝が、新たな光のなかで突如浮かび上がった。あれは単にクレミーの反抗的で孤独好きな気質の表われだと、アリスは勝手に思いこんでいた。まさかその下に、かなり生々しい心の傷が隠れていたとは、これっぽっちも思わなかった。

だったらこのわたしの気持ちはどうなるの？　この問いかけはどうにかねじ伏せた。代わりに、本心とは裏腹の、いくぶん軽い調子でこう言ったのだった。「どうしてもっと早く教えてくれなかったのかと、どうしても考えてしまうわ。母さまの不貞のことはひとまず措くとしても、そういうことじゃなく、すべてひっくるめてという意味で。父さまのこととか、シェルショックのこととか、セオのことととか」

きつく引き結ばれたデボラの唇がわなわなと震えた。「父さまのことは誰もが愛していたけれど、アリス、あなたは父さまを――それ以上に崇拝してもいたでしょ。そんなあなたの気持ちを傷つける人間になりたくなかったのよ」デボラは笑って見せたが、声は虚ろだった。「いやだわ、これじゃなんだかわたしがいかにも立派な決断をしたみたいに聞こえてしまうわね。そういうことじゃないの。全然違うの」彼女は溜息をもらした。「あなたに話さなかったのはね、アリス、言えば父さまの怒りに火をつけたことを、あなたに責められるとわかっていたからなの。ああなったのはおまえのせいだと言われてしまうんじゃないかって。たしかにそのとおりなんだもの、なおのこと耐えられそうになかった」

それからデボラはさめざめと涙を流した。罪悪感と悲哀をないまぜにして、自分が妊娠しにくかったのも己の罪深さに対する罰ではないかと悩んだこともあると、デボラは打ち明けた。そんなデボラをアリスは慰めた。ひとつには、天はそんな仕打ちをしないからだし、デボラの判断すべてがいちいち腑に落ちたからでもあった。父には強烈なまでの忠誠心を、母にはすさまじい怒りを、デボラは抱いた。まさか自分が悲惨な出来事の連鎖をお膳立てすることになろうとは、デボラは知る由もなかったのだ。

あまりにも多すぎるパズルのピース、しかも各人がまちまちのピースを握りしめていた。唯一すべてを知っていたのはエリナだが、彼女はそれを決して人に明かそうとはしなかった。そういえばセイディ・スパロウは、エリナがどうして夫の行為を許すことができたのかと当惑を見せていた。セイディとのやりとりの背後には、暗黙のうちに投げかけられた疑問が脈打っていた——**エリナは自分の赤ん坊を愛していなかったのか？**　いや、母はセオを心底愛していた。彼女を知る者なら、誰ひとりそれを否定しないはず。それゆえ彼女の悲しみは生涯癒えることはなかったし、年に一度の〈ローアンネス〉詣《もう》でも欠かさず続けていた。なのに、父に八つ当たりすることは一度もなかった。「愛は恨みを抱かない」デボラが結婚式を翌日に控えた夜、エリナはデボラにそう言ったという。その言葉はまさに母自身の思いだったのだ。夫をかばった理由は、もうひとつあった。スパロウ刑事には理解しがたいことだろうが、母は自らの罪を認めていたからだとアリスは思う。起きたことはすべて、夫婦の誓いを交わしておきながら夫を裏切ったことに対する罰なのだと。

いま一度写真に目をやる。母とベンの関係はどのくらい続いていたのだろうかと気になった。束の間の関係だったのか、それとも愛が芽生えるほど長期にわたるものだったのか？　デボラがこの話をはじめて口にしたとき、アリスはきまりが悪くなった。すぐさま思い浮かべたのは、ボート小屋でベンに拒まれたあの昼下がりのことだった。誰か好きな人がいるのかと問いつめたとき、彼が見せた柔和な表情から、いることがわかった。だが、相手までは読み取れなかった。

デボラから真実を知らされた直後は、ふたりが陰でアリスを笑いものにしているところを想像し、己の馬鹿さ加減を呪わずにいられなかった。だがそんな被害妄想もいまはない。この数日間、心に渦巻いていた強烈な感情は薄れ、それ自体がただの幻影と化していた。ベンと出会ったのはアリスが十五のとき、早熟とはいえ世間知らずだったし、彼が自分に興味を示してくれた最初の年上の男性だったこともあり、彼の優しさを愛と履き違えていたのである。あれはたわいのない恋物語、若さゆえのことだと目をつぶるしかない。それに、母が陰でアリスを笑いものにするわけがないことも、いまならわかるし、母がなぜあそこまで神経をとがらせ、〝分不相応〟な人に深入りするなと執拗に忠告したのかも納得がいった。

ベンがこの自分でなくエリナを選んだことにも、嫉妬は起きなかった。ひどい苦しみを味わい、多くのものを失った母を、どうして妬《ねた》めるというのか？　当時の母はいまのアリスに比べたらずっと若かったし、母が亡くなってもう六十年近くになる。そんなことは我が子を羨むようなもの、昔読んだ本の登場人物に嫉妬するようなものだ。そう、嫉妬などしていない、ただ悲しかった。郷愁というのとも違う。いわゆる感傷と呼ぶような曖昧模糊とした感情は持ち合わせていない。母が秘密をひとりで抱えこんでいたことが、ただ悲しいのだ。遠い過去の母の顔を見つめるうちに、アリスははたと気づいた。そんな母だからこそ、ベンに惹かれたのではなかったかと。ベンは優しい人だった。温厚で愛嬌があり、エリナには耐えがたい負担となっていただろう責任という縛りにはいっさい無縁の人だった。

アリスの視線は、ピクニック・ブランケットの端に腰をおろす父に移っていった。その背後には石壁があった。〈ローアンネス〉の草地を分割するこうした古い石壁のように、アリスの目には父が揺るぎない存在に映っていたことを、写真を眺めるうちに思い出した。デボラは、アリスが父を心底崇拝していたと言っていた。たしかに父には特別な愛情を抱いていたし、同じように父からも愛されたいと思っていた。だが、アリスだけでなく子供たちはみんなそう思っていたし、父の愛を得ようと互いに張り合っていた。

今度は父の目鼻立ちをひとつひとつ丹念に見ていき、みんなに愛されたその顔の下にひそむ秘密を読み取ろうとした。シェルショックについて知っているのはごくわずか、体の震えが止まらないとか悪夢にうなされるとか、大きな音にぎょっとするとか、せいぜいが一般的な知識どまりだ。だが、父の場合はそういうのとは違うとデボラは言っていた。集中力がなくなり、ときおり手が震えるため、外科医としての研修に復帰するのはとても無理だった。だが、父を苦しめていたのはそれとは別のもの、いわゆる過酷な戦場体験とは別の、何か特殊な事情に起因しているらしかった。戦地での辛い体験が戦後にも尾を引き、それが今度は家族に悲惨な結果をもたらすことになったのだ。

やがてアリスのまなざしは、当然のこと、セオに向かった。母の足元にしゃがみ、愛くるしい笑みで顔を輝かせながら、腕をクレミーのほうに突き出している。その手にぶら下がっているのは子犬のぬいぐるみパピー、知らない人が見たら、それを姉にあげようとしているように見えるだろう。だが、セオがパピーを人にあげることはなかった、少なくとも自発的には。あれはどうなったのだろうか？　ぬいぐるみの行方など全体からすれば取るに足りないことだが、それでもアリスは気になった。描写する際に、どんな些細な点も決してゆるがせにしない内なる小説家がそうさせるのだ。それよりもっと大きな疑問も残っていた。ごく基本的な疑問——事件はどのような経緯で起きたのか？　父はいつ、自分のしたことに気づいたのか？　母はどうやってそのことを知ったのか？　そしてアリスがもっとも知りたいこと——父をこんな振舞いに駆り立てる原因となった、そもそもの体験とはいったい何だったのか？　過去に戻って母と父からじかに話を聞いてみたい、あるがままを問い質《ただ》したい、それができるならすべてを擲《なげう》つこともいとわない。だが、それが不可能である以上、あとは〈ローアンネス〉に残る資料にそれらの答が眠っていることを願うしかなかった。

セイディ・スパロウならきっと答を突き止めてくれると信じてはいるものの、ただこうして漫然とすわっていられそうにないこともわかってきた。決して足を踏み入れないといったんは誓ったアリスだが、突如、〈ローアンネス〉こそが、何を措いてもこの世でいちばん行きたい場所になっていた。アリスはぱっと立ち上がると図書室のなかを落ち着きなく歩き回り、手でしきりに顔をあおいだ。〈ローアンネス〉に帰る……ピーターは、その気になったら電話をくださいと言っていた……若さゆえに不安と恐れにかっとなって立てた誓いを、おまえは本気で守りつづけるつもりなのか？

電話にさっと目を走らせた。手がぶるっと震えた。

27　コーンウォール　一九三二年

彼は恵まれた人生を送っていた。そのことが人生をなおいっそう辛いものにした。愛する妻がいて、人生に光をもたらす純真無垢な三人の娘にも恵まれ、じきにもうひとりが生まれようとしていた。どこまでも続く広大な庭に囲まれた瀟洒《しょうしゃ》な自宅は、緑豊かな大きな森に抱かれている。所有地の木々では鳥たちがさえずり、リスたちはせっせと木の実を蓄え、川の鱒はまるまると太っている。自分には分不相応な恵まれようだ。何百万という人が普通の暮らしを送る機会を奪われ、ぬかるみと狂気のなかで死んでいった。家族や祖国のために男たちはすべてを擲つ覚悟で戦った。そうやって彼らが死んで忘れ去られていく一方で、アンソニーには神の恩寵がもたらされつづけている。

湖の縁を巡り、ボート小屋が見えてきたところで彼は足を止めた。ここは特別な場所だった。戦争前の素朴な日々がここにはあった。母屋が修復中だった当時、エリナとふたりで川の畔のここを仮の住まいにした。あれが幸せの絶頂期ではなかったか。そのくらいものごとが明快だった。人生の目標もあったし、それを叶えるだけの能力も自信もあった。若さにあふれ、すべてが満ち足りていて、試練とは無縁だった。正直な話、あのころの自分は立派な人間だったと言っていいだろう。人生は前方にただまっすぐ延びる一本の道で、そこをふたりで歩いていけばいいだけだと思っていた。

戦争が終わって自宅に戻ると、アンソニーは多くの時間をボート小屋で過ごした。ときにはただすわって川面を眺めることもあれば、昔の手紙を読み返すこともあった。ひたすら眠り続ける日もあった。ひどく疲れていた。このまま目覚めないのではと思うこともあった。目覚めないほうがむしろありがたいと思う日も多かった。それでも必ず目は覚めた。それで安堵もした。やがてエリナの計らいで母屋の屋根裏に書斎を持つと、ボート小屋は娘たちに譲りわたされ、子供の遊び場、冒険の場になった。そのボート小屋も、いまは使用人の宿舎になっている。それを思うと愉快になった。時や用途が幾層にも積み重なり、昨日の亡霊が今日の演者に道を譲るところが目に見えるようだった。なべて建造物は人の一生に対して無駄に大きい、それは幸せなことなのか？〈ローアンネス〉の森や草原が何より好ましく思えるのはそこだった。何世代にもわたる人々がこの上を歩きまわり、これに手を加え、いまはこの下で眠っている。永久不変の自然の営みは大きな慰めだ。メニン（第一次大戦で最初に毒ガス攻撃を受けたベルギーの村）の森でさえ、いまは再生の道をたどっているのだろう。ちょっと想像しがたいが、きっとそのはずだ。ハワードの墓にも花が咲いただろうか？

ときおり、フランスで出会った人たちに思いを馳せることもあった。なるべく考えないようにしていても、戦場の只中に暮らしていた村人や農夫たちが勝手に彼の心の目のなかに現われるのだ。自分たち兵士に宿舎を提供してくれたムッシュ・デュランやマダム・フルニエ、その他数知れない人々も、まだあそこで、幸せかどうかはともかく、暮らしているのだろうか？

停戦合意の調印がなされて銃が一掃されたあと、村人たちは台無しにされた暮らしをとり戻すべく、破壊された家屋や農地の気の遠くなるような復旧作業に乗り出したのだろうか？　きっとそのはずだ。ほかにどこに行けるというのか？

アンソニーは灌木の茂みを迂回《うかい》し、森に足を向けた。アリスが一緒に来たがったが、エリナが異を唱え、アリスに適当な用事を言いつけて来られなくした。エリナはこの何年かのあいだに夫の気分を読むのがうまくなった。当のアンソニー以上に知り尽くしていると思えることさえあるくらいだ。だが最近はそこにほころびが生じつつあった。妊娠を打ち明けられてからこっち、事態はますます悪化した。それがアンソニーを不安にさせた。懐妊の知らせが夫に喜びをもたらすとエリナは思ったのだろうし、ある意味嬉しいことには違いない。だが、ともすればマダム・フルニエの納屋に意識が吸い寄せられる頻度がかえって高まった。夜は聞こえるはずのない赤ん坊の泣き声に悩まされた。犬が吠えるたびに、息を殺して棒立ちになったまま、何も心配するな、これはただの幻聴だと、自分に言い聞かせねばならなかった。それでうまく切り抜けられるとでもいうように。

空をさっと横切る鳥の群れに、アンソニーは身震いした。一瞬、フランスの搾乳《さくにゅう》小屋の裏手の地面に寝ころぶ自分の姿がよみがえり、ハワードに殴られた肩のあたりが疼いた。目をぎゅっとつむり、五つ数えてから目を開けると、パンッという音と閃光が脳裡に押し寄せた。前方に広がる〈ローアンネス〉の広大な草原とアリスのブランコ、草原と森を隔てるゲートにひたすら目を凝らし、意識を集中させる。それからゆっくりりと、毅然とした足取りで、森に向かって歩きだした。

今日はひとりで来て正解だった。エリナの読みは正しかった。自分自身の判断が当てにならなくなっていた。自分でもそれと気がつかぬうちに何かしでかすのではないか、娘たちにまずいところを見られたり聞かれたりするのではと不安がつのった。自分のこれまでの振舞いを、そしていまの状態を、娘たちに知られるのだけは絶対に避けたかった。そんなことはとても耐えられない。へたをすれば、あのときのように、怪物的一面をさらけ出さないとも限らない。

先日の夜も、エリナと寝起きを共にしている寝室の暗がりから物音がして目が覚めた。ぱっと身を起こすと、カーテンのそばの薄暗がりに何かがうごめいていた。人がいた。心臓が早鐘を打った。「誰だ?」強い口調でささやいた。「何が望みだ?」相手はゆっくりとアンソニーのほうにやって来て、月明かりが射しこむあたりで立ち止まった。ハワードだった。

「ぼくは父親になるんだ」彼が言った。「父親になるんだぜ、アンソニー、きみみたいにね」

アンソニーはきつく目を閉じ、ぶるぶる震える両手をこめかみに押しつけ、耳をふさいだ。我に返ると、目を覚ましたエリナがしがみついていた。ベッドサイドのランプがともっていて、ハワードの姿は消えていた。

その後も彼はやって来た。いつだってやって来た。そして、赤ん坊がじきに生まれようとしているいま、ハワードを寄せつけずにおくのはとてもできそうになかった。

*

彼らは二年半のあいだ、ソンムの戦場にいた。苦戦を強いられていた。いつ果てるとも知れない激しい交戦状態のなか、慌ただしく持ち場を入れ替わりながら戦っては、しばし宿営地に戻るという日々を繰り返していた。ヴァルロワ＝バイヨンの町にも、そこの住民にもだいぶ馴染んできていたし、地獄のような塹壕にしても、状況が許す限りとはいえ、そこそこ快適に過ごせるようになっていた。それでも猛攻撃の準備が整ったとの知らせが前線に届くと、アンソニーは喜んだ。この忌々しい戦いにさっさと勝利すれば、それだけ帰還が早まるのだ。

じきに塹壕に戻ろうという休暇の最終日、不承不承の宿舎提供者ムッシュー・デュランの家のキッチンの樫材のテーブルで、ブリキではなく磁器のカップで飲める最後のお茶を楽しみながら、アンソニーは届いたばかりのエリナからの手紙を読み返していた。デボラと、生まれたばかりのアリスの写真も同封されていた。アリスは丸々と太り、驚くほど意志の強そうな面構えだった。最後にもう一度眺めてから、ジャケットのポケットに丁寧に写真をおさめた。

出征前にエリナに贈ったアイビーの縁取りのある便箋に綴られた手紙は、彼が頼んでおいたとおりの内容だった。物語風に次々と描き出される日常風景は、彼がもはや小説にしか存在しないと感じはじめているものばかりだった。〈ローアンネス〉と呼ばれる家は本当にあるのか？　アヒルが群れ集い、中央に小島が浮かぶ湖は、庭園内の低地部分を渦を巻きながら軽快に流れる川は、たしかに実在しているのか？　デボラとアリスという名の、幼いふたりのイギリス人少女は毎朝、両親が丹精した菜園で、これでもかというほどイチゴをほおばっていると いうのは本当か？　**そのあとは、ふたりとも惨憺《さんたん》たるありさまでしたが、こっちはもうすっか**

りお手上げです。菜園の襲撃となったら、あの子たちは立派なちびっ子盗賊団だわ。デボラったらイチゴをポケットに詰めこみ、わたしが見ていないすきにこっそりアリスに食べさせているんだもの。あっぱれというべきか腹を立てるべきか、心境は複雑です！　これではまずいとわかっていても、なぜかやめさせようという気になれないの。イチゴはもぎたてがいちばんおいしいに決まっているでしょ？　お腹いっぱいむしゃむしゃ食べて、甘さに浸れるなんて最高よね？　とはいえ、ああ、アンソニー、子供部屋のすさまじさといったらなかったわ！――犯人はべとべとになった小さなおてて――できたてのジャムみたいなにおいが何日も抜けなかったのです！

アンソニーが目を上げると、キッチンの戸口にハワードが立っていた。にやついているところを見られてばつが悪くなり、急いで手紙をたたむと、写真を入れた同じポケットにすべりこませた。「きみさえよければ、こっちはいつでも出られるぞ」言ってアンソニーは帽子を取り上げ、頭に載せた。

ハワードはテーブルの向かいの、錆びた椅子に腰かけた。

「なんだ、まだ行かないのか」アンソニーは言った。

「ぼくは行かない」

「行かないって、どういうことだよ？」

「前線には戻らないってことさ」

アンソニーは眉をひそめた。困惑した。「冗談だろ？　具合でも悪いのか？」

「そのどっちでもない。脱走、兵役放棄、何とでも好きに呼んでくれ。ソフィーを連れて逃げることにした」

アンソニーが絶句することはめったにないが、このときは言葉が見つからなかった。ハワードがムッシュー・デュランのところのメイドに夢中なのは知っていた。その娘は気の毒なことに、開戦から数週間のうちに夫を亡くしていた。まだ十八だが、ルイという名の乳飲み子を抱えていて、村には身内も友人もいなかった。まさかそこまで深い仲になっていたとはアンソニーも気づかなかった。

「愛し合っているんだ」ハワードが言った。「こんなときにどうかしていると思われるのは百も承知だが、きみには言っておきたくて」

ここにいても砲声は絶えず聞こえていた。地面が揺れるのにも、テーブルの上のカップやソーサーがかたかた鳴るのにも、ふたりは慣れっこになっていた。いまでは地響きがさらなる死者の出たことを意味するという現実を、やり過ごすのもうまくなっていた。

アンソニーはティーカップを手で押さえ、飲み残しの液体が小刻みに揺れるさまを見つめた。

「愛か」アンソニーは反復した。ドブネズミやぬかるみ、血まみれの手足などを話題にすることが日常茶飯の状況でそう声に出して言うと、妙に浮いて聞こえた。

「ぼくは戦いに向かない人間なんだ、アンソニー」

「いまは誰もが戦うしかないんだぞ」

「ぼくはもう駄目だ。今日まで運よくやってこられたが、このままいけば運も尽きてしまう」

「始めた以上、最後までやり抜かなきゃ駄目だ。国の役に立てないやつなど死んだほうがましだ」

「くだらない。そんなご託を信じていたなんて自分でも呆れるよ。ぼくがイングランドのどんな役に立つというんだ？　ソフィーとルイに尽くすほうが、ぼくはよっぽど役に立てるんだ」

ハワードが漠然と指さす窓の外に目をやると、中庭の向こう端のベンチにソフィーと赤ん坊がいた。彼女は息子に優しく語りかけていた——潤んだ茶色の瞳をした、両頰にえくぼのある愛らしい子——その子がきゃっきゃと笑っては、ぽっちゃりした小さな手を母親の顔のほうに伸ばしていた。

アンソニーは声を落として言った。「いいかよく聞け。ぼくが休暇願いを取りつけてやる。そうしたら数週間後にはイギリスに帰れるんだ。頭を冷やせ」

ハワードはかぶりを振った。「ぼくは戻らない」

「きみには選ぶ権利なんかないんだよ」

「あるさ。ぼくは今夜、村を離れる。ぼくたちはここを出る」

「とにかくいまは、ぼくと一緒に持ち場に戻れ——これは上官命令だ」

「ぼくは彼女のそばにいたいんだ。普通の生活がしたいんだ。父親に、夫になりたいんだ」

「なれるさ、いつかきっとなれる。だが、きちんと手続きを踏んでくれ。無断で出ていくなんて許さない」

「話すんじゃなかった。でも、きみは友達以上の存在だ。兄弟も同然だろ」

「きみにそんな真似はさせられない」

「見逃してくれ」

「脱走兵がどういう目に遭うか、わかっているだろ」

「それは捕まってからの話だ」

「きっと捕まる」

ハワードは悲しげな笑みを浮かべた。「アンソニー、いいか、ぼくはすでに戦場で死んでしまったんだ。ぼくの魂は死に、この体もやがてそれに追いつくことになる」ハワードは立ち上がると、椅子をゆっくりと慎重に押し戻した。それから何年かぶりに聞く大学時代のダンス曲を口笛で奏でながら、農家のキッチンを出ていった。

口笛、その音色、その軽薄な振舞いで、友は自らの死刑執行令状に署名しようとしていた……。ふたりが共に目にし、行なった残虐行為のすべて、過酷な任務、アンソニーがどうにかここまで胸に抑えこんできたものすべて――エリナと娘たちに会いたい、まだ見ぬ赤ん坊をこの腕に抱きたいという強い思い――が、このとき彼を呑みこもうとしていた。

思考の境界がぼやけ、彼は咄嗟に立ち上がった。キッチンを急いで出ると、草地を突っ切り、農家の建物に挟まれた路地をたどった。隣家の搾乳小屋の背後に延びる路地で、ハワードに追いついた。道のはずれにさしかかろうとしている友を、大声で呼びとめた。「おい！ そこで止まれ」

ハワードは立ち止まらず、肩越しに振り返ると叫び返した。「きみはもうぼくの上官じゃない」

　怖れと無力感と怒りが止めようのない黒い波となって、胸に押し寄せてくるのがアンソニーにわかった。こんなことさせるわけにはいかない。なんとしても引き止めねば。

　アンソニーは駆けだした。彼は決して荒っぽい人間ではない——医師になるべく研修中の、人を癒す側の人間だ——だがいまは、心臓が鼓動を速め、血液が血管をどっと駆け抜け、この何年かで身についた怒りと悲しみと焦りが皮膚の下でたぎっていた。背後からハワードに跳びかかると、そのまま地面に引き倒した。

　ふたりはくんずほぐれつしながら地面を転げまわり、互いに相手にとどめのパンチを食らわそうとするのだが、どちらもそううまくいかなかった。機先を制したのはハワードだった。体をぐいと引いて十分な距離を取ったところで肩めがけて左フックを繰り出した。アンソニーの胸と肩に激痛が走った。

　当人の言うとおり、ハワードは戦いには向かない人間だし、アンソニーもそれは同じだった。取っ組み合いの喧嘩は驚くほど体力を消耗させた。ふたりは摑んでいた相手の体を突きはなすと、そのまま地面に仰向けにひっくり返った。どちらも胸を激しく上下させながら、荒い呼吸を鎮めようと喘いだ。一瞬の狂乱は過ぎ去った。

「ああ、まいった」ハワードがようやく口を開いた。「ごめんよ。怪我はないか？」

　アンソニーはかぶりを振った。空をじっと見上げる。息苦しさのせいか、頭がくらくらした。

「ひどいじゃないか、ハワード」

「だから謝っただろ」

「食料も物資もないくせに……何を考えているんだ？」

「ソフィーとぼく――ふたりが一緒にいられるならそれだけで十分だ。ほかには何もいらない」

アンソニーは目を閉じると、胸に片手を置いた。太陽が頰を心地よく焦《こ》がし、瞼《まぶた》の裏をオレンジ色に染めた。「ぼくがきみを止める立場にあるのはわかっているだろ」

「だったらぼくを撃つしかないな」

アンソニーは陽射しに目をしょぼつかせた。V字に隊列を組んで飛ぶ鳥たちが、まぶしい空の青さを背に黒々と浮かび上がった。それを目で追う。そうするうちに、アンソニーの確信に揺らぎが生じたようだった。今日という一日、この陽射し、鳥たち、その何もかもが戦闘とは無縁の領域にあった。さながら地上とは別の現実が、空の高みで繰り広げられているかのようで、できることならそこまで昇っていって、自分たちが世界と呼ぶこの場所から逃れられたらどんなにいいかと思った。

ハワードは体を起こすと煉瓦壁にもたれ、擦りむいた手を見つめていた。アンソニーはハワードのそばまで移動し、隣に腰をおろした。あばら骨が痛んだ。

「決心は変わらないのか」

「ふたりで決めたことなんだ」

「だったらその計画を話してみろよ。当然、立ててあるんだろう。きみがよほどの馬鹿でない限り、計画も立てずに女子供を連れてこの国を移動しようなんて思うわけがない」

ハワードが語る計画のあらましに、アンソニーはじっと耳を傾けた。軍や軍規のこと、友が捕まったらどうなるのかは考えないようにした。聞きながらただうなずき、うまくいくかもしれないと自らに信じさせた。

「そのソフィーの伯母さんというのは――南仏にいるのか？」

「スペインとの国境近くだ」

「その人がきみたちを受け容れてくれるんだね？」

「ソフィーにとっては母親のような存在なんだ」

「だったら道中の食料はどうする？」

「前から配給物資を貯めておいたし、エリナが送ってくれたものもある。パンと水はソフィーがどうにか確保した」

「ムッシュー・デュランのキッチンからか？」

ハワードはうなずいた。「代金は置いていくつもりだ。ぼくは盗人《ぬすっと》じゃない」

「調達したものはどこに隠してあるんだ？」

「マダム・フルニエの農場の端に納屋がある。そこはもう使われていないんだ。砲弾で屋根はでかい穴だらけ、雨漏りがひどいんでね」

「わずかな配給品、菓子にパン――それじゃ十分とは言えないな。しばらく身をひそめている必要があるだろうし、南に向かうあいだに何があるかわからないわけだし」

「なんとかなるさ」

アンソニーは軍の食料庫を思い浮かべた。コンビーフの缶詰やコンデンスミルク、小麦粉にチーズにジャム。「もっとあったほうがいいな」アンソニーは言った。「暗くなるまで待っていてくれ。その時分には明日の攻撃準備でばたばたしだすはずだ。そのすきに納屋で落ち合おう」

「やめてくれ。きみを巻きこみたくない」

「もう巻きこまれているようなものさ。ぼくらは兄弟だろ」

＊

アンソニーはその夜、やっと手に入れた食料を詰めた背嚢《はいのう》を担いで出発した。あとをつけられないよう用心した。士官待遇の彼には並はずれた特権が与えられているとはいえ、盗品をどっさりたずさえた状態で、しかも本来いるはずのない場所で捕まるわけにはいかなかった。

納屋にたどり着くとあらかじめ決めておいたとおり、ドアをがたがた揺すってから一度だけノックした。ハワードがすぐさまドアを開けた。ドアのすぐそばで待っていたのだろう。ふたりは抱擁を交わした（ふたりがそんなことをするのは、アンソニーの記憶する限り、はじめてのことだった。あれはいずれ振りかかる運命を双方とも予感していたからだろうかと、のちにアンソニーは思うことになる）。アンソニーは担いできた荷を手渡した。

屋根にできた穴から射しこむ銀色の月明かりで、隅の積み藁にすわるソフィーが見えた。胸にはキャンバス地の吊り紐《スリング》にくるまれた赤ん坊が抱かれていた。赤ん坊は眠っていた。きゅっとすぼめた薔薇の蕾《つぼみ》のような唇、一心に眠りを貪《むさぼ》る小さな顔。アンソニーは安らかな寝顔を羨んだ。こんなふうに眠れる日は二度と自分には来ないだろうと、アンソニーにはわかっていた。アンソニーが会釈すると、ソフィーが恥じらうように微笑んだ。ここにいる彼女は、もはやムッシュー・デュランのメイドではなく、アンソニーの親友が愛する人だった。それがすべてを一変させてしまった。

ハワードが彼女のそばに行き、ふたりは静かに言葉を交わしていた。ソフィーは真剣に耳を傾け、ときおり素早くうなずいていた。彼女が小さなかぼそい手をハワードの頬に当てると、ハワードがそこに自分の手を重ねた。アンソニーは邪魔者の気分になったが、目を逸らすことができなかった。友の顔に浮かぶ表情に心打たれていた。前より老けこんで見えたが、疲れのせいではない。知り合った当時からずっとハワードがまとっていたユーモアの仮面が、世間に笑われる前に世間を笑い飛ばしてやろうとする自己防衛の笑みが、いまはすっかり消えていた。

恋人同士の甘いささやきが終わると、すぐさまハワードは別れを告げにアンソニーのそばに立った。ついに来た、とアンソニーは思った。午後のあいだずっと、この場面になったらどんな言葉をかけようかと考えてきた。無事を祈る言葉、別れを惜しむ言葉、ここで言わなければ二度と言うチャンスがないだろうとりとめのない思いなど、あれも言おうこれも言おうと思っていたのだが、この瞬間にすべてが霧消した。あまりにも多すぎてうまく言葉にできず、すべてを伝えるにはとても時間が足りなかった。

「気をつけるんだぞ」アンソニーは言った。

「きみもな」

「じゃあ、すべてが終わったら……」

「そうだな、すべてが終わったときに」

そのとき外が騒がしくなり、ふたりは凍りついた。

遠くで犬が吠えていた。

「ハワード」ソフィーが切羽詰まった声でささやいた。「急いで《デペッシュ・トワ》！　もう行かないと《アロン・ズィ》」

「わかった」ハワードはうなずきながらも、アンソニーから目を離そうとしなかった。「じゃあお別れだ」

それからソフィーに駆け寄り、肩に軍支給の背嚢を担ぐと、足元に置かれたもうひとつの背嚢を持ち上げた。

犬は吠えつづけていた。

「やめろ」アンソニーは小声で吐き捨てるように言った。「頼むから、黙ってくれ」

だが犬は黙らなかった。うなり、吠えたて、ぐんぐんこちらに迫ってきた。これでは赤ん坊が起きてしまう。いまでは人の話し声もしていた。

アンソニーは素早く周囲に目を走らせた。開口部があったが、かなり高い位置にあるので赤ん坊を抱えてそこから出るのは無理そうだった。奥の壁に開いたドアがあり、その先に狭い空間が見えた。アンソニーは目顔《めがお》でそこを示した。

三人は小部屋に体を押しこんだ。月明かりが射しこまない分、闇が密度を増した。全員が息をひそめた。徐々に目が慣れてきた。アンソニーはソフィーの顔にありありと浮かぶ恐怖を見て取った。彼女を片手で抱き寄せるハワードの表情はうまく読み取れなかった。

納屋の戸口の掛け金ががたがた揺れる音がしたかと思うと、ドアが勢いよく開いた。

いまでは赤ん坊も目を覚まし、むにゃむにゃと小さな声を発しはじめていた。愉快なことなどどこには何ひとつないのに、子供にそれがわかろうはずもない。生きていることそれ自体がただ嬉しくて、笑いが自然にこみ上げるのだ。

アンソニーは口に指を立て、赤ん坊をおとなしくさせろと、ふたりに向かってしきりに合図を送った。

ソフィーが赤ん坊の耳に何やらささやきかけたが、かえって喜ばせるだけ、赤ん坊はますます活気づいて笑い声をあげた。**これってゲームだよね。**彼の黒い瞳が踊るように語りかけていた。**すごく面白いね！**

アンソニーはうなじの毛が逆立つのがわかった。足音がすぐそこに迫り、くぐもった話し声が大きく鮮明になった。いま一度アンソニーが口元に指を立てると、ソフィーは赤ん坊を揺すってあやした。彼女のささやきはパニックの色を帯びていた。

幼いルイは遊びに飽きたのか、お腹もすいていたのだろう、しきりに地面に下りたがり、なぜ母親は自由にさせてくれないのかと戸惑っているようだった。ぐずる声がやがて泣き声に変わり、それがどんどん大きくなった。その瞬間、アンソニーはソフィーの胸に抱かれた子供に掴みかかっていた。スリングにくるまれた小さな体を引きずり出し、子供の口を手でふさごうと必死だった。泣き声を止めたかった。全員の身の安全のため、なんとしても黙らせたかった。だが、犬はすでに第二のドアの前にいて、木戸をひっかいていた。背後にいたハワードがアンソニーをものすごい力で引き寄せ、押しのけた。赤ん坊はいっこうに泣きやまず、犬は吠えたてた。ハワードは、やはりめそめそしだしたソフィーを抱き寄せた。ドアの取っ手ががたがた鳴った。

アンソニーは銃を抜いて、息を詰めた。

ドアが開く。松明《たいまつ》の明かりに目がくらんだ。アンソニーは目をしばたたき、咄嗟に手を目元にかざした。頭は混乱していたが、闇の向こうに屈強な男がふたりいるのだけはわかった。ひとりがフランス語をまくしたてた。ムッシュー・デュランだった。もうひとりは英国陸軍の軍服を着ていた。

「これはいったい何の真似だ？」将校が言った。

男の脳内歯車がかたかたと回転する音がアンソニーにも聞こえるようだった。男がこう言ったときも驚きはなかった。「背嚢をおろして、後ろに下がれ」

ハワードは素直に従った。

見ればルイはおとなしくなっていて、ソフィーの青ざめた頬にさわろうと手を伸ばしていた。アンソニーは赤ん坊から目が離せなくなった、無邪気な様子に陶然となった。自分たちが置かれている恐ろしい状況と鮮やかな対比をなしていた。

静寂が落ちると、アンソニーははっとした。思わずやりそうになった己の行為に、いましがたの切羽つまった状況下で悪の衝動につき動かされていた自分に気づいたのだ。

アンソニーは頭を振りたてた。なんという残忍な振舞い！　なぜあんなことを！　絶対にあってはならないこと。いつだって誇りをもって行動していたおまえが、分別があり思慮深く責任感の強いおまえが、人を助けたいという意欲に燃えるおまえが、いったいどうなってしまったんだ。

困惑したアンソニーはその考えを頭から追いやり、改めて赤ん坊に意識を集中した。すると不意に、あらゆる善がむしばまれた世界に身を置くいまこそ、全員でこのかけがえのない赤ん坊を眺め、彼の純粋さに感動すべきでないのかという気がした。**しゃべるのをやめろ**、そう言いたかった。**ただ黙ってこの幼な子を見るんだ。**

言うまでもなく、アンソニーは正気を失いかけていた。死を目前にした人間なら、誰であれそうなるだろう。アンソニーを含む三人全員が死ぬのは確実だった。脱走兵に手を貸すのは脱走と大差ない行為である。奇妙なことだが、死はアンソニーが想像していたほど悪いものではなかった。少なくとも、じきに楽になれるのだ。

疲れていた。へとへとだった。これでもう、家に帰ろうと必死に頑張らなくてもよくなった。エリナは嘆き悲しむだろうが、そのうち気持ちの整理もつくだろうし、ハワードが新しい人生を始められるよう手を貸したことで夫が命を落としたと知れば、きっと喜んでくれるはず。アンソニーは声をあげて笑いだしそうになった。新しい人生を始めるだと！　世界が崩壊しようというこんなご時世に……。

どすんという音が起き、アンソニーは目をしばたたいた。いまなおフランスの納屋にいる自分に気づき、はっとした。将校が背嚢の口を開き、盗み出された軍の支給品を振り出していた。コンビーフにシチューにコンデンスミルク、おびただしい数の缶詰が地面に転がった――数週間身を隠すことになってもハワードとソフィーが困らないよう、アンソニーが用意したものだった。

将校がひゅっと口笛を吹いた。「誰かさんが休暇旅行を計画していたようだな」

「これで休暇旅行もおじゃんですよ」ハワードがいきなり口を開いた。「エダヴェインの邪魔がはいったばっかりに」

アンソニーは友に素早く目を走らせた。頭が混乱した。ハワードはアンソニーと目を合わせようとしなかった。「こいつが追ってきて、思いとどまれと言ったんです」

やめろ、それ以上しゃべるな、アンソニーは心のなかで叫んだ。いまさら何を言っても無駄だ。

将校がアンソニーの手に握られた銃に目をやった。「そうなのか?」彼は両者を交互に見た。「貴様はこいつを連れ戻そうとしたのか?」

アンソニーは言葉をうまく紡ぎ出せなかった。言葉のひとつひとつが強風に舞う紙吹雪のようになり、ひとつにまとまってくれなかった。

「だから言ってやったんです、この場でぼくを撃てばいいと」ハワードがすかさず続けた。

「そうなのか、エダヴェイン？」

アンソニーの耳に届く将校の声は、はるか遠くから聞こえてくるようにしか感じられなかった。このときアンソニーの意識はフランスの荒れ果てた納屋を離れ、〈ローアンネス〉の家庭菜園に舞い戻り、子供たちの遊ぶ姿を眺めていた。かつてエリナと一緒にこしらえた庭の手入れをしていた。陽射しをたっぷり浴びたイチゴが放つ香りもちゃんとわかったし、太陽の光を顔に感じられたし、子供たちの歌声も聞こえた。「必ず戻ってきてね」と、あの日、川辺でエリナが言い、必ず戻ってくるとアンソニーは約束した。もしもこれが自分の口にした最後の約束なら、彼らの元に戻らないわけにはいかなかった。約束は約束でも、約束以上のものでもあった。家に戻るのは、それを望む自分がいたからだ。

「彼を引き止めようとしました」そう言う自分の声が聞こえた。「行くなと言いました」

追っ手のふたりがハワードをあいだに挟んで野営地に引き揚げ、ソフィーが声を詰まらせながらフランス語で泣きじゃくるなか、アンソニーは自分にこう言い聞かせた。これで少しは時間稼ぎができたはず、このまま終わらせるつもりはない、命さえつながっていれば希望はある。アンソニーの口から事情を説明し、ハワードの助命を訴え、事態を収拾する手立てを見つけよう。前線はここから何マイルも離れている。このごたごたから抜け出す手を考える時間はまだたっぷりあると。

だが、野営地まであと半マイルというところにさしかかっても、妙案は何ひとつ浮かばなかった。気がつけばイチゴの香りは消え失せ、五感がとらえるのは戦場にたちこめる腐敗臭、ぬかるみと汚物のにおい、唇をひりつかせる弾薬の苦い味ばかりだった。どこかで犬の遠吠えが起こり、やがて――はっきりと――夜闇の彼方から赤ん坊の泣き声が聞こえてきた。するとアンソニーの脳裡にあの考えが、冷酷非情な考えが、押しとどめる間もなくどんよりとよみがえった。できることなら時間を巻き戻し、あそこでやりかけたことをやり遂げたかった、赤ん坊を黙らせたかった。まだ生まれたばかりで、何が起きているのかもわからないだろうあの愛らしい幼な子の息の根を、慈悲の心で一気に止めさえしていれば、ハワードを死なせずにすんだのだ。あれが腹心の友を救う唯一のチャンスだったというのに、やりそこねてしまった。

28　コーンウォール　二〇〇三年

アリス・エダヴェインとの話がまとまった以上、ロンドンに長居は無用に思われた。ポケットのなかの〈ローアンネス〉の鍵束も、早く使ってくれとばかり焦れていた。こうなったらすぐにも出かけよう、フラットに戻るころにはそう決めていた。コップ一杯の水を干からびた植木に与えてからメモの類《たぐい》をかき集め、コーンウォールから持ち帰ったまま荷ほどきもまだのバッグを、これ幸いとばかり肩にかける。それから部屋を出てドアを施錠《せじょう》すると、ちょっと振り返るでもなく、階段を一段飛ばしで駆け下りた。

五時間のドライブはあっという間だった。車窓をかすめ過ぎる木々の緑を横目に見ながらいくつもの州を越えていくあいだ、アリスがきっと見つかるはずだと言っていた、〈ローアンネス〉に眠る膨大な証拠資料に思いを馳せた。時刻はすでに九時三十分、A38道路を下って海岸に向かうころには夜の帳《とばり》に包まれていた。森と〈ローアンネス〉に通じる脇道を示す、斜めにかしいだ表示板に近づいたところでスピードを落とした。このまま脇道に車を進めたかった。こんなに早く舞い戻って来た理由をバーティに告げるという気の重い作業を少しでも遅らせたかった。「またぞろ休暇かね？」と、祖父が訝《いぶか》しげに訊いてくる場面がありありと目に浮かんだ。だが、湖畔荘には電気が通じていないし、懐中電灯の用意もない。それに、村の住人や祖父の目を完璧にかいくぐる手でもない限り、いずれその報いを受けるのは目に見えていた。それだけは願い下げ、やはりここは祖父の厳しい追及を甘んじて受けるしかない、そう腹を括った。

気乗り薄の決断に溜息をもらすと、海岸沿いの道を進み、週末に催される夏至祭《ソルスティス・フェスティバル》の準備が進行中の村にはいった。色とりどりの豆電球が街路に張り巡らされ、広場には木材とキャンバス地の山が等間隔に置かれ、屋台を組み立てるばかりになっていた。狭い通りを低速で進み、やがてバーティのコテージに続く坂を登る。最後の角を折れると、岸壁の上にちょこんと載っているコテージが見えた。キッチンから温かな光がもれ、星のまたたく空が傾斜屋根の向こうに覗いている。どことなく家族向けクリスマス映画（ただし雪なし）のワンシーンを思わせた。そのせいか、ふらりとやって来て家庭の平和をぶち壊す、はた迷惑な身内の気分になった。狭い道の片側に車を駐めると、後部座席からバッグを引き出し、玄関前の踏み段を上がった。

犬たちが家のなかで吠えていた。セイディがノックするより早くドアが開く。バーティーがエプロン姿で、手にお玉を握っていた。「セイディ！」祖父が満面の笑みを浮かべた。「祭りを見に来たんだね。こいつは嬉しい驚きだ」

とりあえずそういうことにしておく。やれやれ助かった。

ラムゼイとアッシュが祖父の背後から飛び出してきて、大はしゃぎでセイディに鼻をすりつけた。セイディも笑いながら膝をつき、二匹に愛情を振りまいた。

「腹が減っているだろ？」バーティが犬たちを部屋に追い立てた。「ちょうど食べるところだったんだ。おまえさんはパンにバターでも塗っておいてくれ、そのあいだに用意するから」

*

キッチンの平らな部分はどこもかしこもジャムの瓶や、ケーキの熱取り用ラックでふさがっているため、食事は中庭の木の長テーブルでとることになった。バーティが丈の高いハリケーンランタンをともした。小さな炎が揺れ、蠟《ろう》が溶けていくなか、セイディは村の最新情報を拝聴した。フェスティバル開催まで秒読み段階にはいったこの時期は、悶着やドラマに事欠かないらしい。「だが、終わりよければすべてよし、って言うじゃないか」バーティは、空になった皿の周囲に散らばるサワーブレッドの欠片を手で払いながら言った。「こんなすったもんだも明日の夜にはすべて終わっているさ」

「とりあえず来年まではね」セイディはまぜ返した。

祖父が天を見上げて目を回す仕草をする。

「わたしの目はごまかせないわよ、けっこう楽しんでいるくせに。キッチンを見れば一目瞭然。まるで嵐の去ったあとみたいよね」

バーティが怯えたような顔になった。「おお、くわばらくわばら。そんな罰当たりなことを言わんでくれ。明日は雨に降られちゃ困るんだ！」

セイディはからからと笑った。「相変わらず迷信深いんだから」庭の向こうに広がる月明かりに照らされた海と、澄みきった星空に目をやる。「その心配はなさそうよ」

「どっちにせよ、予定どおりに準備万端整えるとなると、明日は早めに取りかからないとならないんだ。助っ人がひとり増えたのはありがたいね」

「そのことだけど」セイディは言った。「実はそのために来たわけじゃないの」

祖父が片眉を吊り上げた。

「エダヴェイン事件のことで進展があったの」

「なんだ、そういうことか」彼は目の前のボウルを脇に押しやった。「ひととおり聞かせてもらおうじゃないか」

セイディは、アリスと会ったこと、そしてふたりがアンソニー・エダヴェイン犯人説にたどり着くことになった経緯を話した。「つまり、シェルショックがそもそものことの始まりだったってわけ」

「いやはや」バーティはかぶりを振った。「なんとも悲惨な話だ。お気の毒な一家だね」

「これまでにわかったことから言えるのは、セオの死は終わりの始まりだったということ。その後一家が〈ローアンネス〉に戻ることはなかったし、二度目の大戦が始まり、それが終わるころにはエリナもアンソニーも、それと末娘のクレミーも亡くなっているの」

フクロウが羽音だけを響かせながら頭上を横切り、むっとする空気を掻き混ぜた。バーティが溜息をもらした。「それにしてもおかしな話だね、わたしらとは縁もゆかりもない人たちの秘密を暴こうだなんてさ。おまえさんが普段扱っている事件なら、罪人をとっつかまえて罰するという大義名分もあるだろうが、これはそれとは別物だ。この事件には罰を受けるべき人はひとりも残っていないじゃないか」

「たしかにそうね」セイディはうなずいた。「でも、真実はいまだって重要よ。あとに残された人たちのことを考えてみてよ。彼らだって苦しんでいるのよ。何があったのか、本当のことを知る権利があるわ。お祖父ちゃんだってアリスに実際に会ったら、知らずにいることがどれほど重荷になっているかがわかるはずよ。彼女はこれまでずっと、あの夜に起きた恐ろしい出来事の影につきまとわれて生きてきたんだと思うの。それがいま、屋敷の鍵をわたしに託してくれて、どこでも好きに調べてくれていいって言ってくれたのよ。こうなった以上、セオの死にアンソニーが関わったという証拠をなんとしても見つけ出してやるわ」

「いやはや、なんだかすごいことになっているね、事件に片をつける手助けをしようってわけか。大手柄じゃないか！　七十年間も謎のままだった事件を解明するなんて。わくわくするね」

セイディは微笑んだ。大手柄ときたか。たしかにわくわくすることではある。

「それに警視庁もそのためにおまえさんの休暇を延長してくれるんだから、ずいぶんと太っ腹だ」

セイディの頬がたちまち朱に染まった。対するバーティは無邪気そのもの、ラムゼイの首に手を伸ばし、しきりに撫でさすっていた。果たして彼は本気でそう思っているのか、それとも疑問を口にできぬまま焦れているくせに、呑気を装っているだけなのか、セイディには判断がつかなかった。いずれにせよ、嘘でごまかしとおすのは可能だろうが、このときはそんな気になれなかった。正直な話、上辺《うわべ》をとりつくろうことにうんざりしていた。とりわけバーティには。彼はたったひとりの身内であり、この世で唯一、セイディが自分らしくいられる相手なのだ。「実を言うとね、お祖父ちゃん、職場でちょっとまずいことになっているの」

バーティは驚かなかった。「だと思ったよ。やっと話す気になったのか?」

という次第で、気がつけばセイディは、ベイリー事件のことを話しはじめていた。マギーが何らかの事件に巻きこまれたのではという自説を捨てきれず、上層部の指示をどうしても受け容れる気になれず、一大決心をして新聞社のデレク・メイトランドに内部情報をリークしたことを。「ジャーナリストにはしゃべらないという、何より大事な鉄則を破ってしまったの」

「だが、おまえさんは優秀な刑事じゃないか。ルールを破ったのはそれなりの理由があってのことだろうて」

孫娘の判断を信じてくれている祖父に、胸がじんとなった。「そのつもりだった。直感には自信があったし、世間の関心をつなぎとめるためにはそうするしかないように思えたから」

「ということは、やり方は間違っていたにせよ、誠意をもって行動したわけだ。だったら勘弁してもらえるんじゃないのかな?」

「そんな都合よくいくわけないじゃない。たとえわたしの読みが当たっていたとしても、何らかの処分はまぬがれられないだろうし、実際は間違っていたんだもの。とにかくわたしの判断ミス、事件に深入りしすぎたせいね、じきに審問会があるみたい」

「そいつは災難だったね」祖父の笑みは同情心にあふれていた。「わたしで役に立つなら、いつだっておまえさんの直感を支持してやるんだがな」

「ありがとう。お祖父ちゃん」

「相棒のドナルドはどうなんだ? 彼はすべて承知しているのか? 彼はどう言っているんだね?」

「休暇を取るよう勧めてくれたのが彼だったの。要するに、先手を打ってくれたわけ。やったことがいずればれるにしても、すでに自主的に謹慎していたと弁明できるように」

「それでうまくいくのか?」

「アシュフォードは間違っても寛大な措置は取らないでしょうね。軽く見積もっても停職処分かな。虫の居所が悪ければ懲戒免職でしょうね」

バーティはかぶりを振った。「なんだか釈然としないね。何か打つ手はないのかね?」

「ナンシー・ベイリーとの接触を避ける以外にできることといったら、嵐が静まるまで頭《こうべ》を垂れて、指を絡めて幸運を祈るくらいかな」

祖父は片手を上げると、老いた指を絡めて見せた。「だったらわたしも一緒に祈るとしよう。結果が出るまでは、湖畔荘の謎解きに専念すればいいさ」

「そうするわ」明日のことを思った途端、元気が出た。ようやくバーティに本当のことを伝えられた自分を心のなかで褒めてやる。とそのとき、バーティが頭を掻きながら口を開いた。

「それにしても、ベイリー事件の何がそこまでさせるのか」

「え?」

「なんでおまえさんは、ほかでもないこの事件にのめりこんだんだ?」

「母親と子供が絡んでいるからかな」セイディは肩をすくめた。「この手の事件ではいつものことよ」

「だが、これまでだって似たような事件はいくらもあっただろうに。なぜこの事件にこだわる? なぜこれなんだ?」

セイディはわからないと言いかけた。説明のしようがないと切り捨てようとした。するとシャーロット・サザランドから届いた最初の手紙が頭をよぎった。その瞬間、悲しみに似た何かが胸のなかに一気にふくれ上がり、十五年間堰き止めてきた波がどっと襲いかかってきた。

「手紙が来たの」つい早口になった。「何週間か前に。あの子から。もう十五になっていて、手紙をくれたの」

眼鏡の奥のバーティの眼が大きく見開かれた。そしてたったひとこと、つぶやいた。「エスターか?」

名前が矢のように飛んできた。星を思わせるあの小さな手が黄色と白の毛布から覗くのを目にした瞬間、セイディは規則を破って赤ん坊に名前をつけていたのだ。「エスターが手紙を?」

それが二度もなの、とセイディは心のなかでつぶやいたが、口には出さなかった。

「ベイリー事件を担当して二週間ほどしたころだった。どうやって住所を探し当てたのか、たぶん記録が残っていて、問い合わせたら教えてくれたんでしょうね。個人情報なんて探しどころさえ押さえれば、案外簡単に手にはいるものだし」

「何と言ってきたんだね?」

「自分のことをあれこれ書いてきたわ。素敵な家族がいて、いい学校に通っていて、趣味はこれこれしかじか、とか。それと、わたしに会いたいって」

「エスターが会いたがっているのか?」

「いまの名前はエスターじゃないの。シャーロットよ。シャーロット・サザランド」

バーティは椅子の背にもたれかかった。腑抜けたような笑みがかすかに浮かぶ。「シャーロットか。で、会うつもりなんだね」

「まさか」セイディはかぶりを振った。「会うもんですか」

「だが、セイディ」

「会えるわけないでしょ、お祖父ちゃん。それに一度決めたことなんだから」

「だが――」

「あの子を手放したのよ。そんなわたしをあの子がどう思う?」

「おまえさんだってあのころはまだほんの子供だったわけだし」

セイディはそれでもかぶりを振りつづけた。無意識にそうしていた。気持ちのいい夜だというのに体が震えた。「あの子はきっと、わたしに捨てられたと思っているもの」

「おまえさんだってさんざん苦しんで、そうするのが彼女のためだと思って決めたことじゃないか」

「そんなふうに見てくれるわけがない。会えばわたしを嫌いになっちゃうわ」

「もしそうでなかったら?」

「わかるでしょ――」伴侶もいなければ、友人もいない、鉢植えすら満足に世話をできずに枯らしてしまうような人間だ。仕事だけに全人生を賭けてきたのに、それすらお先真っ暗なのだ。救いようのない人間としか言いようがない。「わたしは母親って柄じゃないのよ」

「何も靴紐を結んでくれる人がほしいわけじゃないと思うがな。手紙の感じからすると、そういうことはしっかりできる子だろうて。ただ、生みの親がどういう人なのか知りたいんだよ」

「お祖父ちゃんだってわかっているはずよ、血がつながっていたって心を通わせられるとは限らないんだから。お祖父ちゃんだってわかっているはずよ、血がつながっていたって心を通わせられるとは限らないんだから。場合によっては別の家にもらわれるほうが、その子にとって一番ということもある。お祖父ちゃんとお祖母ちゃんがわたしを引き取ってくれたようにね」

バーティはかぶりを振ったが、悲しげというのとは違った。セイディをもどかしく思っているのだろうが、セイディにはどうすることもできなかった。これは祖父が決めることではなく、セイディの問題であり、決心は固かった。最良の選択かどうかは別にして。

これでいいのだ。セイディはきっぱりと息を吐き出した。「ルースがよく言っていたわ、正しい行ないをしたなら次も同じようにすればいい、あとは前進あるのみだって」

眼鏡の奥のバーティの眼が潤んだ。「彼女は実に賢い人だった」

「それに彼女の判断はいつだって正しかったわ。だからああしたのよ、お祖父ちゃん、ルースの助言に従って。この十五年間わたしはひたすら前を見て歩きつづけ、一度も後ろを振り返らなかった、それで万事うまくいっていた。こんな目に遭っているのも、すべてはあの手紙のせい。あれがわたしを過去に引き戻してしまったのよ」

「ルースが言わんとしたのはそういうことじゃないよ、セイディ。あれはおまえさんに、くよくよせずに前に進んでほしかったんであって、過去を全部否定しろと言ったわけじゃない」

「否定するつもりなんかないわ、ただ考えないようにしているだけ。自分でこうと決めた以上、いまさらそれを蒸し返したところで得るものなんて何もないもの」

「だが、エダヴェイン家のためにやろうとしているのは、そういうことじゃないのかね?」

「それとこれとは話が別よ」

「そうかな?」

「違います」違うのだ。それをいまここでどう説明すればいいのか、言葉が見つからなかった。単に違うとわかっているだけだった。バーティの反論に苛立ちを覚えたが、言い争いはしたくなかった。そこで口調をやわらげた。「悪いけど、遅くならないうちに二本ほど、電話をかけたいの。それがすんだら、お湯を沸かしてお茶を淹れなおすわね」

＊

眠りを誘う海のうねりが聞こえているにもかかわらず、その夜は寝つけなかった。シャーロット・サザランド（別名エスター）をどうにか頭から締め出したものの、意識はエダヴェイン家と〈ローアンネス〉に移っただけだった。輾転とするうちに一九三三年のミッドサマー・パーティの情景に思いを巡らしていた。赤ん坊のセオの様子を確かめてから客たちのところに戻っていくエリナ、ボート小屋へと川面をゆったりと漂い進むボートやゴンドラ、湖中央の小島で燃えさかる巨大な篝火《かがりび》。

眠るのを断念してランニングウェアに着替えたときも、外はまだ暗かった。キッチンに行くと、ぱっと目を覚ました二匹の犬がすぐさまそばに駆け寄り、セイディに歩調を合わせてきた。森を通るには暗すぎた。そこで岬にコースを取り、〈ローアンネス〉に行ったらやるべきことをひととおり検討することにした。それから家に戻り、三枚目のパンを焼いていると、曙光《しょこう》がベンチの上にじわじわと広がりだした。そこでバーティに宛てたメモをやかんに立てかけると、捜査ファイルと懐中電灯、お茶を入れた魔法びんを車に積みこみ、犬たちにはついてこないよう小声で言い聞かせた。

水平線が金色《こんじき》に染まるなか、東に向けて車を走らせた。海は、細かい鉄屑をばら撒きでもしたかのように鈍いきらめきを放っている。窓を開けると、顔を撫でるからりとした潮風が心地いい。暑い一日になりそうだ。フェスティバルにはもってこいの快晴。バーティを思い、セイディも嬉しくなった。彼が起きる前に家を抜け出せたことにもほっとしていた。お蔭で前夜の続きをやらずにすんだ。手紙の存在を打ち明けたことに後悔はない、ただ、それ以上深追いされるのは迷惑だった。シャーロット・サザランドに会わないと決めたことに祖父ががっかりしているのも、ルースの助言をセイディが故意にねじ曲げていると思われているのもわかっているが、祖父には到底理解の及ばぬ事情がそこにはあるのだ。子供を手放すとはどういうことか、血を分けた子が、生涯ずっと顔を合わせることのない自分の生んだ子が、紛れもなく存在しているという事実を乗り越えるために、セイディがどれだけ辛い思いをしたか、そこをうまく説明できる言葉を見つけたかった。だがいまは別件が進行中、それをじっくり考えている余裕がない。

斜めにかしいだ表示板までやって来た。何年ものあいだ風雨にさらされて白ペンキがはげている。そこを左に折れる。海岸から遠ざかるにつれて道幅は狭くなり、変色したアスファルト舗装の路面に丈の長い草がびっしりとはびこっていたが、それも樹林の奥へと向かううちにまばらになった。朝日は木々の天蓋を射し貫くまでには至っておらず、ヘッドライトをつけて樹間を進む。速度を落とし、生い茂る葉群に車体をこすられながら〈ローアンネス〉の入口を目指した。アリス・エダヴェインの話によれば、錬鉄製のゲートは見つけにくいとのことだった。道路からだいぶ奥まったところにあり、しかも凝った網目模様のデザインのせいで、家族が暮らしていた当時も木々に絡みついたアイビーが蔓を伸ばし、ゲートをすっぽりとおおいつくしていたという。

案の定、うっかり見落とすところだった。ヘッドライトが色褪せた郵便ポストの縁を一瞬照らしてくれたお蔭で、そこがゲートだとわかった。素早くバックし路肩に停めると車を降り、アリスから預かった鍵束から「ゲート」と記された一本を選り出した。興奮で指がもつれ、鍵穴に鍵を差しこむのにしばし手間取る。それでもなんとかやり遂げた。ゲートは錆びつき固まっていたが、幸いセイディは〝火事場の何とか〟の持ち主である。渾身の力をふりしぼり、車が通れる幅ぎりぎりまで二枚の扉を押し開けた。

ここから敷地にはいるのははじめてだったので、鬱蒼とした森を延々と進みようやく向こう側に抜け出たときには、外界からここまで完璧に隔絶した立地に啞然とするばかりだった。谷間にすっぽりと身をひそめて立つ屋敷、それを取り巻く庭園群、さらにその全体をおおい隠すようにニレの木立が守りを固めている。セイディは石の橋を越えて車道を進み、大きく枝を張り出した巨木の下の、雑草が抜け目なくはびこる砂利敷きの一画に車を駐めた。太陽がいまも上昇を続けるなか、セイディは古びたゲートをぐいと引き開けて庭にはいった。

「早くお着きになられたんですね」大きなプランターの縁に腰をおろす老人に気づき、声をかけた。

クライヴが手を振った。「七十年間ずっと、このときを待ちわびていたんですからね。一分たりとも無駄にできませんよ」

彼には昨夜電話を入れ、アリスと会ったときのことをかいつまんで伝えてあった。彼はじっと聞き入り、セオ・エダヴェインが父親に殺されたという新たな推理を聞かされてショックを受けていた。「坊やは連れ去られたのだと確信していたんだがな」セイディが話し終えると彼が言った。「いまにきっと見つかると、今日までずっと希望を捨てずにいたのに」そう話す声は震えていた。この事件にかける彼の熱い思いが伝わってきた。セイディにもその気持ちが痛いほどわかった。「わたしたちにはまだやることがありますよ」セイディは言った。「その子のためにも、事件当夜に何があったのか、ちゃんと突き止めないとね」ここで鍵のことと、アリスから邸内を調べる許可を得たことを伝えた。「この電話をかける前にアリスにも電話を入れて、いまも事件に関心を持ちつづけているあなたのことを話しておきました。この捜査にはあなたの力がなんとしても必要だと」

という次第で、いま、ふたりは玄関先のポルティコの下に立ち、セイディは玄関ドアに挑もうとしていた。錠の固定金具が錆びついていて鍵が回らないのではと、一瞬はらはらしたが、かちりと音がしてあっさりと解錠できた。少しためらってから、セイディとクライヴはドアをくぐり、湖畔荘の玄関ホールに立った。

内部はカビ臭く、予想以上に空気がひんやりしていた。玄関ドアがまだ大きく開いたままだったので、肩越しに振り返ると、目覚めつつある外の世界がいつも以上に輝いて見えた。草のはびこる小径の先に目をやれば、湖の表面が朝一番の陽射しを受けてきらめいている。

「ずっと時が止まっていたみたいだ」クライヴがささやくように言った。「当時とまるで変わっていない」それから上下左右に首を巡らし、言葉を継ぎ足す。「ただし、当時、蜘蛛《くも》はいなかったな。こいつらは新参者だ」ここでセイディをまっすぐ見つめた。「さてと、どこから取りかかりますかな？」

セイディも、彼のいささか改まった口調につき合った。長いあいだ封印されてきた家には、こういう演技をついしたくなるような雰囲気があった。「アリスの話からすると、アンソニーの書斎とエリナの書き物机から何か出てくる可能性が高いようですね」

「で、具体的には何を探せば？」

「アンソニーの病状を示すものであれば何でも、とりわけ一九三三年のミッドサマーまでの数週間のものを。手紙や日記——署名入りの告白書でも出てくれば御《おん》の字なんですが」

クライヴがにやりと笑うも、セイディは先を続けた。「手分けして探すほうが効率がよさそうですね。書斎のほうをお願いできますか？　わたしは机を。それで二時間ほどしたら落ち合って、成果を突き合わせるということでいかがですか？」

ふたり並んで階段を上りながら、セイディはクライヴの押し黙った様子が気になった。しきりに周囲に目を走らせ、最初の踊り場に立ったところで深い溜息をついている。何十年ぶりかでここに再び身を置く気分がどんなものか、セイディには想像するしかなかった。この七十年間、彼にとってエダヴェイン事件は終わっておらず、解決への希望を捨てきれずにいるのである。夜を徹して行なわれた初動捜査を思い返しているのだろうか、以前は取るに足りなかったパズルのピースが所定の位置にぴたりとおさまりでもしたのだろうかと、セイディは気になった。

その点を尋ねると、「考えていたのはそのことばかりですよ」と彼は言った。「あなたから電話がかかってきたとき、ちょうど床に就くところだったんですがね、結局一睡もできなかった。事情聴取の最中に、ご亭主が奥方にべったり張りついていたことをずっと考えていたんです。そうやって彼女をかばっているんだと、息子の失踪で動揺する妻を支えているんだと、当時は思っていましたからね。だが、言われてみれば、あのふたりの親密さは不自然という気がしなくもない。まるで自分のしたことを彼女がばらさないよう、というか、ばらせないようがっちりガードを固めていたとでもいうようにね」

セイディが言葉を返そうとしたそのとき、ジーンズのポケットのなかで携帯が鳴りだした。クライヴが、このままアンソニーの書斎に向かうと目顔で伝えてきたので、セイディはうなずき、携帯を取り出した。画面に現われた番号がナンシー・ベイリーのものだとわかり、気が滅入った。人との関係を上手に断つことのできる人間を自負するセイディとしては、「じゃあ、お元気で」と言えば意図は十分に伝わるとばかり思っていた。この女性には、傷つけないようそれとなくわからせたつもりだった。どうやらもっときっぱりとした態度をとる必要がありそうだ。だが、いまはまずい。携帯をマナーモードに設定し、ポケットに戻す。ナンシー・ベイリーへの対応は日を改めることにした。

エリナの寝室は廊下沿いの、ふたつ先のドアだったが、セイディはふと足を止めた。視線は、さらに上に延びる階段に敷きつめられた、ところどころに虫食いの痕が見える、色あせた赤い敷物に吸い寄せられた。まずやるべきことがほかにあった。ひとつ上の階まで階段を上り、廊下の端まで進む。ここは熱気で息苦しかった。左右の壁にはドシール家歴代の人々を描いた額入り肖像画がいまも掛かり、少しだけドアが開いたままの各部屋には、ベッド脇のテーブルに置かれた調度品（ランプや本、櫛《くし》と鏡のセット）に至るまで、家具がそのまま残っていた。なんとも不気味。まったくもって非論理的ながら、足音を忍ばせて歩かないといけないような、そんな強迫観念にとらわれた。すると持ち前のへそ曲がり根性が頭をもたげ、周囲をおおいつくす静寂を打ち破ってやろうとばかり、わざと大きく咳払いをした。

廊下のはずれにある育児室はドアが閉まっていた。セイディはその前で足を止めた。この二週間のあいだ、この瞬間を何度も思い描いてきたわけだが、いざこうしてセオの部屋の前に立ってみると、何もかもが想像以上の現実味を帯びて迫ってきた。普段は儀式や迷信にはとんと関心のないセイディだが、新聞にあった写真の、つぶらな瞳と丸い頬をしたセオ・エダヴェインを思い浮かべながら、いま足を踏み入れようとしている部屋は聖域なのだと胸に刻みつけた。

そっとドアを押し開け、なかにはいる。空気はよどみ、窓をおおう白いカーテンはいまでは黒ずみ虫に食われ、隙間から光がもれていた。思ったより狭い部屋だった。中央に置かれた古式ゆかしい鋳鉄《ちゆうてつ》製のベビーベッドは、一九三三年当時のセオ・エダヴェインがいたいけな赤ん坊だったことを改めて思い起こさせた。ベッドの下には織物の円形ラグが敷かれ、窓辺の肘掛椅子をおおう綿布は、鮮やかな黄色だったはずだが、いまでは無残にもくすんだベージュに変色していた。埃と害虫と夏の陽射しに何十年もさらされていればこうなるのも当然だろう。棚に並ぶ年代物の木工玩具、窓下に置かれた揺り木馬、隅には古風な浴用たらい。どれも古い写真などで目にするようなものばかり、まるで夢のなかに現われた部屋というか、子供時代をぼんやりと思い出させる部屋というか、遠い記憶に出会いでもしたかのように胸をざわつかせた。

ベビーベッドに近寄り、点検する。マットレスにはいまもシーツが敷かれ、手編みのブランケットが皺ひとつない状態できちんと広げてあった。それもいまは埃をかぶり、哀れを誘った。鉄の手すりにそっと手を走らせると、かすかな鈴の音を響かせた。四隅の支柱の先端にかぶせた真鍮の飾り球のひとつがぐらついていた。これが例のパーティの夜、セオ・エダヴェインが寝かされていたベッド。乳母のブルーエンは奥の壁際の、壁のくぼみに置かれたシングルベッドで寝入っていて、外の湖畔近くの芝地では、何百人もの人たちがミッドサマーの到来を祝っていた。

セイディは、横手にあるひとまわり小ぶりの窓に目をやった。この事件で唯一の目撃者が、細身の女性の姿が映っていたと証言したのがこの窓だ。パーティに来ていたその客は、真夜中前後のことだと言ったが、きっと勘違いしたのだろう。ただの思いこみ——クライヴの話では、翌朝になってもその女性の息は酒臭かったらしい——あるいは別の窓、別の部屋だったのかもしれない。目撃された女性が、いつもの習慣どおりセオの様子を見に育児室に立ち寄ったエリナだという可能性もあるが、もしそうなら時間に食い違いが生じる。エリナが育児室を出たのは十一時、その直後に彼女は階段でメイドに指示を与えている。それに、ゴンドラがボート小屋に停泊していたのが真夜中の少し前、そのときエリナがそこにいたのは多くの者が目にしている。くっきりした白い顔を持つ円形時計が高みからこちらを見下ろしていた。針は三時十五分を指したままだ。クマのプーさんが五匹、壁の上で足踏みしている。この部屋の壁はすべてを見ていたはず、だが、しゃべってはくれない。戸口に目を走らせると、その夜の出来事のおぼろな残像が動きだした。真夜中を過ぎたころ、アンソニー・エダヴェインがここにやって来て部屋を突っ切り、いまセイディがしているようにベビーベッドのそばに立った。次はどうなる？ セイディは考えた。彼が育児室から幼い男児を連れ出す、それがまさにここで起きたことなのか？ セオは目を覚ましたのだろうか？ 父親に気づき、笑みを浮かべたのか、それともきゃっきゃとはしゃいだのか、それともこれは何かおかしい、危険が迫っていると勘づいたのか？ 暴れるか泣くかしたのか？ そのあとどうなる？ エリナはいつ、夫のしでかしたことを知ったのか？

ふと目を落とすと、ベビーベッドの下に何か落ちていた。小さなものがラグの上に射しこむ朝日にきらめいた。かがんで拾い上げる。丸い銀ボタン、表面には丸々と太ったキューピッドが描かれていた。指先でつまんで裏返したそのとき、何かの振動が脚に伝わった。ぎょっとなり、鼓動が早まる。ポケットのなかの携帯電話だった。ほっとしたのも束の間、ナンシー・ベイリーの番号を再び目にして、かっとなった。しかめ面で〈削除〉ボタンを押し、バイブ機能をオフにすると、携帯と一緒に、拾ったボタンをポケットにしまった。部屋をさっと見わたした途端、魔法は解けていた。ベビーベッドに忍び寄るアンソニーも目の前から消え去り、外のパーティ客たちのざわめきも聞こえなくなった。そこはただのわびしい古ぼけた部屋、取れたボタンと不隠な幻影で時間を無駄にしてしまった。

*

エリナ・エダヴェインの寝室は薄暗く、カビと悲しみと放置のにおいがたちこめていた。厚いベルベットのカーテンが四つの窓すべてをおおっていたので、まずはこれを引き開けた。舞い散る埃に咳きこんだ。固くなった上げ下げ窓を目いっぱい引き上げ、眼下に広がる湖にしばし見惚れた。すでに太陽は輝き、アヒルたちがせわしなく動きまわっている。かすかなさえずりが耳をとらえ、思わず上を見上げた。軒下に隠れるように巣らしきものが覗いていた。

清浄な涼風が開いた窓から流れてくると、気力の波を感じ、それに乗ることにした。奥の壁際に蛇腹式の書き物机があった。アリスが言っていたとおりの場所。セイディがこうしてここに来ることになったきっかけはエリナだった。アイビーの縁取りのある便箋に書かれた手紙に心を揺さぶられたのがそもそもの縁、そのエリナの助けを借りていま、セオの身に起きたことの真相を究明しようというわけだ。アリスの指示を思い出しながら、デスクチェアの下部を手探りした。座面の詰め物をおおう擦り切れた布地に片手をついて、木枠に沿って指先を走らせる。やがて、右の後ろ脚と座面の接合部分に小さな鍵が二本、フックに掛かっているのを探り当てた。ビンゴ。

解錠し、前面をおおう木製の蛇腹を引き上げると、革表紙のメモ帳とペン立てが並ぶ整然とした書き物机が現われた。奥の棚には日記帳のようなものがずらりと並んでいた。何冊かを引き出してなかを覗く。エリナが手紙を書くのに使っていたとアリスから聞いていた、複写式の帳面だった。整列する背表紙に貪欲な視線を走らせる。年代順に並んでいるという保証はないものの、机上がきちんと片づいているところから見て、その可能性は高かった。一家が〈ローアンネス〉を離れたのが一九三三年末、ということはおそらく最後の一冊に、その年のミッドサマーに至るまでの数か月分が含まれていそうだ。セイディはいちばん端の一冊を抜き取った。果たせるかな、最初のページは一九三三年一月付の手紙、美しい手書き文字で綴られた、ドクター・シュタインバッハなる人物に宛てたものだった。セイディは床に腰をおろすと、ベッドの縁に背を預けて読みはじめた。

この手紙は、その後何人もの医師に出された手紙のうちの一通だということが判明した。どの手紙もアンソニーの症状を伝え、助力を仰ぐ内容が節度ある文章でしたためられていたが、エリナの焦燥感がそこここに透けて見えた。夫の窮状を訴える筆致は痛々しいものだった。気概にあふれる若者が祖国のために尽くした結果、約束されていた将来を奪われたこと、戦地から戻って何年ものあいだ、失われた能力を取り戻そうと必死に努力を重ねてきたこと。セイディは胸のつぶれる思いだった。だが、いまは戦争のおぞましさを嘆いている場合ではない。目下の関心事は、それとは別のおぞましい出来事の証拠集めであり、そのためには、アンソニーの暴力的傾向を示唆する記述を、六月二十三日の事件に関係がありそうな病状に触れた箇所を、見つけることに集中する必要があった。

ロンドンの医師たちに宛てた手紙にエリナの警戒心のようなものが働いているとすれば、ダヴィズ・ルウェリン宛ての手紙には――これも大量にあった――もっとずっと打ち解けた調子が感じられた。こちらでもやはりアンソニーの病状に言及していた――セイディはすっかり忘れていたが、ルウェリンは作家になる前は医師だった――ほかの医師たちには夫の尊厳とプライバシーを損ねない言い回しを慎重に選んでいる節が見受けられたが、ルウェリンには夫の状態や自らの失意を心おきなく正直に書けたらしい。ときどき怖くなるのです、夫はもう治らないのではないか、わたしの努力はすべて無駄に終わるのではないかと……彼を元どおりにしてあげられるならどんな犠牲も払う覚悟です、でも、自分でどうにかしようという意欲を彼が失ってしまった以上、わたしに何ができるというのでしょう？　さらにその先に、セイディの読みが当たったと思わせる数行に出くわした。先日の夜にもまたあったのです。彼はわっと大声をあげて目を覚ますと、またしても犬と赤ん坊のことをわめき散らし、やつらをいますぐ追い出せと叫んで部屋から飛び出していこうとするものだから、力ずくで押しとどめなくてはなりませんでした。気の毒で仕方ありません、そんなふうになると手足をばたつかせて体をぶるぶる震わせ、目の前にいるのがわたしだということもわからなくなってしまい……。翌朝は自責の念に駆られてひどく落ちこんでしまうものだから、わたしのほうもつい嘘をつき、昨夜は慌てた拍子に怪我をしてしまった、などとごまかすこともあるのです。こういう場合についてのあなたのお考えは存じています。分別をもって正直に接するのがいちばん大事だと、頭ではわかっていても、真実を知ってしまったら彼はひどく傷ついてしまうでしょう。正気のときは蠅一匹殺せないような人なのですから。屈辱に悶《もだ》える彼など見るに忍びない……心配なさらないで！　あなたをひどく苦しめそうだと思う話は、もうお聞かせしないようにします。わたしは大丈夫ですから心配なさらないで。体の傷は癒せるけれど、心に受けた傷はもっとずっとたちが悪い……アンソニーと約束した以上、約束は守りとおすつもりです。そう教えてくださったのは……。

読み進むうちに、ルウェリンもまたエリナとベンジャミン・マンローとの密通を知っていたことがわかってきた。わたしの友は——あなたが巧妙にも（気まずそうに！）こう呼べとおっしゃるのでそういたしますが——息災《そくさい》でおります……。無論、わたしは良心の呵責《かしやく》に苦しんでいます。母とわたしの違いをご指摘くださり感謝しています。せっかくのお気づかいですが、母とわたしのやっていることに、さして違いがないことは承知しています……あえて弁解させていただくなら、彼のことをわたしは愛しているのです、言うまでもなくアンソニーに対する愛情とは別物ですが、人はふたりの人間を同時に愛することができるのだと知りました……。

そして最後の手紙にはこうあった。あなたのおっしゃるとおり、アンソニーに知られるわけにはいきません。そんなことになったら、病がぶり返すどころか破滅に追いやることに……。

最後の手紙の日付は一九三三年四月、以降ルウェリン宛の手紙はなかった。そういえばダヴィズ・ルウェリンは夏のあいだだけ〈ローアンネス〉で過ごす習慣だったということを、セイディは思い出した。その後ふたりのあいだに手紙のやりとりがなかった理由はこれで説明がつく。先の箇所をもう一度読み返す。あなたのおっしゃるとおり、アンソニーに知られるわけには……そんなことになったら、病がぶり返すどころか破滅に追いやることに……。決定的な証拠とは言えないまでも、興味深いくだりだった。エリナの返信から判断して、妻の不貞に気づいたらアンソニーがどう出るか、そのへんをルウェリンはかなり心配していたのだろう。心配が高じて鬱症状を引き起こし、その結果、自殺したということか、とセイディは想像を巡らす。その方面に詳しいわけではないが、あり得ないことではないように思われた。彼の自殺とセオ失踪の時期が重なることの説明にはなりそうだ。タイミングの問題はいまもセイディの頭の隅に引っかかっていた。

そのときセイディの顔がぱっと輝いた。そういえばアリスは、エリナは受け取った手紙をデスクの両袖の引き出しに保管していたと言っていた。うまくすればルウェリンからの手紙もそこにあるはずだ。彼が何を――そしてどの程度――危惧《きぐ》していたのかを、彼自身の言葉から正確に知ることができる。セイディはふたつの引き出しの錠を解いた。開封部分がぎざぎざになった何百もの封筒が、分類されて色リボンで束ねられていた。どれもみな宛名はミセス・A・エダヴェイン、正式にタイプで打たれたものもいくらか混じっているが、ほとんどは手書きだった。束をひとつひとつ手にとっては素早く目を走らせ、ダヴィズ・ルウェリンからの手紙を探した。

収穫のないまま、ひとつの束に行き着いた。奇妙なことに、束のいちばん上の封筒には宛名も消印もなかった。当惑した。残りの封筒にも急いで目を通す。郵送されたものが一、二通混じってはいるものの、あとはすべて一通目と同じく宛名がない。そのときはたと気づいた。薄紅色のリボン、香水の残り香。恋文だ。

目的から多少はずれるが、湧き上がる好奇心には勝てなかった。それに、アンソニーの病状に対する不安を恋人に打ち明けていないとも限らない。薄紅色のリボンをほどいた。気が急くあまり束を取り落とし、手紙が床に散らばった。順番を狂わせてしまった自分の粗忽《そこつ》を罵《ののし》るうちに、目に飛びこんできたものがあった。この束には属さないはずのもの。

あの便箋だとすぐにわかった。アイビーの深緑の蔓が絡まりながら這い伸びる縁取り、筆跡、インクの色、何もかもがそっくり同じ。ボート小屋に忍びこんだときに見つけた手紙、エリナが戦地にいるアンソニーに宛てた手紙の片割れだった。便箋の皺を伸ばすあいだもセイディの心臓は鼓動を早めていた。こういうのが虫の知らせというものか。というのも読みはじめると、パズルの欠けたピースが、意識して探していたわけでもない手掛かりが、膝の上に落ちてきたのである。

「セイディ？」

はっと目を上げた。クライヴが戸口に立っていた。革表紙のノートを手に、晴れやかな表情を浮かべている。「ああ、そこでしたか」

「ええ、ここ」セイディは素っ気なく返した。頭のなかでは発見物が暗に示すあれこれが駆け巡っていた。

「どうやら収穫がありましたよ」彼は興奮も露わにそう言うと、老体が許す限りの早足で、ベッドの縁を回ってセイディのそばまでやって来た。「一九三三年のアンソニーの日記にありました。アリスの言うとおり、彼はかなりの記録魔だったらしい。一年ごとに一冊あって、内容はほとんどが自然観察の記録と記憶力の訓練に充てられています。わたしも警察にはいりたてのころ、そんなことをやっていましたよ、事件現場の様子を細大漏らさず頭に叩きこめるようにとね。だが、日記の部分もあって、ハワードとかいう人物に宛てた手紙の体裁で書かれています。内容からして、この人物は第一次大戦で命を落とした彼の友人のようですな。一九三三年六月のアンソニーは、またしても暗澹《あんたん》たる精神状態に陥っていたらしい。友に向けて語りかけているのは、この一年のあいだに神経が衰弱の一途をたどっていること、何かが変わってしまったこと、だが、それが何なのかわからないということ、息子の誕生が事態の改善につながらなかったこと等々です。それ以前の箇所にも目を通してみたところ、生まれたばかりの息子の泣き声が、アンソニーが〝あの出来事〟と呼んでいる、戦中のある体験を思い出させてしまうのだと、そんな記述が何度も出てきました。ミッドサマー直前のページには、長女のデボラから告げられたある事実がすべてを一変させてしまったとあり、胸に湧き起こる不穏な感情や、〝恵まれすぎた自分の人生という幻想の崩壊〟を吐露《とろ》しています」

「密通のことですね」セイディはダヴィズ・ルウェリンの懸念を念頭に置いて言った。

「でしょうな」

アンソニーは妻の不貞をミッドサマー直前に知ってしまった。彼を狂気に走らせるには十分な動機だ。ダヴィズ・ルウェリンはこういう事態を恐れていたに違いない。とはいえ、いましがた読んだ手紙の内容を思うと、アンソニーが知ってしまったのはそれだけだろうかと、セイディに疑問が浮かんだ。

「そっちの首尾はどうです?」クライヴはカーペットに散乱する封筒に顎をしゃくって見せた。

「何かめぼしいものでも?」

「どうやら」

「ほう?」

セイディは、以前ボート小屋で見つけた手紙の断片について一気呵成《いっきかせい》にしゃべった。それはアンソニーに宛てた手紙のはずだった。当時アンソニーは出征中で、家を守っていたエリナのお腹にはアリスがいて、これをひとりでどう乗り切ればいいのかと、エリナが不安をもらしているのだと。

「それで?」クライヴは先をうながした。

「その片割れが見つかったんです、手紙の前半部分が。エリナ宛の手紙に紛れていたの」

「それがこれですか?」クライヴはセイディの手に握られた便箋にうなずいて見せた。「見てもいいかな?」

「ええ」

セイディの差し出す便箋に目を通したクライヴが、眉を持ち上げた。「こりゃすごい」

「情熱的ですな」

「ええ」

「だが、アンソニー宛じゃない。『親愛なるベン』とある」

「そうなの」セイディは言った。「しかも日付は一九三二年五月。ということは、ここに書かれているお腹の子はアリスではない。セオということになるわ」

「となると……」

「そういうこと。セオ・エダヴェインはアンソニーの子ではなく、ベンの子だったのよ」

29 コーンウォール 一九三二年

ベンの子を宿したのは想定外だが、一瞬たりとも後悔したことはなかった。身ごもったことは時をおかずに気がついた。クレメンタインの出産からすでに十年が経っていたが、あの感覚は忘れていなかった。胎内ですくすく育っていく小さな命に、すぐさま大きな愛情が湧いた。ときおりアンソニーの顕微鏡を覗かせてもらっていたこともあり、細胞が分裂を繰り返して生命を創り上げていくさまは知っていた。お腹の子への愛情は細胞のように増殖していった。エリナと赤ん坊は一心同体、この微細な存在なくして人生は考えられなくなった。

あまりにも強烈でごく私的な愛ゆえに、赤ん坊には父親がいるということも、自分の意志の力だけで宿したわけではないということも——生まれてくる子がまだ小さくて、お腹が目立たないころはなおさら——うっかり忘れそうになった。坊やのことは（赤ん坊は男だと、なぜか確信していた）その後もずっと秘密の存在であり続けた。隠しごとは得意だった。その訓練はたっぷり積んでいた。アンソニーの秘密も何年も表沙汰になっていないし、ベンと出会ってからは自らの秘密も巧みに隠しおおせている。

ベン——はじめはエリナも、彼とのことは一過性の中毒だと自分に言い含めていた。まだ幼い少女だったころ、エリナは父から凧《たこ》をもらったことがある。それは中国からはるばる船で運ばれてきた特注品で、父から飛ばし方を教わった。エリナは、鮮やかな色の尾がたなびくさまに、小刻みに震える糸を握る手がぐいと引っ張られる感覚に、凧の表面に書かれた、言葉というよりは絵のように見える不思議な文字に、すっかり夢中になった。

凧を飛ばすのに最適な場所と風を求めて、父とふたりで〈ローアンネス〉のそこここに広がる草原を歩きまわったものだった。エリナは凧に取り憑かれた。ノートに飛行記録をつけ、膨大な数の図を描き、凧の形状の改良案をあれこれ書きとめた。夜中にはっと目が覚めるとベッドに身を起こし、いままさに草原に立ちつくしているかのように、無意識のうちに目に見えない凧のリールを操る手つきをしては、糸の引き加減を練習していたということもあった。

「これじゃまるで中毒ですよ」乳母のブルーエンは、険しい目つきで吐き捨てるように言うと、凧を育児室から持ち出し、隠してしまった。「中毒は悪魔の仕業ですからね、悪魔はドアに忍びこむすきがないとわかれば退散します」

ベンへの中毒はますます度を強めた、というか、これは中毒だと思いこもうとしたわけだが、大人になったいま、それをどう扱うかは自分次第だった。凧を隠してドアを閉ざす乳母のブルーエンがもういないとなれば、自由に振る舞えた。

「ちょうど火を熾すところだったんです」ワゴンのところでばったり顔を合わせたあの日、彼はそう言ったのだった。「よかったらこっちで雨がやむのを待ってはどうですか?」

＊

雨はまだ土砂降りだったし、エドウィナを探すあいだは気づかなかったが、ずぶ濡れの体はすっかり冷えきっていた。彼の肩越しに見える小さな居間が突如、この上なく快適で暖かそうな空間に感じられた。後ろを振り返れば雨は地面を激しく打ちつけているし、エドウィナは足を踏ん張り、ここに留まる決意を固めているようだった。こうなっては選択の余地はなさそうだった。そこで相手に礼を述べて深呼吸をひとつすると、ワゴンのドアをくぐった。

男はエリナを招じ入れ、ドアを閉めた。途端に激しい雨音が弱まった。男はエリナにタオルを手渡すと、部屋の中央に置かれた鉄製の小型ストーブにかかりきりになった。そのすきに、エリナは髪を拭きながら室内を見回した。

豪華には程遠いものの、居心地のいいしつらえだった。これなら十分暮らしていけそうだ。窓辺に目をやると、列車で彼が折っていたのと同じ鳥が、さらに数を増やして並んでいた。「遠慮しないで、そこにかけてください」彼が言った。「もう少しで燃えだしますよ。こいつはちょっと気分屋なんですが、最近ようやく息が合ってきましてね」

エリナはかすかな不安を追いやった。ベッドというか彼の寝床というか、それがワゴンの奥に引かれたカーテンの向こうに覗いていた。エリナはつと視線を逸らすと、籐椅子にタオルを広げて腰かけた。静かに響く雨音に、これは自分の知る最良の音のひとつだと改めて気がついた。外は雨だが、ここにいればじきに体が温もり衣服も乾くという思いも手伝ってか、こうして室内にいることに素朴な喜びを感じはじめていた。

火勢が強まりぱちぱちと音をたてはじめると、彼が立ち上がった。マッチの燃えさしを炎にくべて火格子を閉じる。「あなたとは、やっぱりお会いしていますよね」彼が口を開いた。「列車ですよ。あれはロンドンからコーンウォールに向かう満員列車のなかだった、もう何か月も前の話ですけどね。あなたはぼくのいた車両に乗ってこられた」

「それを言うなら、あなたがわたしのいた車両に乗っていらしたんだと思うけど」

彼の浮かべた笑みに、エリナの心臓は思いがけず妖しくときめいた。「そいつは一本取られたな。あのときは運よく切符を買えましてね」彼は手についた煤をぬぐった。「郵便局で鉢合わせしたあと、すぐにそのことを思い出して引き返したんですが、もう帰られたあとだった」

あれから彼は引き返してきた。そうと知って落ち着かなくなり、エリナは室内を見回すことで動揺をごまかした。「ここに住んでいらっしゃるの?」

「とりあえずしばらくは。農場で雇ってくれた人の持ち物なんです」

「たしかミスター・ニコルソンのところの仕事は終わったとか」うっかり口を滑らせ、自分を呪った。彼のことを郵便局で尋ねたことがばれてしまった。相手が何の反応も示さないので、急いで話題を変えた。「水道も電気もないのね」

「そんなものは不要です」

「料理はどこでなさるの?」

彼はストーブを顎でしゃくった。

「お風呂は?」

今度は小川のほうに頭を一振りする。

エリナは眉を持ち上げた。

彼がからからと笑った。「ここは気が休まりますよ」

「気が休まる?」

「世間から逃げ出したくなったことはないんですか?」

エリナは母である身の息苦しさを思い、満足そうにうなずく自分の母親に覚える嫌悪感を思い、絶えず目を光らせているせいで節々がこわばってしまった自分を思い、ゴムバンドできつく締めつけられてでもいるようにうまく回らない心の歯車を思った。「いいえ」出てきた声は、この何年かで完璧に身につけた軽みをまとっていた。「そういうことはありませんわ」

「そういう人もいるんですね」彼は肩をすくめて言った。「服が乾くまでお茶でもいかがです?」

彼の手が示すほうへ視線が流れ、ストーブ上の片手鍋に行き着いた。「どうしようかしら」と口を開く。どうせ外は寒いし、靴もまだ湿っていた。「とりあえず雨がやむまでということで」

彼がお茶を淹れたところで片手鍋のことを尋ねると、彼は笑い、やかんがなくてもこれで用は足りると言った。

「やかんはお好きじゃないの？」

「別にそういうわけじゃないけど。ただ持っていないだけです」

「ご自宅にもないの？」

「ここがぼくの自宅です、とりあえずいまは」

「でしたら、ここを出たらどちらへいらっしゃるの？」

「どこか別の場所へ。腰が定まらない性分なんですよ」彼は釈明した。「ひとところにじっとしていられないもので」

「帰る家がないなんて、わたしには耐えられそうにないわ」

「人がぼくの家なんです、ぼくの愛してやまない人たちがね」

エリナは笑みを浮かべた。ほろ苦い笑みになった。思えば、これと似たようなことを自分も言っていた、もう何年も前、いまとは違う人生を送っていたころに。

「変ですか？」

「人は変わる、違いますか？」辛辣《しんらつ》にならぬよう言ったつもりだった。「それに比べて家は――雨風をしのげる壁と床と屋根があって、思い入れのある品々や過去の思い出が詰まる部屋があって――要するに、頼れる存在だわ。安心感があるし、ちゃんとそこにありつづけるし、それに……」

「裏切らない？」彼は湯気の立つカップをエリナに手渡すと、隣に腰をおろした。

「ええ」エリナは言った。「そうね、そのとおりよ。誠実で善良で嘘がないもの」微笑みを浮かべるも、こんなふうに本心を吐露したことが急に恥ずかしくなった。素顔を見られてしまったような、妙な気分だった――こんな感情を家に対して抱くわたしは変わり者だろうか？　それでも彼が微笑んだので、同意はしないまでも理解してくれたのだと、なんとなくわかった。

新しい出会い、それも打てば響くようなやりとりをこれほどくつろいだ気分でできる相手との出会いは、エリナにとって久々のことだった。心の鎧《よろい》を脱ぎ捨てて語り合い、彼の半生についてあれこれ尋ねていた。彼は極東の地で子供時代を送っていた。父親は考古学者、母親は精力的な旅行家だった。両親は、世間の期待に縛られずに自分らしく生きろと、常に言っては励ましてくれたという。それはエリナが忘れかけていた生き方だった。

いつしか時の流れが妙な具合になっていた。ワゴン内の時を刻むリズムが外に広がる世界のそれとは別個のものであるかのようだった。現実という織物が溶解し、ふたりだけがそこに取り残された。時計などなくても五分程度の誤差で時間を言い当てる技を、この何年かのあいだに磨いてきたはずのエリナが、ここではその感覚をすっかりなくしていた。窓辺に置かれた小さな置時計にふと目が行ってようやく、すでに二時間が流れ去っていたことに気がついた。

「もう行かないと」エリナは慌ててそう口にすると、空になったカップを彼に渡して立ちあがった。こんな油断はついぞなかったこと。どうしてしまったのか。娘たちやアンソニー、それと母親に……何を言われるか？

彼も立ち上がった。どちらも動かなかった。ふたりのあいだに奇妙な電流が走った。列車でエリナが感知したのもこれだった。すると、このままここに身をひそめていたい、ここから出たくないという抑えがたい衝動に駆られた。「では失礼します」と言うべきところを、エリナはこう言っていた。「あなたのハンカチ、まだ持っていますのよ」

「列車の、あれですか?」彼は笑った。「言ったでしょ、持っててくださいって」

「それは駄目よ。あのときはお返しする術《すべ》がないからそうなったまでのこと、でも、いまなら……」

「いまなら?」

「つまり、お住まいもわかったことだし」

「なるほど」彼は言った。「たしかに」

エリナの背筋がぞくりとした。彼が触れてきたわけでもないのに、それを望んでいる自分がいた。断崖の際に立つ気分だった。その瞬間、飛び降りたくなっていた。このときすでに飛び降りていたと気づくのは、まだ先のことだった。

*

「ずいぶん足取りが軽いじゃないの」その日の午後、エリナは母親に言われた。「雨に降られて気分が浮き立つなんて、どうかしてますよ」

その夜ベッドにはいり、隣にいるアンソニーのほうへ手を伸ばすと、夫はエリナの手を優しく叩いてごろりと背中を向けてしまった。エリナは闇のなかでじっと身を固くして天井に走る亀裂を目でなぞり、夫の寝息が深く規則正しくなるのを聞きながら、いつからこれほど孤独を感じるようになったのかを思い出そうとし、列車で出会った若者の姿を心の目に呼び出したところで、まだ互いに名乗り合っていないことに気づくのだった。彼女から笑顔を引き出し、彼女の頭に棲みつき、心をなごませてくれる人、その人は手を伸ばせば届く距離にいた。

＊

はじめは、何年かぶりで生き返った気分になれたという、ただそれだけのことだった。まさか自分が石になりかけていたとは気づきもしなかった。アンソニーが戦地から戻って十年余り、そのあいだに自分が変わってしまったとの自覚はあったが、夫を見守り夫の盾となり夫に決していやな思いをさせまいという思いが、娘たちに危害が及ばないようにせねばという一念が、どれほど負担になっていたかを考えようともしなかった。そこにベンが現われた。自由闊達で陽気で気さくなベンが。それゆえ現実逃避と親密さと利己的な快楽を与えてくれるこの関係を単なる中毒とみなし、これはあくまでも気晴らしなのだと自分を言いくるめるのは容易だった。だが、中毒が呈する症状──狂おしいまでの妄想と不眠、まっさらな紙に書きつけた相手の名前を眺めるうちに生まれる恍惚感、思考が現実化する感覚──は、恋の病に他ならない。エリナは自分のなかで何が起きているのか、すぐには気づかなかった。しかも人をふたり同時に愛せるとは夢想だにしなかった。ある日、もう何年も忘れていたバレエ曲を口ずさんでいる自分に気づき、愕然とした。ベンと一緒にいると、アンソニーとはじめて出会ったときに覚えた、世界が突如ぱっと輝きを放ったかのようなあの気分がそっくり胸によみがえっていたのである。エリナはベンに恋していた。

頭のなかで紡がれる言葉は唖然とするようなものではあったが、真実に満ちあふれていた。こんなふうに単純で気楽で心弾む愛もあるということをすっかり忘れていた。アンソニーに抱く愛情はこの二十年で深まりもしたし変容もした。幾多の試練に出会うたび、夫婦の愛はそれを乗り越えるための形に変わっていった。愛とは相手を最優先で考えること、自分を捨てること、嵐のなかを漂うつぎはぎだらけの船が沈まないようにすることを意味するようになっていた。だが、ベンとの愛は小さなボートのようなもの、静かな水面をただたゆたっていればよかった。

＊

妊娠に気づいたとき、誰の子かはすぐにわかった。わかってはいても、逆算して確かめずにはいられなかった。これがアンソニーの子であったなら、話はずっと簡単だっただろう。

ベンに嘘をつくつもりはなかったが、それでもすぐには知らせなかった。人間の脳というのはややこしい問題を避けて通ろうとする癖《へき》がある。エリナにしても、ただ喜びを噛みしめるだけだった。赤ちゃんがじきに生まれる、もうひとりほしいと常々思ってきた赤ん坊が。これでアンソニーに喜びを与えられる。それればかりか、もうひとり子供ができれば夫の心も快方に向かうだろうと。こうした思いを長いことずっと胸に温めてきたせいもあり、まずいことになったという意識すら起きなかった。

父親が誰かという厄介な問題に、当初エリナは目を向けようとしなかった。お腹が固くなり、かすかな胎動を感じ取れるようになっても、誰にも妊娠を告げずにいた。それでも四か月目にはいり、アンソニーと娘たちに朗報を伝えると、ベンにも知らせる潮時だと考えた。お腹が目立ちはじめていたのである。

どう伝えようかと思案するうちに、その場面を怖れている自分に気がついた。といっても、ベンがことを荒立てるのではと不安に駆られたわけではない。ワゴンにはじめて足を踏み入れた日からずっと、いずれ彼は姿を消してしまうものと思っていた。行ってみたらすでに立ち去ったあとだったという、そんな辛い情景をどこかで予期していた。彼に会いに川沿いを歩いているときはいつも、息を詰め、最悪の事態を覚悟した。〝愛〟という言葉を口にしたことは一度もない。彼を失うと思うだけで胸が苦しくなったが、彼が流離人《さすらいびと》なのははじめからわかっていたことだと、自らにずっと言い聞かせてきた。そこが魅力だったのであり、それが深い関係を自らに許した理由でもあった。ベンのその日暮らしの生き方とエリナが背負う重荷は相容れないもの。彼が立ち去ってしまえばそれですべては終わるのだと、自分を納得させていた。しがらみも悔いもなければ、害もない関係なのだと。

だが、それは自己欺瞞《ぎまん》にすぎなかった。いまになってエリナは、虚心に振る舞って見せるのはまやかしで、ただの強がりだと気がついた。彼に——ボヘミアンを気取る愛人に、やかんさえ持たない男に、聞けば怖れをなして逃げ出すこと必至の報をもたらそうという段になってようやく、彼の包容力とユーモア、彼の見せる思いやりと優しさがどれだけ心の支えになっていたかをエリナは思い知らされた。彼を愛していた。彼が立ち去ることで問題はなくなるとわかっていながら、行かせたくなかった。

そう考えているときでさえ、うぶな娘よろしく希望を捨てきれずにいる自分が呪わしかった。無論のこと、これまでどおりというわけにはいかないだろう。いずれ赤ん坊は生まれてくる。エリナはアンソニーの妻だ。夫を愛しているし、これからもそれは変わらない。となれば、ベンに父親になることを打ち明けて、荷物をまとめさせるしか解決の道はないだろう。

＊

エリナは生物学も持ち出さなかった。愛も持ち出さなかった。

「赤ん坊」エリナに妊娠を告げられると、彼は狐につままれたような声をあげた。「赤ん坊か」そこにはいつもと違う表情があった。喜びと幸福感をたたえた笑みには、畏敬の念も入り混じっていた。まだ生まれてもいないうちから、ベンはお腹の子に恋していた。

「ぼくらは小さな命をこしらえたんだね」それが、これまで責任や義務とは無縁で過ごしてきた彼の口から飛び出した言葉だった。「こんな気持ちになるなんて思ってもみなかったよ。お腹の子と、そしてきみとも、ぼくはつながっているんだね。この絆は誰にも断ち切れない。きみも同じ気持ちだろ？」

エリナにどう答えられるというのか？　たしかに同じ気持ちだった。お腹の赤ん坊は、アンソニーに抱く愛とも、エリナが思い描く〈ローアンネス〉の家族の未来とも切り離された形で、エリナとベンを結びつけていた。

その後数か月にわたってベンが見せた高揚感や楽観的なものの見方、ふたりに赤ん坊ができたことは必ずしも褒められたことでも望ましいことでもないというほのめかしさえ受けつけようとしない彼の態度は、いつしかエリナにも感染した。

何事もいずれは帳尻が合うという強い信念がベンにはあった――「どんなことでもそういうものさ」と彼は言った。「ものごとは自然の流れに任せておけばいい、ぼくはそうやって生きてきたんだ」――それに押されてエリナも彼の言葉を信じるようになった。エリナと赤ん坊が〈ローアンネス〉で暮らし、ベンもいままでどおりそばにいる、それのどこがまずいというのか？　これまでだって、それでうまくいっていたではないのかと。

だがベンには別の考えがあった。臨月も間近となった夏のある日、ワゴンを出ることにしたと彼から告げられた。それを聞いて、彼がコーンウォールを出てどこかに旅立とうとしていると思ったエリナは、突然の心変わりに腹を立てた。だが、彼はエリナの髪のほつれを耳にかけながら、こう言ったのだった。「もっと近くにいたいんだ。地元紙に出ていた求人広告を見つけてね、新しい仕事に就けたんだ。ミスター・ハリスは来週から来てくれと言っている。どうやらボート小屋があるらしい、そこにはときどき庭の作業員が寝泊まりするみたいだね？」

おそらくエリナの顔に不安の色がありありと浮かんでいたのだろう、彼はすぐにこう続けた。「面倒を起こす気なんてないからね、約束する」それから固くせり出したエリナのお腹にそっと両手を当てた。「どうしてもそばにいたいんだよ、エリナ。きみたちふたりと一緒にいたいんだ。きみとこの赤ん坊は、ぼくの家《ホーム》なんだ」

*

ベンが〈ローアンネス〉で働きはじめたのは、一九三二年の夏が終わるころだった。うだるような暑さが続くある日の午後、彼は目にした庭師の求人広告のこと以外、この屋敷については何も知らないふうを装い、敷地の車道を歩くことになった。この期に及んでもなお、エリナはこれで万事うまくいくと思いこんでいた。我が子の成長を見守れる安全な場所を彼は手に入れ、エリナのほうも好きなときにいつでも彼に会いに行ける。しかもアンソニーが、愛する夫が真実を知ることもないのだと。

彼女が愚者の天国に暮らしていたのは言うまでもない。愛が、お腹の子がじきに生まれてくることの高揚感が、長い夏が――そのすべてが現実に対する分別を彼女から奪い去っていたのであり、天国がその輝きを失うのは時間の問題だった。ベンが間近にいることで情事そのものが俄然、現実《リアル》になった。それまでは非日常の存在だった彼が、彼女が家族と過ごす日常にはいりこんできたことで、長いあいだ封じこめてきたエリナの罪悪感を呼び覚ました。

アンソニーを裏切ったのは間違いだった。いまではそれがはっきりとわかった。いったい自分は何を考えていたのか。どうしてこんなことをしてしまったのか？　アンソニーこそ最愛の人ではないか。エリナの心の目にアンソニーの溌剌《はつらつ》とした若々しい顔がよみがえった――迫りくる乗合バスの前から救い出してくれた遠い昔のあの日のこと、微笑む彼に手をしっかりと握られて、ふたりの前途洋々たる未来を思い描いていた結婚式当日のこと、愛国心に燃えて戦場に赴く彼を駅で見送った昼下がりのこと——それを思うと恥じ入るあまり死んでしまいたくなった。

エリナは庭を避けるようになった。それは自らに課した罰だった。庭は〈ローアンネス〉のなかでもエリナが愛してやまぬ場所、くつろぎと慰めを得られる場所、それを失っても当然の過ちを犯したのである。だが、庭を遠ざける理由はほかにもあった。罪悪感が神経症的不安を引き起こし、うっかり自分から口を滑らしてしまうのではないか、ベンとばったり出くわすようなことにでもなれば隠しごとに耐えられなくなるのではないか、そんな気がした。危険を冒すわけにはいかなかった。そうなったらアンソニーが取り返しのつかないことになる。だから、敷地内を颯爽と歩くベンの姿が目にはいろうものなら、すぐさま窓に背を向けた。やがてベッドの上で輾転する夜が始まり、もしも彼がエリナの与える以上のものを赤ん坊に求めだしたらどうなってしまうだろうかと悶々《もんもん》とした。

だが、どれほど自分を責めたて後悔の念に苛まれても、ベンとの関係を全否定する気にはなれなかった。彼がいたからセオを授かれたというのに、どうしてそんな気持ちになれようか？お腹に宿ったと知った瞬間から、この子には並々ならぬ愛情を注いできたし、生まれたあともいいい、それは大事に育ててきた。ほかの娘たちに注いできた以上の愛情をかけているという意味ではない、そうではなく、いまのエリナは別の女性に生まれ変わっていた。人生が彼女を変えていた。年齢を重ね、悲しみも大きくなり、以前にも増して安らぎを必要としていた。この乳飲み子をひたすら無心に愛することができた。セオとふたりきりのときは本来のエリナになれた。〝お母さま〟という意識は消し飛んでいた。

＊

妄想をふくらませては不安をあおるシナリオは数あれど、まさかセオの誕生がアンソニーの症状を軽くするどころか、かえって悪化させてしまうとは予想だにしなかった。夫の回復に必要なのは赤ん坊の誕生――それも息子の誕生！――しかないと、はなから信じこんでしまったエリナは、それを疑ってかかることすらしなかった。だが、間違っていた。セオが生まれてわずか数週間で、そのことが明らかになった。

アンソニーがセオを慈しみ、胸にそっと抱いてあやしながら目鼻立ちの整った小さな顔に見惚れながらも、やがてその満ち足りた顔に翳りがしばしば覗くのである。それは人々が苦境に喘いでいるときに、自分がこれほど恵まれた人生を送っていていいものかという忸怩たる思いからだった。なお悪いことに、赤ん坊が泣きだすとアンソニーの顔は虚ろになった。まるで頭のなかで繰り広げられている別の何かに、秘めた思いに、心を奪われでもしたかのように。

悪夢に襲われる夜も頻発した――そういうときの彼は恐怖に身をうち震わせ、「赤ん坊の泣き声を止めろ」、「そいつを黙らせろ」と、わめきだし、廊下に飛び出そうとするものだから、エリナは渾身の力で押さえつけねばならなかった――こうなると、果たしてこれでよかったのだろうかと、エリナは懊悩《おうのう》せずにいられなかった。

そしてクレメンタインが十二歳の誕生日を迎えた日、ふたりは彼女にグライダーを贈った。アンソニーの発案であり、格好の贈り物でもあったのだが、庭は避けたいというエリナの望みとは相容れないものだった。家族そろっての昼食を終えるやクレメンタインはさっさと包装を引きはがし、お祝いを締めくくるお茶とケーキも待たずに外に飛び出していってしまった。そこでエリナは、そう長くかからなければ問題はないだろうと自分に言い聞かせ、しぶしぶながら庭にトレイを運ぶようメイドに言いつけた。

からりと晴れた秋の昼下がり、勇猛果敢な人ならひと泳ぎしたくなるような申し分のない陽気だった。誰もが祝賀気分に浸り、芝生の上で戯れ、飛んできたグライダーが頭上すれすれをかすめると歓声をあげた。だがエリナの神経は張り詰めていた。湖の畔で作業中のベンに気づくと、自分たちふたりの関係を家族に気取られやしないかとはらはらし、いまにベンがセオの眠るバスケットに気づいて芝生の上をやって来て、何かしら口実をもうけて仲間に加わろうとするのではないかと気が気でなかった。

ベンがそんなことをしないのはわかっていた。そういう取り決めだった。とはいえ、不安は人を突飛な思考に駆りたてる。今日という日が早く終わってくれないものか、ケーキとお茶をさっさとすませて安全な家のなかに逃げこみたい、エリナはそんなことばかり考えていた。が、そんな思いがクレメンタインに通じるはずもない。それどころか、家族全員がぐるになってエリナを罠にはめようとしているような気さえした。誰ひとりお茶をほしがらず、差し出したケーキも手で払いのけられ、こうなるとエリナは〝お母さま〟をひたすら演じるしかなかった。とにかくひとりになりたかった。

そうこうするうちにクレメンタインが——生来の無鉄砲ぶりを発揮できる最悪の瞬間を嗅ぎ分ける才でもあるのか——イチジクの巨木をよじ登りはじめた。エリナは心臓が口から飛び出しそうになった。すでに神経が張り詰めていたこともあり、忍耐は限界に達していた。木の下に駆け寄ると、末娘がスカートの裾をズロースにたくしこみ、擦り傷のある膝小僧を露わにして裸足でよじ登っていくのをひたすら目で追い、落下しようものなら受け止める覚悟だった。

そのせいで肝心の務めがおろそかになった。はじめ異変に気づいたのは乳母のローズだった。ローズが声を上ずらせてエリナの手を摑んだ。「早く」と小声でささやいた。「坊ちゃまが」

その言葉に背筋が凍りついた。首をひねって目を走らせる。アンソニーがセオのバスケットのほうに向かっていた。赤ん坊が泣きわめいていた。アンソニーのぎくしゃくした足運びから、正気を失っているらしいことが見て取れた。

ローズはすでに芝生の上を駆けだしていた。彼女はアンソニーの病状を知る数少ない者のひとりだった。エリナが明かしたわけではない。ローズ自らがそれと察したのだ。何かできることがあればいつでも言ってほしいとエリナに告げに来た夜、自分の父親も似たような症状に苦しんでいると語ったのである。

「ダヴィズ」エリナは言った。「娘たちをボートへ」

エリナの切羽詰まった口調に気づいたのだろう、彼はすぐさま事情を呑みこむと、物語作者らしいとびきり陽気な声でデボラとクレメンタインを呼び寄せ、ボートをつないである川岸へと歩きだした。

エリナは走った。そのとき姉妹を追って駆けてきたアリスと鉢合わせしそうになった。エリナの心臓は早鐘を打っていた。まずいことになる前にアンソニーを止めなくては、それしか頭になかった。

彼に駆け寄りその目を見るや、いつもの夫でないことはすぐにわかった。心が闇に占領されると決まってこうなった。「赤ん坊だ」吐き捨てるようにささやくその声は狂気を帯びていた。「やつを止めろ、黙らせてくれ」

夫をしっかり抱えこんで家のほうに連れ戻しながら、もう大丈夫だからと小声でなだめた。そうしながら振り返ると、ローズがセオをあやしていた。ローズがこちらを見た。ローズなら坊やをしっかり守ってくれる、そうエリナは思った。

＊

その夜、アンソニーが薬の力を借りて深い眠りに落ちてしまうと、エリナは寝室を抜け出し、裸足で廊下を進んだ。祖父ホレイスが土産《みやげ》に持ち帰ったバルーチ絨毯《じゅうたん》に足をとられないよう慎重な足取りで階段を下りた。背後の床に落ちる彼女の影法師がひっそりとついてきた。

庭の小径の敷石には、芯《しん》の部分に昼間の熱が残っていた。エリナはその硬い感触を柔らかな足裏で味わった。この足の皮も昔は厚くこちこちだった。

湖畔まで来たところで足を止め、煙草に火をつけた。彼女が煙草を吸うことは誰も知らなかった。煙を深々と吸いこんだ。

庭が恋しかった。ここは子供時代の友だった。

闇のなかで湖面が揺れた。野鳥たちが羽づくろいでもしているのだろうか。小動物――おそらく狐――が猛スピードで逃げていく。

煙草を吸い終わると、足早に小川に向かった。ドレスのボタンをはずすと首から脱ぎ捨て、スリップ一枚になる。

寒い夜ではない。それでも泳ぐにはかなりこたえる気温だ。だが、エリナの胸は熱く燃えていた。生まれ変わった気分を味わいたかった。生き生きとして自由で、束縛のない気分を欲していた。自分を解き放ちたかった。ものごとも人も、知っているすべてを忘れてしまいたかった。「世間から逃げ出したくなったことはないんですか?」ワゴンでベンにそう訊かれたことがあった。そう、そう思ったことは過去にもあったし、いまもその気持ちに変わりはない、今夜はなおいっそう。

水にはいり、底まで潜った。冷たい葦《あし》の葉が足を撫でた。沈殿物で濁った水を両手ですくい取る。責任も心配事もいっさいなく、流れに身を任せてたゆたう流木になった自分を想像する。

月明かりに照らされた水面に顔を出し、仰向けになって体を浮かせると、夜がたてる音――近くの囲い地にいる馬、森の鳥たち、川のせせらぎ――に耳を澄ます。

やがてここにいるのは自分ひとりではないことに気がつき、なぜかそれがベンだとわかった。

岸に泳ぎ着いて水から上がると、倒木に腰かけているベンの隣にすわった。彼はコートを脱いでエリナに着せかけると、何があったのかは知らされるまでもなかったのだろう、ただエリナを抱き寄せ髪を撫で、心配ないからねと言った。いまにすべてうまくいくからと。エリナは彼が言うに任せた。ずっと会いたくてたまらなかったところへ、こうして抱きすくめられたものだから、声は嗚咽にしかならなかった。

だがエリナにはわかっていた。自分は『エリナの魔法の扉』に出てくる、子供がほしいあまりに悪魔と取引をした王妃そのものだった。扉を開けて一線を踏み越え、許されぬ恋に落ちた。だからいまになって、その報いに苦しまなくてはならないのだ。この世は正義の天秤と因果応報が支配する場所。何事にも代償はつきものであり、いまさら扉を閉じても手遅れだった。

30　コーンウォール　二〇〇三年

「いやぁ、こいつは驚いた」クライヴは眼鏡の奥の青い目をむいて、セイディを見つめた。いましがたの発見で、すべての平仄《ひょうそく》が合ったのだ。

「なんでいままで思いつかなかったのかしら」セイディは言った。

「思いつかなくて当然ですよ。一九三三年にわたしは、ここの住人すべてに会っているが、そんなことをほのめかす人はひとりもいなかったんですから」

「アンソニーは知っていたと思います?」

クライヴは歯の隙間から小さく息をもらしながら、その可能性を考えた。「知っていたとしたら、一連の出来事がさらに暗澹たる色を帯びますね」

セイディは同調せざるを得なかった。「日記にそれらしきことは書かれていませんか?」と問いかける。「デボラが彼の書斎を訪ねたという時期のものに?」

「あったとしても、謎めいた言い回しだらけでこっちにはさっぱりですよ」

「一九三三年の事情聴取のときはどうでした? アンソニーがセオの実の父親ではないことをにおわせる証言は出なかったということですが、ほかに何かないですかね? どんなことでもいいんです、当時はさして重要に思えなかったけれど、いまなら意味を帯びそうなちょっとした一言とか?」

クライヴはしばし考えこんだ。それから半信半疑といったふうに口を開いた。「言われてみればありますね。どれほどの意味があるのか、こんなこと言ったらちょっと馬鹿げて聞こえそうだが……最初の事情聴取のとき、うちの上司《ボス》がエダヴェイン夫妻に記者会見を開いてはどうかと持ちかけたんです。世間の同情が集まれば、それだけ多くの目でいなくなった子を探すことができる、それがボスの考えでした。会見当日は息苦しいほどの猛暑でした。階下の図書室にはカメラマンと新聞記者がいて、アンソニーとエリナ夫妻はソファに並んで腰かけていて、外では警官が湖を浚《さら》っていた」彼は首をしきりに振った。「なんともまいりましたよ。ほんとうにひどい暑さだった。実際、奥方は気絶したくらいですからね。そのときでした、アンソニーが会見を打ち切るといきなり言ったんです。彼を責める気にはならなかったが、その言い方がちょっと引っかかった。『きみには配慮というものがないのかね。家内はショックを受けているんだ、彼女の子供がいなくなったんだ』とね」クライヴはセイディに目を向けた、その凝視に確信が芽生えていた。「うちの子ではなく、彼女の子供と言ったんです」

「奥さんに肩入れして、あえてそう言ったということはないかしら？」

クライヴはますます気持ちを高ぶらせて言った。「いや、それはないと思います。実のところ、考えれば考えるほど、怪しく思えてきましたよ」

セイディは反発を覚えた。セオの父親が自分でないことをアンソニーは知っていたと、クライヴが確信を強めるにつれて、なんとかこれに反論できないものかとじりじりした。セイディに異を唱えるだけの根拠はなかった。単に信じたくないだけだった。そもそもセイディとアリスが行動を起こすことになったのは、アンソニーがシェルショックによって誘発された激昂がもとでセオをうっかり殺してしまったという推測に基づいてのことだった。しかし、もしもアンソニーが待望の愛息セオが自分と血を分けた子ではないとすでに知っていたとしたら、もしも妻の不貞を知ったことでこの真実に行き着いたのだとしたら、その場合はなおいっそう陰惨な可能性も視野におさめざるを得なくなる。

ここにドナルドがいたら、この一家に感情移入しすぎていると非難されそうだ。そこでセイディは、一九三三年当時のアンソニーに覚えたちょっとした違和感を挙げつらねては新たな推理を組み立てようと躍起になっているクライヴを横目に見ながら、努めて虚心を心がけた。自分の私的感情で判断を鈍らせてしまったら、それこそアリスの好意を無にすることになる。それにしてもクライヴが開陳する情景はおぞましいものだった――アンソニーは手を下すのにうってつけの日をわざわざ選んでいた。毎年恒例のパーティでは、妻が女主人の務めを果たすべく奔走するだろうことはあらかじめ知っていたはずだし、使用人たちもばたばたしていて異変には気づかないはず。乳母のローズ・ウォーターズは折よく解雇されていたから（これについては事情聴取のとき、エリナはひどく悔んでいたという）、彼女に容疑がかかることもない。この若い乳母に代わって雇われたヒルダ・ブルーエンなる老婦人は、パーティの騒がしさで安眠できないとなればウィスキーをちょっとひっかけるくらいはするはずだ――すべてはそんなふうに計画的に運ばれたのではとクライヴは考えた。ではエリナはどうか？　この推理で彼女はどう位置づけられるのか？「彼女はすべてを知っていたと、その考えはいまも変わりませんか？」セイディは疑問を口にした。

「知っていたでしょうな。彼女が懸賞金を出さないことにしたのもそれで説明がつく。そんなことをしても意味がない、息子はもう戻ってこないとわかっていたからですよ」

「だったらどうして、夫の罪を隠蔽する手助けをしたんです？　なぜ口を閉ざしていたんですか？　しかもその期に及んでなお、アンソニー・エダヴェインと仲睦まじい夫婦を続けていたなんて！」

「事情が事情ですからね。ひょっとしたらアンソニーはほかのことで脅しをかけていたのかもしれない、たとえばベンジャミン・マンローに圧力をかけたとか。マンローが屋敷から忽然と姿を消してしまったこともそれで説明がつく。おそらくエリナは、何らかの呵責を感じていたんでしょうな、ご亭主を罪に走らせたそもそもの原因が、彼女の不貞行為にあったわけですから」

セイディはアリスとのやりとりを思い返した。あのときアリスは、もともとエリナは強い道徳意識の持ち主だと言っていた。そんな女性であれば、夫婦の誓いを破ったことに強烈な罪悪感を抱いたとしても不思議はないだろう。だが、セオの死がそれに見合う罰だとすんなり受け容れられるものなのか？　そんなわけがない。不慮の事故としてアンソニーを許すことと――それだって強引に過ぎるが――自分がお腹を痛めた子を殺されたことに目をつぶることには天と地ほどの開きがある。それに、いくら虚心を心がけようと頑張ってみても、新聞や本に描かれていたような、優しい父親で思いやりのある夫で勇敢な兵士だったというアンソニー・エダヴェイン像と、復讐に燃える怪物というイメージがどうしても結びつかなかった。

「さてと」クライヴが言った。「で、あなたの考えは？」

彼は身を乗り出さんばかりにセイディの同意を待ちかまえていたが、セイディは期待に応えることができなかった。何かが足りないのだ。あともうちょっとで辻褄《つじつま》が合いそうなのだが、肝心要《かんじんかなめ》のパズルのピースが欠けている気がしてならなかった。「ひとまず下に行って、お茶でも飲みませんか。ちょっと頭を冷やしましょうよ」

クライヴはがっかりしたようだったが、うなずいた。すでに陽射しが室内に流れこんでいた。セイディが散らばった封筒を掻き集めているあいだ、クライヴは開いた窓に歩み寄った。「おや、まさか……」彼が声をあげた。「あれ、誰ですかね?」

セイディはクライヴの横に立ち、見慣れた景色に、草木がもつれ合う庭とその向こうに広がる湖に目を走らせた。ふたつの人影がこちらに向かってゆっくりと進んでくる。これがよちよち歩きのセオだったとしても、これほど驚きはしなかっただろう。「アリスだわ」セイディは言った。「アリス・エダヴェインとアシスタントのピーター」

「アリス・エダヴェインか」クライヴはその名を反復すると、信じられないといったふうに口笛を小さく鳴らした。「ようやくのご帰還ですな」

*

「気が変わったの」セイディとクライヴが玄関ホールで出迎え、帰還のわけを尋ねたのに対し、アリスが口にしたのはこの一言だけだった。ピーターは雇い主を玄関先まで送り届けると、アリスが「例のもの」と曖昧に告げた何かを取りに車に引き返してしまい、アリスは腹に据えかねると言わんばかりの様子で埃の積もる敷石の上に立ちつくした。朝の散歩から戻ってみれば無能な使用人たちの仕事ぶりを腹立たしく思っている、そんな田舎暮らしの粋《いき》な女城主といった風情である。アリスは素っ気なくこう続けた。「古い家は磨いてやらないと駄目ね。じゃあ図書室に行きましょうか?」

「そうですね」セイディは同意すると、クライヴに向かって唖然とばかりにちょっと肩をすくめて見せた。それからふたりはアリスの先導で、玄関ホールの突き当たりのドアをくぐった。

そこはセイディが〈ローアンネス〉にはじめて迷いこんだ日に窓越しに覗いた部屋であり、一九三三年に事情聴取が行なわれた部屋であり、セオの失踪が公表された翌日にアンソニーとエリナが記者とカメラマンと対峙《たいじ》した部屋でもあった。

クライヴはソファの一方の端に、セイディはもう一方の端に腰をおろした。かなり埃っぽかったが、ここで急遽大掃除に乗り出すわけにもいかず、打つ手はなさそうだった。おそらくアリスは捜査の進捗《しんちょく》状況を知りたくて来たのだろうし、そもそも異議や埃ごときに邪魔だてを許すような人ではない。

セイディは、アリスがすぐにも肘掛椅子におさまり、質問が矢継ぎ早に繰り出されるとばかり思っていた。ところがそうはならず、老婦人はドアから暖炉に向かい、それから窓下のデスクにと、行く先々でちょっと足を止めてはまた歩きはじめるといった具合に、しばらく部屋のなかをゆっくりと歩きまわった。アリスは顎をつんと反らしていたが、セイディの鍛え抜かれた刑事の目はそれが演技であることを見抜いていた。必死で隠そうとはしているが、神経が立って、落ち着かないのだろう。そうなって当然だ。子供時代を過ごした家に七十年ぶりに戻ってみれば、家具がそっくりそのまま残っているのである。これほど奇妙な体験はめったにない。エダヴェイン一家がここを出るきっかけとなった辛い出来事を差し引いても、奇妙なことに変わりはない。アリスはデスクの前で立ち止まると、子供の顔を描いた素描を手に取った。

「彼ですね?」セイディはそっと問いかけながら、〈ローアンネス〉に遭遇したあの朝、窓からちらりと見えたその絵の、並はずれた美しさを思い返していた。「セオ君ですね?」

アリスは目を上げなかった。聞こえなかったのだろうかと思い、もう一度問いかけようとしたそのとき、アリスが口を開いた。「家族の友人、ダヴィズ・ルウェリンという人が描いたものよ。セオがいなくなったまさにその日に描いたものなの」アリスは顎を引き締め、窓に目を向けた。伸び広がる茨《いばら》のせいで外はほとんど見通せなかったが、アリスは気づいていないようだった。「あの日、彼がこの絵を手に川から戻ってきたとき、ばったり出くわしたんです。毎年、夏のあいだはこの家に滞在していましてね。上階のマルベリー・ルームに。ほぼ毎朝、イーゼルを肩にかついでスケッチブックを小脇に抱え、早いうちに出かけていくんです。彼がセオを描いたのはこの絵くらいじゃないかしら」

「興味深い偶然の一致《コインシデンス》ですね」セイディは慎重に探りを入れた。「彼が弟さんをはじめて描いた日が失踪の当日だったなんて」

アリスはきっと目をあげた。「コインシデンス、たしかにそうね、でも、それを〝興味深い〟とは言いたくないわ。ミスター・ルウェリンはセオの死とは無関係なんですから。とにかく、こうやって肖像を残してくれたことにわたしは感謝しているの。あの日以来、これがどれだけ母の慰めになったことか」

「たしかダヴィズ・ルウェリン氏は、セオ君がいなくなった直後に亡くなられたんでしたよね?」セイディは、先日クライヴから話を聞いたとき、相前後して起きたふたつの出来事に抱いた疑念を思い返していた。

クライヴが問いかけにうなずくと、アリスがそこに割りこんだ。「彼の遺体はセオの捜索中に発見されたんです。あれはなんとも不運な……」

「コインシデンス？」セイディが言葉を継いだ。

「予想外の展開、そう言いたかったのよ」アリスがぴしゃりと言った。それから視線が素描に戻ると、アリスの表情がやわらいだ。「悲劇としか言いようがない、惜しい人を失くしたわ。無論、人は疑問に思うのでしょうね……」と言いかけたが、何が疑問なのかは言わずに終わった。「ミスター・ルウェリンは家族の誰からも愛されていたけれど、わたしの母とはとりわけ親しい間柄だったの。彼は大人社会にあまり馴染めない人だったけれど、母とはうまが合ったのね。セオがいなくなってすぐにあんな形で彼が見つかったのは、母には二重の衝撃だったはずよ。母は彼との友情に安らぎを見出していた。母にとって父親みたいな存在だったから」

「つまり、お母さまにとって秘密を打ち明けられるような存在だったと？」

「たぶんそうでしょうね。母に友人はそう多くなかったし、ほかに心の内を明かせるような相手はまずいなかったはず」

「お母さまの母親はどうなんです？」

ずっとスケッチに見入っていたアリスが顔を上げた。そこには苦笑が覗いていた。「コンスタンスのこと？」

「一緒に暮らしていらしたんですよね？」

「お情けでね」

「お母さまはご自分の母親に心を許していなかったと？」

「ええ。母と祖母は折り合いが悪かったの。そうなった原因までは知らないけれど、過去に何かがあって、それが尾を引いていたみたいね。実のところ、セオが死んで、一家が〈ローアンネス〉を出たあとは、かろうじてつながっていた母娘の絆も切れてしまった。祖母はわたしたちと一緒にロンドンには来なかったの。体調が思わしくなくてね。あの年のミッドサマーの数か月前から意識の混濁が始まっていて、その後一気に悪化の一途をたどったわ。それでブライトンにある施設にはいることになり、そこで亡くなった。母が祖母に真の愛情らしきものを見せたのはあのときくらいだったんじゃないかしら。とにかく祖母は気難しい人だったから、祖母が満足のいく最高レベルの老人ホームに入れてやったんです。すべてが完璧でないと駄目な人でしたからね。家族ってややこしいものよね、刑事さん？」

内情はあなたが知る以上だったようねと、セイディはクライヴに目顔で語りかけた。クライヴがうなずいた。

「どうかした？」いつもながら目端の利くアリスが、ふたりを交互に見た。「何かわかったの？」

セイディは尻ポケットに、エリナからベンに宛てた手紙を入れたままだった。それをアリスに差し出すと、アリスは文面に目を通しながら片眉を上げた。「なるほど、そういうことね、これで母とベンジャミン・マンローが情を通じていたことが立証されたというわけね」

そこでセイディは、エリナが妊娠に触れているこの手紙の、ボート小屋で見つけた残り半分について説明した。「はじめその手紙を、お母さまが戦地の夫に向けて書いたものだとばかり思っていたんです。会えない辛さや、この先ひとりで赤ん坊を育てていくことへの不安が綴られていたので。ところがその前半部分をさっき二階で見つけ、実際はベンに宛てて書かれたものだとわかりました」セイディはちょっと口ごもった。「つまり、ここに書かれている赤ん坊とは、セオ君のことだと」

アリスが肘掛椅子にやおら身を沈ませた。〝一撃に息を詰まらせる〟という言い回しの実例を、セイディは目の当たりにする思いがした。「ベンがセオの父親だと考えているのね」アリスが言った。

「はい」簡潔に答えた。これについてはほかに言うべき言葉が見つからなかった。真相を突きつけられ、アリスの顔から血の気が失せた。まるで暗算でもしているかのようにかすかに口を動かし、あらぬかたをただ見つめるばかり。ロンドンで会ったときはいかにも手ごわい存在といった雰囲気だったが、いまセイディが目にしているのは脆さだった。アリスが非力に見えたという意味ではない、むしろ伝説的作家という顔の下から、ごく普通の脆さを持つ人間の顔が垣間見えたのだ。「そうね」アリスがようやく口を開いた。その声にはかすかな動揺があった。「たしかにそう考えれば筋が通るわね。説得力がかなりある」

クライヴがおほんと咳払いをした。「となると、だいぶ話が変わってきそうですね？」

アリスがクライヴをちらりと見た。「弟が死んだことに変わりはないわ」

「いや、もちろんそうですが、わたしが言いたいのは――」

「父の動機のことね。あなたの言わんとしていることは百も承知、でも、父が故意にセオを殺めたなんてことは絶対にあり得ないと、はっきり申し上げておくわ」

クライヴが二階でこの推理をはじめて口にしたとき。セイディもアリスと同じ気持ちだった。だが、その可能性に目を向けようとさえしない頑なアリスを見ていると、この自分もまた、そう考えたくないばかりに判断を鈍らせているのではないかと不安になった。

そのとき部屋の外から足音が聞こえ、ピーターが戸口に現われた。謎の任務を終えて戻ってきたのだ。「アリス?」彼がためらいがちに声をかけた。「大丈夫ですか?」それから不安に見開かれた目をセイディに向けてきた。「何かあったんですか?」

「わたしは大丈夫」アリスが言った。「万事順調よ」

ピーターはすぐさまアリスのそばに行き、水を持ってこようか、外の空気に当たってはどうか、それとも昼食にしようかと問いかけたが、アリスはどの提案にも手で払いのける仕草をした。「もうピーターったら、こんなにぴんぴんしてるじゃありませんか。ここに戻ってきたことに、よみがえるさまざまな記憶に、ただ茫然としているだけですよ」ここでアリスは例の素描をピーターに差し出した。「これを見て」彼女は言った。「わたしの弟、セオよ」

「おお、実に素晴らしい素描ですね。ひょっとしてあなたが……?」

「馬鹿言わないで」アリスが吹き出さんばかりになる。「家族ぐるみでつき合いのあったダヴィズ・ルウェリンが描いたんですよ」

「例の作家ですね」ピーターが言った。長く待たされてようやく答を得たとでも言いたげな、満足そうな表情を浮かべる。「なるほど。ミスター・ルウェリンか。そういうことでしたか」

この作家の話が出たところで、ルウェリンの自殺のタイミングに関して納得のいく答を得られぬうちに話が横に逸れていたことを、セイディは思い出した。すると不意に、ルウェリンはアンソニーがセオを傷つけたことではなく、アンソニーを止められなかったことに責任を感じたのではないかと思えてきた。「お父さまはダヴィズ・ルウェリンと親しかったのでしょうか？」セイディは質問した。

「昵懇《じっこん》の間柄でした」アリスが言った。「身内同然に遇していたし、どちらも一時期、医者を志していたということもあって、互いに敬意をもって接していたわ」

それ以外にもふたりには共通点がある、そのことをセイディは思い出した。ダヴィズ・ルウェリンは、アンソニー同様、神経を病んだせいで医者を続けることができなくなったのだ。

「ミスター・ルウェリンが気を病むことになった原因で、何か思い当たることはありませんか？」

「それを本人に尋ねる機会を逸《いっ》してしまったの。そのことはいまも後悔しているわ——問い質そうとは思っていたのよ、ミッドサマー・パーティのだいぶ前から様子がおかしかったから。なのにわたしは、ほかのことで頭がいっぱいで、つい後回しにしてしまい、あんなことに」

「ほかにそのことを知っていた方は？」

「母はおそらく知っていたのでしょうけど、訊いても教えてくれなかった。あとは彼を若いころから知っている祖母くらいね。もっとも祖母から聞き出すなんてできっこない。なにしろダヴィズとは犬猿の仲だったから。コンスタンスは軟弱者を目の仇にするような人でしたからね、彼女に言わせると、軽蔑にすら値しない男なんだとか。彼が大英帝国四等勲士に選ばれたと知ったときの祖母の逆上ぶりときたら、それはもう常軌を逸していましたよ。みんなは誇らしく思っていたのにね――できることなら生きて勲章を受けさせてあげたかったわ」

「彼はあなたの人生の師だったのですね」ピーターがそっと口を開いた。「ぼくにとってのミス・タルボットのように」

アリスは顎をぐいと上げた。こみ上げる涙を食い止めようとしていたのか。それからうなずいた。「たしかにそうね、ある時期までは。でもそのうち物足りなくなってしまったの。まったく自惚《うぬぼ》れもいいところね！　でも、若い人が年長者を切り捨てるのは世の習い、そうじゃないこと？」

ピーターが微笑んだ。セイディの目には悲しげな笑みに映った。

回想が何かの引き金になったのか、アリスは決然と息を吐き出すと、両手を握り合わせた。

「そんな話はもうたくさん」そう言うと、気力を奮い立たせてピーターに向きなおった。「今日は後悔をしに来たわけじゃないわ、もっとも、それを乗り越えようというなら話は別だけど。例のものは用意できた？」

彼がうなずく。「玄関先に」

「結構。例の場所は――」

「ヘラジカの頭のような木目がある床板でしたね？　見つけました」

「上出来よ」

セイディはヘラジカの頭部云々を聞き流し、差し出されたエリナの手紙を引き取った。こんな手紙を、それも自分の母親が書いたものを読んだら、どんな気持ちになるのか想像もつかなかった。遠い過去から届いた声が、アリスがずっと胸に温めてきたものに波紋を投げかけることになったのだ。紙にあるがままの自分の気持ちをしたためること、それを別の誰かに渡すこと、それはひどく大胆な行為だと、セイディには思えてきた。

するとシャーロット・サザランドの姿が脳裡に浮かんだ。届いたシャーロットの手紙にただ動揺するばかりで、文字にして送り届けるという勇敢な行動について立ち止まって考えようともしなかった。気持ちを伝えるという行為にはきわめて親密な何かがある。しかもシャーロットの場合、一度ならず二度までも、拒絶されることもいとわず書き送ってきた。一回目はただ慌てふためき、はねつけることしか頭になかった――それに懲りず、二通目を送ってきたシャーロットは果たして勇敢なのか、それともただの無鉄砲か？「どうもしっくりこないんですよね」とセイディは声に出して言いながら、自らにも問いかけていた。「普通こういう手紙を取っておくものでしょうか。いったんは熱に浮かされて書いたとしても、その後ずっと捨てずにおくなんて……」ここでかぶりを振った。「ごく私的なものだし、自分の罪を認めているような内容なのに」

アリスの顔に笑みが浮かんだ。いつもの彼女が戻ったようだった。「そんな疑問を持つのは、あなたが物書きじゃないからですよ、スパロウ刑事。物書きなら、物書きが一度書いたものを破棄しないことくらいわかります。たとえ内容が自分の首を絞めることになるとわかっていてもね」

そう言われてセイディが首をひねっているところに、外から声がした。「ごめんください。どなたかおられますか？」

バーティの声だった。「お祖父ちゃん」と口走る。不意打ちだった。「ちょっと失礼します」

「ランチを届けに来たんだ」玄関に現われたセイディにそう言うと、大ぶりの魔法瓶と焼きたての香りを放つパンを詰めたバスケットを掲げて見せた。「携帯に電話したんだが、ちっともつながらないからさ」

「ああ、ごめん、マナーモードにしてたから」

バーティは納得したようにうなずいた。「集中したかったんだね」

「そんなところかな」セイディは携帯を取り出し、画面を覗いた。不在着信が六件あった。二件はバーティ、あとの四件はナンシーだった。

「どうした？　浮かない顔をしているじゃないか」

「何でもないわ。気にしないで」セイディは祖父に笑いかけ、徐々にふくらむ不安の波を押し戻した。ナンシーは我が娘の失踪のことになると、ほかのことが目にはいらなくなるのだ。それにしても、これだけしつこくかけてくるのは尋常ではない。「せっかくだからみんなに会っていって」

「みんな？」

セイディは思いがけない飛び入り参加があったことを説明した。そうしながらアリスとピーターが来てくれたことに感謝してもいた。それがなければ、バーティはすぐさまシャーロット・サザランドのことかベイリー事件での失態に話を持っていきかねない。どちらもセイディには避けたい話題だった。

「そうか。だったら、つい多めに作ってしまう癖が幸いしたな」陽気にそう言う祖父を、セイディは図書室に案内した。アリスは腕組みして立ちつくしたまま、腕時計をちらちら見ては、指先をしきりに動かしていた。クライヴはセイディが戻ってほっとしたような顔になった。

「祖父のバーティです」セイディは一同に紹介した。「ランチを届けてくれました」

「まあご親切に」アリスはそう言うと、前に進み出て手を差し出した。「アリス・エダヴェインです」ぴりぴりした様子は影をひそめ、一気に屋敷の女主人になっていた。威厳のようなものをさりげなくかもし出せるのは、かつて裕福な家庭で育った者だからだろうか、とセイディは思った。「メニューは何かしら？」

「スープをこしらえてきました」バーティが言った。「それと固茹で卵を」

「わたしの好物だわ」アリスがちょっとうなずき、嬉しい不意打ちをねぎらった。「ひょっとして千里眼をお持ちなの？」

「固茹で卵は誰だって好物ですからね」

アリスが満面の笑みを浮かべる。好感を抱いたことがありありと伝わる変貌ぶりだった。

「祖父はこの一週間、夏至祭で病院の屋台に出すお菓子作りにかかりきりなんです」セイディは聞かれもしないのに、唐突に口をはさんだ。

アリスが称賛のうなずきを返しているところに、ピーターが黒い小さな袋を手に戻ってきた。「よろしければそろそろ始めましょうか」ピーターはここでバーティに気づき、「ああ、どうも」と言った。

手短に名乗り合ったあと、予定の作業をすぐにも始めるべきか、それともまずは食事にするかでアリスとピーターのあいだでしばし押し問答になったが、バーティのスープを冷めるに任せるのは礼にもとるということで決着がついた。

「結構」バーティが言った。「きっと食事にもってこいの場所に案内してくださるんでしょうな。ここが住める状態なのかどうかわからないので、いちおう敷く物は用意してきたんですよ」

「なんとまあ気が利くこと」アリスが言った。「ここの庭はピクニック向きにできていますのよ。もっともいまは草ぼうぼうですけどね。でも、川のほうに行けば、素敵な場所がいくつかありますわ、歩いてもそう遠くないし」

アリスはピーターとバーティを引き連れて、庭のプラタナスの巨木や木製グライダー、ボート小屋のことなどを楽しげに語りながら部屋を出ていった。「姉と妹と一緒に、一日の大半をここの庭で過ごしていたんです」アリスの声は、三人の姿が石敷きの小径の向こうに遠ざかるにつれて徐々に小さくなった。「母屋には、森のはずれのボート小屋のそばに出られるトンネルがありましてね。三人でよく、途方もなく大がかりなかくれんぼをやったものですわ」

午前中はなんとも奇妙な展開になってしまった。静寂が戻ったところでセイディは、クライヴに顔を向け、ちょっと肩をすくめて当惑を伝えた。「ランチで一時中断になるのかしらね？」

クライヴがうなずく。「どうもそのようですね。このままおつき合いしたいのは山々ですが、そろそろ帰らないと。午後は娘夫婦が骨董屋巡りに連れていってくれることになっていましてね」その表情から察するに、予定されている外出はさほど心躍るものではないらしく、セイディは同情をこめて顔をしかめて見せた。ふたりは先発隊の待ち受ける場所のほうへ歩きだした。だが、湖岸に沿って進むうちにセイディは、いま向かっている先は車を駐めた場所とは逆方向だと気がついた。それればかりか、今朝ここに着いたときにクライヴの車を見かけなかったことも気になった。考えてみれば、今朝、入口のゲートには鍵がかかっていたのである。「ねえクライヴ」セイディは言った。「今日ここへはどうやって来たの？」

「ボートですよ」彼が言った「村にいるトロール船漁師の友人のところで小型ボートを預かってもらっているんです。ここの行き来にはこれが断然、楽ちんでしてね——車より速い」

「爽快でもあるんでしょうね。こんなのどかな眺めですもの」

クライヴはにこっとした。「それと道中、誰とも顔を合わさないですむ」

そこへセイディの携帯が鳴りだし、平穏と静寂を打ち砕いた。顔をしかめながら携帯を取り出し、画面を見る。

「何か問題でも？」

「ナンシー・ベイリーからなんです。前にお話しした事件の」

「例の少女のお祖母さんですね」彼が言った。「思い出しました。何の用ですかね？」

「さあ、今日はひっきりなしにかけてくるんですよ」

「土曜日にそれじゃ、よっぽど大事な用なんでしょう」

「おそらくは。ここまでしつこくなければ、悪い人じゃないのだけど」

「かけなおさなくていいんですか?」

「やめておきます。じきに審問会があるし、彼女とまだ接触していることが上司にばれたら、あれこれ勘繰られるだけですから。それにこっちの件でいまは手一杯だし」

クライヴはうなずいたが、何か言いたいことを我慢しているふうだった。

「彼女に電話すべきだと?」

「余計なお世話かもしれないが、捜査についついのめりこむということは、引っかかっていることがまだあるからじゃないんですかね。事件から七十年も経ってまだこんなことをしているわたしが、そのいい見本ですよ」

携帯がまたぞろ鳴りだし、画面にナンシー・ベイリーの番号が表示されると、セイディはクライヴにちらりと目をやった。彼が笑顔でうながす。セイディは深い溜息をついて受信ボタンを押した。

31 (コーンウォール 二〇〇三年)

その後、セイディは川の畔にいる四人に追いついた。柳の木の下の草地にはピクニック・ブランケットが広げられ、ボート小屋の桟橋先端では、〈ジェニー〉と書かれた小型ボートがゆるやかな流れに船体を上下に揺らしていた。ピーターとクライヴが熱心に話しこむその横で、アリスはどこかから見つけてきたと思しき古びた椅子に姿勢よく腰かけ、バーティが聞かせる話に笑い転げていた。セイディはブランケットの端に腰をおろし、スープのマグカップを受け取りはしたものの、心ここにあらず。頭は、かつて何週間にもわたって地道に取り組んできた事件の、数々の証拠の荷解き作業と整理に追われていた。どんな事件にも捜査の流れを変える臨界点とでもいうべき瞬間がある。何らかの特異な手掛かりが新たなレンズとなり、それを通して見直すことで、突如すべての手掛かりがより鮮明に、これまでとは違う形で、結びつくのだ。ナンシーからいましがた告げられたのがまさにそれ、すべてを一変させたのである。

「で、どうでした?」クライヴが言った。「電話で何を言われたのか、それを聞かないうちは帰れませんよ」

話し声がぴたりと止み、見れば全員の視線がセイディに注がれていた。それではたと気がついた、ここにいる人全員にベイリー事件のことを打ち明けていたのだと。つまり、己の不面目を知る者たちがこの敷物の上に勢ぞろいしていた。

「セイディ、どうなんだ?」バーティがやんわりとうながした。「クライヴさんの話だと、ナンシー・ベイリーからしつこく電話が来ていたそうじゃないか」

この事件の捜査は正式に打ち切られている。しかもセイディは、未曽有《みぞう》の窮地に立たされてもいる。だが、新たに得た情報をここで吐き出さないと体が破裂しそうだった。そこで深呼吸をひとつして、口を切った。「ナンシーが、彼女の娘が住んでいたフラットの新しい住人夫妻から電話があったと知らせてきたの」

バーティがしきりに頭を掻く。「その新しい住人とやらは、ナンシーの電話番号を知っていたのかね?」

「話せば長くなるのだけど、要するにそういうこと」

「何と言ってきたんだね?」

「備え付けのキッチンテーブルの天板の縁に、ペン書きの文字を見つけたって言ってきたそうなの。『彼がやった《イット・ワズ・ヒム》』と書かれていたんだとか。これが何を意味するのかはわからないけれど、いちおう知らせておくと。最近ナンシーがその夫婦を訪ねているので、マギー失踪のことがまだ彼らの頭にあったんだろうと、ナンシーは言っていたわ」

一瞬、沈黙が流れ、誰もがこれについて考えこんだ。

「その『彼』というのは誰なんです? 何をやったんです?」ピーターが困惑の体《てい》で口を開いた。

そう訊かれて気がついた。ベイリー事件でセイディが演じた役割も、これには何らかの事件性があると彼女が疑っていることも、このなかで唯一、アリスのアシスタントだけは知らされていなかった。そこで手早くあらましを伝えた。セイディが話し終わるとピーターが言った。

「ということは、『彼』が誰なのかはともかく、あなたが探すべき男ということになりますね」

ピーターの発言は、マギー失踪事件には見た目以上の何かがあると信じるセイディの主張を肯定した上でのものだと気づき、なんとなく嬉しくなった。「それが誰なのか、なんとしても突き止めたいわ」

ずっと口を閉ざしていたアリスが、ここで咳払いをした。「窮地に立たされた女性が『彼』と言ったら、それが誰を指しているのか、わかる人にはわかると思っているからでしょうね。マギー・ベイリーは過去に多くの男性と関係があった？」

セイディはかぶりを振った。「男女を問わず、人づき合いはほとんどなかったはずです。せいぜいが娘のケイトリンと母親のナンシーくらいですね」

「ケイトリンの父親はどうなの？」

「まあ、それも……」

「子供の養育権は、いまはその人にあるのよね？」

「ええ」

「その人は子供の母親と別れたあと、再婚しているんだったわよね？」

「二年前に」

「でもそっちに子供はいないのね？」

「ええ、いません」セイディは、警察署の前でケイトリンを見かけたときのことを思い返した。スティーヴの現在の妻ジェマが少女の髪のリボンを結び直したり、少女と手をつないで微笑んだりするときの、いかにも愛おしくて仕方ないといった気分は、すこし離れた場所から見ていたセイディにも伝わってきた。「でも、いまの奥さんはケイトリンをたいそう可愛がっているようでしたし」

アリスは冷静だった。「夫はどんな人？」

「スティーヴですか？　真面目で、熱意があって……実は、あまりよく知らないんです。ただ、事情聴取には協力的でした」

クライヴは眉をひそめた。「協力的とはどの程度に？」

セイディは記憶をたぐり寄せた。スティーヴはマギー探しを独自に進め、自ら署に足を運んでは元妻の性格や過去の出来事などを話し、マギーがいかに気まぐれで無責任な女性だったかを打ち明け、彼女が遊び好きで子育ての重圧に押しつぶされそうになっていたと語っていた。

「かなりでしたね」セイディは言った。「実際、桁《けた》はずれに協力的だったと言ってもいいくらい」

クライヴが満足げな息を小さくもらした。セイディの返答が彼の胸中にある何かを補強したかのようだった。すると突然、エダヴェイン事件がらみで彼が口にした、犯人の振舞いには二種類あるという持論を思い出した。皮膚が粟立《あわだ》った。たしかクライヴはこんなことを言っていた――警察を疫病神《やくびょうがみ》のように避けたがるタイプと、何かにつけて警官に取り入り、何食わぬ顔で捜査に首を突っこんでくるタイプ。

「でも、書き置きがあったんですよね」セイディは急いでつけ加えた。だが、取りちらかった思考をかき集めようともがくうちに、恐ろしい新たな絵図が姿を現わしはじめた。「マギーの書き置きが、彼女の筆跡の……」声が尻つぼみになった。とそのとき、マギーのだらしない性格を嘆き、その週末は彼が家を留守にするということを失念した元妻をなじるスティーヴの姿が、不意に頭によみがえった。彼はこの予定変更について、「彼女にメモを取らせた」とはじめは言ったのに、そのすぐあとには「彼女に書いたものを渡した」と言ったのだ。このちょっとした違いに違和感を覚えたことは、記憶にある。だが、それを単なる言い間違えと決めつけてしまった。あのときのスティーヴは気が動転していたし、記憶が混乱したのであって、たいした問題ではないだろうと。だが、改めて考えてみると、あれはむしろ本音がぽろりと出た、いわゆる〝フロイト的失言〟だったのではという気がしてきた。彼がマギーに無理矢理書かせたことを示唆しているのではないのかと。

「これって殺人てこと?」セイディは疑問を声に出して言っていた。「スティーヴが?」書き置きが見つかる前でさえ、彼に容疑がかかったことは一度もない。彼にはアリバイがあった、たしか釣り旅行でライム・リージスに出かけていた。いちおう裏は取ったが、そういう決まりだからやったまでのこと。滞在したホテル、滞在期間、貸ボート業者など、ひととおり確認をとり、当人の供述どおりだとわかると、それ以上は踏みこまなかった。だが、いまは無罪放免どころではなくなった。セイディには突如、スティーヴがロンドンにいなかったということ自体——つまり、彼が国内の離れた場所に出かけているときに元妻が姿を消したということ——が、あまりにできすぎたシナリオに思えてきた。「でも、どうして?」捜査の基本からははずれるものの、セイディは動機を考えずにいられなかった。「彼とマギーは、一度は夫婦だったんですよ。互いに愛し合っていた。それに離婚後はほとんど接触もなかった。なのにどうして、いきなり殺すことになっちゃうわけ?」

アリス・エダヴェインの歯切れのいい声が、セイディのもつれた思考に飛びこんできた。「初期のディゴリー・ブレントもののひとつに、妹のクレミーが話してくれた空想物語を元にした作品があるの。あれは第二次大戦が始まる少し前、ふたりでハイドパークに行っておしゃべりをしたときのことだった。クレミーが、子供がほしくてたまらない妻のために、よその家の子を盗んだ男の話をしてくれたの。あの話はいまもはっきり憶えているわ。子供を望んでいる夫婦がいて、夫は妻を愛している、となれば夫が思い切った行動に出てもおかしくない、わたしにはそう思えたわ」

セイディはジェマの穏和《おんわ》で幸せそうな顔を、彼女がケイトリンと手をつないで警察署をあとにするところを、彼女がごく自然に少女を抱き上げて揺らす姿を頭に呼び出した。ああ、そんな馬鹿な。あれを目にしたときセイディは、ケイトリンの無事を心から喜び、実の母は行方知れずでも、大事にしてくれる両親がそろった素敵な家庭に落ち着くことができたのだと、ほっと胸を撫でおろしていたのだ。

バーティの声は穏やかだった。「さあどうする、セイディ?」

よし、まずは今後の行動計画だ。それがいい。自分を責めているよりはずっと有意義だ。

「スティーヴのアリバイを洗い直すのが先決ね」セイディは言った。「彼がロンドンを離れていたという期間に、彼がマギーのフラットに行くことが可能だったかどうか確かめてみるわ。再度彼の聴取をする必要がありそうだけれど、審問会のこともあるし、そこはすんなりいきそうにないかも」

「ドナルドに電話してみたらどうかな？　おまえさんの代わりに聴取をやってもらえばいいじゃないか」

セイディはかぶりを振った。「彼を巻きこむ前に、証拠をしっかり固めておかないと」ここで別の疑問が頭に浮かび、眉根を寄せる。「マギーの書き置きも鑑識で調べなおしてもらうわ」

「ＤＮＡ鑑定かね？」

「それもだけど、強要された痕跡の有無も。筆跡鑑定の専門家には以前、マギーの書いた別のものと比較してもらったことがあって、そのときに、書き置きの筆跡にはどこか強張りが見られるとは言われていたの。急かされて書いたような特徴があるって。わたしにはそこそこきちんとした文字に見えたけど、専門家は素人の目にはわからない違いがわかるんでしょうね。でも捜査班は、急いで書いたのは早く遊びに出かけたかったからだと勝手に決めつけてしまったの。それで辻褄は合うじゃないかって」

書き置きに使用された紙は洒落たカードだった。マギーは大手文具メーカー《ＷＨスミス》で働いていたこともあり、ナンシーによれば、文房具には強いこだわりがあったという。セイディは整った筆跡だと思う一方で、カード上部に残る、ペンで引っかいたような汚れに違和感を覚えたのも事実だった。「ペンの調子を見たんだよ」と、そのときドナルドは肩をすくめて言った。「おれなんかそんなこと、しょっちゅうやってるぜ」セイディにも覚えはあったが、それでも釈然としなかった。暮らしぶりからも几帳面な性格をうかがわせる女性が、大事なメッセージを書くために用意した高価なカードに試し書きなどするだろうかと。

「彼女は正常な精神状態じゃなかったんだよ」セイディがその点をぶつけると、ドナルドはこう言った。「自分の娘を見捨てようとしていたんだぜ、育児のプレッシャーに押しつぶされてもいた、紙の見てくれなんか気にするとは思えんね」そう言われてセイディは言いたいことをぐっと呑みこんだ。書き置きが見つかったことにショックを受けていたし、自分なりに立てた推理を反故《ほご》にされ、頭のおかしい夢想家にされた気分だった。こうなってはカードの試し書きのことをくどくど蒸し返すのもためらわれた。だが、母親のナンシーはあくまでも言い張ったのだ。「マギーはあんなこと絶対にしない。どんなことでもきちんと丁寧にやる子です。子供のころからそういう潔癖なところがあったんです」

突如、あの試し書きがかなり重要に思えてきた。その場にもうひとり誰かがいたとしたらどうか？　何者かがマギーにおおいかぶさるように立ちはだかり、彼女にメッセージを書かせる前に、その人物がペンの調子を試したのだとしたら？

セイディはみんなにもわかるように自分の考えをどうにか伝え終えると、膝立ちになってポケットのなかの携帯を探った。合法とは言えないが、幸い証拠品のタグが付けられ保管される寸前に、例の書き置きの写真を撮っておいたのだ。保存されている写真をスクロールしていき、ようやくそれを見つけると、携帯を一同に回した。

セイディは立ち上がると、落ち着きなく歩きまわった。スティーヴにそんな恐ろしいことが思いつけるのか、そんなおぞましい計画を実行できるものなのか？　藁にもすがる思いから、またしても馬鹿げた妄想に振り回されている可能性がなきにしもあらず。だが、ここに集う面面に目をやると、セイディは俄然勇気が湧いた。元刑事に推理作家、博士号を持つ研究者。これだけの才能が集結すれば、これはもう立派な捜査チームである。しかもその誰もが新たなシナリオに手ごたえを感じているようだった。

バーティがにこっとした。穏やかで人懐こいその顔が、いかにも誇らしげだ。「さあどうする、セイディ？」彼が同じ質問を繰り返した。「次の一手は？」

推理の正否はともかく、どのような処遇がこの身に降りかかるにせよ、マギーが書き置きをしたためている傍らにスティーヴがいた可能性が少しでもあるのなら、たとえ思いどおりの結果が得られないとしても、新たな手掛かりを示して再捜査を迫れるのであれば、とことんやり抜くのが自分の務めだろう。あるいは、ほかの誰かにやってもらえばいい。「まずは電話を一本入れておかないと」セイディは言った。

バーティがうなずく。「それがいいね」

だが、かける相手はドナルドではなかった。この新たな手掛かりが突破口となる確率はかなり低い。自分のせいでドナルドをまたぞろ面倒に巻きこむわけにはいかなかった。こんなことをすれば情報漏洩者だと自ら白状するようなものだが、こうなった以上、上層部に直接かけ合うしかなかった。バーティとその他の面々がピクニックの片づけをする横で、セイディはロンドン警視庁に電話を入れ、アシュフォード警視を呼び出した。

午後、みんなは村に引き揚げてしまったが、セイディはひとり湖畔荘に残った。クライヴはランチのあと、本庁から折り返し連絡がはいったらすぐにも知らせるようにとセイディに念を押してから、ジェニー号で帰っていった。バーティは、病院の屋台で初の店番をすることになっていて、フェスティバルが正式に始まる三時までには会場入りする必要があった。焼きたてのスコーンとクロテッドクリームが食べられるぞとセイディをしきりに誘ってきたが、全神経が異様に張りつめているときに陽気な場所に身を置くと考えただけで、気分が悪くなりそうだった。

＊

ところがアリスは、ごくまれにしか見せない笑みをバーティに向けて、こう言った。「本格的なコーンウォール風クロテッドクリームなんて大昔に食べたきりですよ」ここでピーターがさりげなく、ここに来た当初から彼女が妙にこだわっていた謎の作業のことを持ち出すと、アリスは顔をしかめて手で振り払う仕草をし、これだけ長いあいだ放っておいたのだから一日やそこら延びても問題はないと切り捨てた。それからさらに、祭りが始まって村の広場が混み合う前にホテルにチェックインしたほうがいいだろうとも言い足した。アリスは滞在先のホテルのオーナーに、自著へのサインを約束しているという。祭りのある週末に、直前予約で二部屋が確保できたのも、それが利いたようだった。

かくしてセイディはひとりたたずみ、二台の車が車道の彼方へと遠ざかり、一台、また一台と森に呑みこまれるのを見送った。誰もいなくなったところですぐさま携帯を取り出した。これが習慣になりつつあった。着信履歴はゼロ――着信音を最大に設定しておいたのだから当然と言えば当然――不満の息を吐きながら携帯をしまう。

みんなには新しい手掛かりに当局は喜んでいたと伝えたが、嘘だった。アシュフォードはセイディの電話を喜ぶどころか、用件を耳にするや、ぶち切れたのだった。彼の怒声がセイディの耳にいまもわんわん鳴っていた。電話線を伝って飛んできた唾で耳朶《じだ》にやけどをしなかったのが不思議なくらいだ。セイディも思わずかっとなったが、どうにか怒りを封じこめた。まずは相手に言いたいだけ言わせておき、それからできるだけ穏やかに、まずは自分の失態を詫びてから、新情報を入手したと伝えた。聞く気はないと突っぱねられた。愛してやまぬ仕事を賭《と》しての気概も萎《な》えそうになりながら、デレク・メイトランドの電話番号をちらつかせた上で、こう言ってやった。もしもわたしの読みどおり、女性がひとり殺されていたとしたら、進言をまともに受け止めようとしなかった当局の面目は丸つぶれでしょうねと。

アシュフォードはドラゴンのごとき熱い息を吐きながら、じっと耳を傾けた。セイディが話し終えると、「誰かに調べさせよう」とぶっきらぼうに言って、がちゃんと電話を切った。その後はなしのつぶて、セイディにはひたすら待つ以外にやることはなく、彼が情け心を起こして捜査の進捗状況を電話で知らせてやろうという気になるのを祈るしかなかった。

いまのセイディはそんな手持無沙汰の状態にあった。時間つぶしにふさわしくない場所もあるのだと認めないわけにはいかなかった。午後になると屋敷の様相が一変した。陽光の入射角度が変わったせいで、家全体がほっと息をついているかのように感じられた。鳥や虫たちのせわしない活動も一段落し、屋根は温もった関節をぽきぽき鳴らして伸びをしているし、窓から流れこむ陽射しもどこかのんびりとして満足げだ。

アンソニーの書斎をしばらく見て回った。解剖学の教科書が机上の書架にいまもおさまっていた。扉ページには彼の名前が希望にあふれた筆致で丁寧に書かれていた。机のいちばん下の引き出しを開けると、学校時代の賞状がどっさり出てきた。古典学やラテン語の六歩格《ヘクサメトロス》など、さまざまな教科で数え切れないほどの最優秀賞をもらっている。その引き出しの奥深くに、一枚の写真が隠すようにしまいこまれていた。写っているのは学士のガウンと角帽を身に着けた若者たち、そのなかに若き日のアンソニーを見つけた。すぐ隣にいる笑顔の男は、アンソニーの机に飾られた額入りスタジオ写真と同じ人物だった。スタジオ写真のほうは、もつれた黒髪と知的な表情の兵士姿。額のガラスの下にはローズマリーの一枝が挟みこまれている。枯れて茶色になったその様子からして、外に出したら粉々になって飛び散ってしまうに違いない。机の上には石造りの建物の前に立つエリナの額装写真もあった。セイディはこれを手に取り、しみじみと眺めた。撮影場所はケンブリッジだろうか。アンソニーが〈ローアンネス〉を買い戻して妻を驚かせることになる以前、ふたりが暮らしていた場所だ。

アンソニーの日記は、奥の壁一面を占める書棚の丸々一段を使って並べてあった。一冊を適当に抜き取る。たちまち引きこまれた。薄れゆく光で文字が見えにくくなるまで読みふけった。アンソニーが殺人の企てを胸に温めていたと思わせる記述はどこにも見当たらなかった。それとは反対に、壊れてしまった自分を元どおりにしたいという切なる思い、妻や同胞たち、そして祖国を失望させている自分を責める気持ちが吐露されていて、クライヴから聞いたとおり、使いものにならなくなった脳をいま一度活性化させようとして始めたと思われる、記憶力トレーニングの記録が何ページにもわたって続いていた。仲間たちが命を落とし、自分ひとりが生き残ったことへの罪悪感にはすさまじいものがあった。いまは亡き友ハワードに宛てた手紙は読む者の胸をえぐるほど痛切だった。「役立たずのまま」生きつづけることの意味や、自分の人生は分不相応なおまけであり、他人の命を犠牲にして奪い取ったものだという思いが、簡潔かつ優美な文章で綴られていた。

エリナに対する感謝の気持ちや自分に対する慙愧《ざんき》の念を記した文章は読むのも辛かったが、それ以上にぞっとしたのは、この世でもっとも愛する人たちを何かの拍子に傷つけてしまうのではという恐怖心をそれとなくにおわせるくだりだった。親愛なる友よ、ぼくがそういうことをやりかねない人間だということは、きみがいちばんよく知っているはずだ。（これはどういうことか？　セイディは眉をひそめた。何か深い意味でもあるのか？　それとも単に、友人だからアンソニーをよく知り尽くしていると言いたいだけなのか？）

外科医の資格を取れずに終わったことがアンソニーを苦しめていたことも、明かされていた。フランスでのあの一件以来、ぼくの頭にはこれしかなかった。ぼくが立ち直るには、必ず生き延びてイギリスに戻り、医者になって、自分が傷つけてしまった人々の数以上の患者を救うことしかなかった。だが、医者にはなれずに終わったのだ。セイディは彼が不憫でならなかった。

彼女自身も、大好きな仕事を奪われてからたいした時間は経っていないが、その味気なさは十分身に沁みていた。

動きの悪い木の回転椅子を、腰かけたままくるりと回転させ、翳りを増した室内を見渡した。悲しみとカビのにおいの充満するわびしげな空間。ここに身を置くアンソニーがどんなふうだったかを想像してみた。自らに巣食う魔物と失意だけを相手に引きこもり、やつらがいつまた襲ってくるかと絶えず戦々恐々としていたアンソニー。彼の不安は的中した、結果、恐れていたとおりのことが起きてしまったのだ。

そう考えれば、やはりセオの死は偶発的なものだったと思えてくる。ベン・マンローがセオの実の父親だったにせよ、アンソニーがエリナの不貞を知って激しい嫉妬に駆られたにせよ、妻がお腹を痛めた子を殺めるのは、人にあるまじき残虐な行為だ。たしかに人は変わるし、人生にハプニングはつきものだ、だがセイディには、それを彼に当てはめて考えることができなかった。アンソニーの病に対する自覚、いつか暴力をふるってしまうかもしれないという怯え、どんな犠牲を払ってでもそれを阻止したいという強い意志は、おぞましい犯罪を彼が意図的に行なったとするクライヴの説とはどうしても嚙み合わない。タイミングの問題――つまりセオの死とアンソニーが妻の不貞を知った時期がほぼ重なるという点――にしても、偶然そうなったにすぎないのではないか。セイディは眉をくもらせた。偶然の一致《コインシデンス》。またしても顔を覗かせる厄介な言葉。

ここで溜息をもらすと伸びをした。夏の長い一日が暮れようとしていた。コオロギが日に焼かれた庭の奥まった空間で晩課の調べを奏ではじめ、室内に伸びる影が徐々に長くなった。どんよりと居すわる熱暑が、夜の冷気に洗い流されるのを待ちわびていた。セイディは日記を閉じると、元の場所に戻した。それから書斎を出て素早くドアを閉めると、足元を探りながら階段を下り、懐中電灯を回収した。携帯をチェックする——着信ゼロ。そこでエリナの書き物机のところに戻ることにした。

実のところ、何を見つけたいのか自分でもわからなかった。わかっているのは何か見落としがあるということ、エリナの手紙のなかにきっと何かが見つかるはずだという思い、それだけだった。まずはセオが生まれる以前の手紙から始めて、ひととおり目を通すつもりだった。それで決定的な記述にぶつかったら、そのレンズを通して見ていくことで、全体のつながりが一気にあぶり出されるのではないか、そんな期待があった。文通相手別に読むのではなく、まずは時系列に沿ってエリナの複写に目を通し、それに対応する返信を読むという手順を踏むことにした。

作業は遅々として進まなかったが、いい時間つぶしにはなった。ほかに行くあてもなかったし、喉から手が出そうなほど気晴らしを求めていた。ベイリー事件とアシュフォードを頭から締め出すと、エリナの世界が立ち上がってきた。アンソニーに寄せるエリナの愛情が彼女の人生を大きく左右していたことは明らかだった。夫の忌まわしい病状がもたらす容赦ない恐怖と混乱によって、その大きな愛が翳りを帯びてしまったのである。何人もの医師に次々に出された手紙には、助力を求める言葉が連綿と綴られていた。どの文面からも心の叫びが読み取れ、治療法をなんとしても見つけたいという揺るぎない決意が伝わってきた。

しかし、こうした節度ある文章で懇願を続けるその裏で、エリナは悶え苦しんでいた。ダヴィズ・ルウェリン宛の手紙にはそれがありありと見て取れた。彼にだけは、アンソニーの衰弱と鬱症状をかなり前から打ち明けていたようだった。娘たちはもとより、どうやら使用人たちも——全幅《ぜんぷく》の信頼を寄せていた若干《じゃっかん》の例外を除けば——何ひとつ知らされずにいたらしい。エリナの母コンスタンスが同じく蚊帳の外に置かれていたのは、エリナとダヴィズ・ルウェリンが共にコンスタンスと長年にわたる確執を抱えていたせいと思われた。

病気のことは決して外に漏らさないとアンソニーと約束した以上、それを破るなど論外だとエリナは一度ならず書いている。ほかのみんなのためを思ってエリナは、自分たちふたりは心配事とは無縁の夫婦だという幻想を創り上げていた。妻は家事を取り仕切り、夫は自然界の研究に専念し、いまは大著に取りかかっているという具合に。ごく限られた知人に宛てて出された、〈ローアンネス〉での暮らしぶりをうちとけた調子で伝える手紙には、娘たちの愉快なエピソード（**どの子も負けず劣らずの変わり者なの**）がときには辛辣に、たっぷり盛りこまれていた。

エリナが自らに課した、頭がおかしくなりそうなほど過酷な務めに啞然としながらも、その頑なまでの徹底ぶりにセイディはただ感服するばかりだった。ダヴィズ・ルウェリンはとりわけ一九三三年初頭になると、彼女の心労が極に達したのを見かねてか、秘密をひとりで抱えこむのはよくないと助言してもいた。エリナがアンソニーに不安を覚えているのは相変わらずだが、今度は生まれたばかりの息子の身を案じるようにもなっていた。息子の誕生がかえって夫の病を悪化させてしまったと、エリナは書いている。

心に負った深い傷、親友だったハワードを失うことになった戦中の恐ろしい出来事の記憶が、アンソニーのなかで再び頭をもたげていたらしい。まるで雪だるま式に悪化しています。自分の幸運を呪い、医師として働けなくなった自分をひどく悔み、どういうわけかそういったことすべてが、戦場での記憶、とりわけ〝ある出来事〟と混じり合うようになってきています。寝ている最中にわめきだし、おまえたちは早く行けとか、あの犬と赤ん坊を黙らせろなどと叫ぶのです。

そして、その数週間後の手紙にはこうあった。あなたも知ってのとおり、ダヴィズ、実はわたしなりの考えがあって、しばらく前から独自に調査を進めてきました。栄誉戦没者名簿にハワードの名が見当たらず、不審に思って少し詳しく調べてみたところ、ああ、ダヴィズ、なんと恐ろしいことでしょう。彼は夜明けに味方の兵士に銃殺されていたのです！　ハワードとアンソニーが所属する連隊にいたある人物を見つけ出し、そのことを尋ねると、こう言われました。ハワードが脱走を企て、アンソニーがそれを止めようとしたのだと。かわいそうに、わたしの愛する夫は、この脱走計画をひとり胸におさめておくつもりだったに違いありません。ところが別の上官が介入してきて、発覚してしまったらしいのです。お会いした方の話によると、アンソニーはかなりショックを受けていたようです。夫はああいう人ですからきっと、ハワードに向けて自らが引き金を引きでもしたかのように、自分を責めることになったのだと思います。

アンソニーが夜ごと見せるパニック発作の原因がわかりはしたものの、セオの誕生と症状の悪化がどう結びつくのかは以前不明のまま、彼をなだめすかして現実に引き戻すというエリナの労苦がそれで軽減されるわけでもなかった。アンソニーはセオをたいそう可愛がっていたから、何かの拍子にセオを傷つけてしまうのではという恐れが高じて自暴自棄になり、どうしようもなく追いつめられると「すべてを終わりにしたい」と口走ることさえあると、エリナは書いている。そんなことはさせられません。あれほど素晴らしい人の希望と未来をそんな形で終わらせるわけにはいきません。なんとしても事態を収拾する方法を見つけねばなりません。そのことを考えれば考えるほど、ハワードに何があったのかを本人に語らせることでしか、夫が強迫観念から抜け出すチャンスはないのだと確信するようになっています。近いうちに〝出来事〟について問い質そうと思っています。そうするしかないのです。ただし、すべてが片づくまでは無理。みんなの無事を見届けるまでは。

この時期のエリナにとって一筋の光明となり、彼女に安らぎを与えてくれたのが、ベンとの関係だった。ベンとのことはダヴィズ・ルウェリンにはっきり伝えているし、またベンにもアンソニーの精神状態を打ち明けている。ベンの旅人気質に共感し、浮草のような彼だから秘密を明かす相手としてうってつけなのだ、とエリナは書いている。わたしたちはそんなことばかり話しているわけではありません、そんなふうには考えないでくださいね。話題はほかに山ほどあるのです。彼ははるか遠くの国々を巡ってきた人だから、彼の子供時代はまるでさまざまな人や土地の逸話が詰まった宝箱のようで、わたしはそれらを貪欲に吸収しているのです。そうやって別世界に身を置くことで、わずかな時間ですが、現実逃避をしているのです。重荷から自分を解放してやりたくなったときに安心して心をゆだねられるのは彼だけです。もちろん、あなた以外には、という意味ですからね、親愛なるダヴィズ。彼との語らいは砂に文字を書くようなもの、あるいは風に向かって叫ぶようなもの。性根がまっすぐな人だから、彼には何でも話せるし、そこから外に漏れることはないとわかるのです。

セイディは、アンソニーの病状に対して――とりわけエリナやセオに危害が及ぶかもしれないということに対して――ベンがどう感じていたのかが気になった。なんといっても彼の子供なのだ。以前、ボート小屋で見つけた手紙から見ても、生まれてくる子が自分の子であることをベンが知っていたのは間違いない。ベンからエリナに出された手紙の束を、セイディはしばし指でもてあそんだ。いまのいままであえて読まずにきた。他人の恋文を読むのは、やりすぎのような気がした。だがこうなった以上、ちょっと覗かせてもらうしかないだろう。

結局、ちょっと覗くだけではすまなかった。すべてに目を通していた。最後の一通にさしかかるころには、部屋には漆黒の闇が垂れこめ、屋敷と庭はひっそりと静まりかえり、遠くに海鳴りが聞こえていた。目を閉じた。脳細胞はすっかり疲弊《ひへい》しているのに、異様に気が高ぶってもいた。極と極との不思議な共存。今日一日のあいだに見聞きし、読み、考えたことすべてが、いっしょくたになって頭のなかを駆け巡った。ボート小屋のそばに出られるトンネルがあるとバーティに話していたアリス。クライヴのボート――「ここの行き来にはこれが断然、楽ちんでしてね……途中誰とも顔を合わさないですむ」。エリナがアンソニーと交わした約束、セオの身を案ずるエリナ。ベンが語ったという子供時代の思い出の数々。マギー・ベイリーのこと、迫りつつある危険から我が子を守るために人が取りそうな行動についても考えていた。ケイトリンを思うと、彼女に微笑みかけるジェマの姿が思い出された。ローズ・ウォーターズを思うと、人が他人の子供に注ぎ得る強い愛情について考えた。エリナが不憫だった。セオを失い、それからわずか数日のあいだにベンとダヴィズ・ルウェリンを次次に失ったのだ。アリスが自分の母親について語る言葉も、頭にこびりついていた……いったん交わした約束は守りとおすべきだと信じて疑わない人……。

それはひとつの手掛かりの発見というよりはむしろ、ささやかな断片がいくつも結びついて見えてきたものだった。太陽がわずかに傾くと、その瞬間、それまで見えなかった蜘蛛の巣が繊細な銀細工のきらめきを放つように、突如セイディの頭のなかですべてが結びつき、その夜何があったのかが見えてきた。アンソニーはセオを殺していない。意図的に殺してもいなければ、誤って殺してもいない、絶対に。

32　コーンウォール　一九三三年六月二十三日

湖の真ん中で篝火が燃えていた。オレンジ色の炎が満天の星を切り裂くように躍っている。

鳥たちが影絵のように頭上をかすめ過ぎた。コンスタンスはミッドサマーが大好きだった。夫の一族に代々伝わる行事のなかで、彼女が好ましく思う数少ないもののひとつである。パーティを開く口実を絶えず探しているような彼女だったから、火炎にランタン、音楽にダンスといった趣向で日ごろの憂さを晴らしてくれるこの日は、とりわけ心が浮き立つのだ。ドシール家の者たちが滔々《とうとう》と弁じたてる再生と季節の移ろいとか、悪霊撃退とかいった迷信めいた話には、これまでいっさい取り合わなかった彼女も、そこにも何らかの意味があるのかもしれぬと、今年になって思うようになった。そこで今宵《こよい》は、自らの再生という容易ならざる企てを決行する気になっていた。あれから四十年が経とうといういまこそ、過去の遺恨と訣別せねばと心に決めたのだ。

片手を心臓のあたりに持っていく。あばらの内側には、古い痛みが桃の種のようにまだしこっていた。何十年も封じこめてきた記憶の数々が、最近はよみがえることが多くなった。前夜夕食で何を食べたのかもろくに憶えていられないのに、ふと気づけば意識は阿鼻叫喚《あびきょうかん》の只中にあるあの部屋に舞い戻っていて、夜明け間近のあの朝の、内側から引き裂かれそうな自分の体を生々しく感じることはできるのだからおかしなものだ。くたっとした布を手におろおろするばかりで気の利かないメイド、袖を肘までまくり上げた料理番《コック》のむき出しの腕、暖炉でぱちぱちとはぜる石炭。廊下には男たちが集まって今後のことを話し合っているらしいが、コンスタンスの耳には届かない。彼らの声は潮騒に掻き消されてしまうのだ。あの朝はいやな風が吹き荒れていた。彼女の周囲で、かろうじて見通せる程度の薄闇のなかで、人々の動きがあわただしくなった。ざらついた手で体をさわられ、鋭い声が飛び交い、あの憎たらしい波が容赦のないうねりと衝突を繰り返すなか、コンスタンスの意識が遠のいていく（あの波の音にはとことん虫酸が走る！　いまでも頭がおかしくなりそうだ）。

その後の殺伐《さつばつ》とした数週間のあいだに、夫のアンリがロンドンの名医ばかりを何人も呼び寄せた。その誰もが口をそろえて、あれは——幼な子の首に臍《へそ》の緒がきつく巻きついていたのは——避けようのなかったことであり、この不運な出来事は早く忘れてしまうのが誰にとっても一番だと言った。だがコンスタンスは忘れることなど到底できなかったし、彼らが間違っていることも知っていた。あれは避けようのない〝事故〟などではなく、未熟な手にかかって赤ん坊は殺されたのだ。あの男の不手際で。言うまでもなく、医者連中は一致団結して彼をかばった——同じ医者仲間だという、それだけの理由で。自然は人間に優しいばかりではない、そう医者たちは口々に言った。入れ替わり立ち代りやって来ては釈明に乗り出し、回を重ねるごとに媚《こ》びへつらう度合いが強まった。だが、コンスタンスは騙《だま》されない。

またすぐに次ができますよ。

ここはぐっとこらえて。

多くを語らぬほうが修復は早い。

次はこんなことにならないはず。

たしかに医者たちの言うとおりだった。十二か月後にはエリナが生まれ、産婆が性別を確かめようと赤ん坊を抱き上げたとき——「嬢ちゃまですよ！」——コンスタンスは、じっとりと濡れたピンク色の肌の、産声《うぶごえ》を上げる我が子を頭の先から爪先までざっと眺めまわしたきり、あとはちょっとうなずいてごろんと背を向けると、熱いお茶を持ってくるよう言いつけたのだった。

　最初の出産で覚えたあの感動が、母性愛と渇望の波が、こみ上げてくるのをコンスタンスは待ち受けた（ああ！　生気を失ったあのふっくらした顔、細い指、一度も声をあげずに終わってしまった愛らしくも小さな口）。だが、月日はむなしく流れ、張って痛む胸もいつしか治まると、主治医のドクター・ギボンズがやって来て床上げを宣言し、ずっと引きこもっていたコンスタンスを部屋の外に連れ出した。

　だがそのころには母と娘を結びつけていたはずのものは、気づけばすでに消え去ったあとだった。泣きわめく娘をコンスタンスが抱き寄せても、おとなしくなってくれなかった。むずかる子供の顔をいくら眺めていても、前のときのように素敵な名前が思い浮かぶこともなかった。結局、命名も、抱いてあやすのも、アンリひとりに押しつけられ、やがて求人広告が出され、乳母のブルーエンが非の打ちどころのない紹介状と保育士認定書を手に玄関先に現われた。ダヴィズ・ルウェリンが自作の物語と詩歌をたずさえて母娘のあいだに割りこんでくるころには、コンスタンスとエリナは他人同士のようになっていた。そして今日までずっと、コンスタンスは子供をひとりならず、ふたりまでも奪っていったこの男への怒りを、ずっと胸にためこんできたのである。

　だが――コンスタンスは溜息をもらす――怒ることに飽き飽きしてもいた。煮えたぎる憎悪をこれだけ長いあいだ燃やしつづけるうちに、ついにはそれも固まって鋼《はがね》と化し、コンスタンス自身もまた硬化してしまった。バンドが陽気な曲を新たに奏ではじめ、柳の木々に囲まれた、ランタンがともるダンスフロアで人々がうねるように動きだすと、コンスタンスは人ごみを突っ切り、雇われウェイターたちが飲み物を注いでいるテーブルの前に立った。

「シャンパンでよろしいですか、奥さま?」

「ありがとう。同じものをもうひとつお願い、友人の分を」

泡立つフルートグラスをふたつ受け取ると、四阿《あずまや》の下のベンチに向かった。ことはそうすんなり運ばないだろう——心に巣食う積年の恨みは、鏡に映る自分の姿ほどに馴染んでいる——しかし、もういい加減終わりにして、この身を縛りつけている怒りと悲嘆から自由になってもいいころだ。

折よく、人垣のはずれにダヴィズ・ルウェリンの姿を見つけた。浮かれ騒ぐ人たちの脇をすり抜け、彼が四阿のほうにまっすぐやって来た。まるで彼女が待っているのを知っていたかのように。コンスタンスにすればこの展開は、これからしようとしていることが正しいことだと太鼓判を押されたようなものだった。礼儀正しく振る舞うだけでなく、思いやりさえ示すつもりだった。彼の体調を気づかい——このところ胸のむかつきに苦しんでいることは知っていた——それと、最近の活躍ぶりと叙勲が決まったことへの祝辞も述べなくては。

口の端がひきつった。「ミスター・ルウェリン」と呼びかけ、立ち上がって手招きした。声がいつも以上に上ずった。

彼があたりに目を走らせた。コンスタンスに気づくと、驚きで身をこわばらせた。記憶のいたずらだろうか、目の前の彼が、一瞬、夫と昵懇だった聡明で見栄えのいい青年医師の姿に変容した。コンスタンスは勇気を奮い起こした。「ちょっといいかしら」声が震えたが、すぐに立ち直る。決意は固かった、もうあとには引けない、ただ楽になりたい一心だった。「少しお話ができればと思って」

*

コンスタンスが四阿の下で、シャンパングラスを掲げて声をかけてきた。ダヴィズは十五分後にここでアリスと落ち合うことになっていた。アリスはベン・マンローの居所を嗅ぎつけてしまうほど勘の鋭い娘なので、今夜はアリスから目を離さないでいてほしいとエリナから頼まれていたのだ。「お願いよ、ダヴィズ」エリナは言った。「もしもアリスがまずいところに来合わせてしまったら、すべてが台無しになってしまうわ」

頼みを呑んだのは、エリナは我が子も同然だったからだ。彼女のことは乳飲み子のころから慈しんできた。おくるみに包まれた人形のような彼女は父親っ子で、いつもアンリの腕に抱かれていた。それから少し大きくなると、父親に肩車をしてもらったり、父親の横をスキップしたりしていたものだ。もしも子供のころにああやって父親と一緒に過ごすことがなかったら、あそこまで父親そっくりになっていただろうか？　それは何とも言えないが、たしかに父親によく似ていたから、それもあってダヴィズはエリナが好きだった。「お願いよ」と彼女は手を握りしめながら言ったのだった。「後生だから。あなたの助けなしでは、どうにもならないわ」そこまで言われたら、引き受けないわけにはいかないだろう。

正直言って、計画それ自体には危惧を抱いていた。エリナを案ずるあまり思考が散漫になり、気分が落ちこんだ。胸のむかつきもエリナから話を打ち明けられてからこっちずっと続いていたし、かつてこの身を脅かした鬱症状までがぶり返した。我が子を失った女性たちがどうなるのか、彼はじかに見て知っていた。この手の計画は、眠れぬ夜長の真夜中過ぎに、自暴自棄になって企まれる類のものだった。

エリナには考え直すようにと訴えてきた。ふたりで何度も話し合うなかで彼女も本音を明かしはしたが、それでも決心が揺らぐことはなかった。彼女のアンソニーへの忠誠心は理解できた――ふたりのことは彼らが若いころから知っていたし、アンソニーが舐めた辛酸《しんさん》を嘆く気持ちは彼女と何ひとつ変わるものではない――それに、幼いセオの身を案ずる気持ちもわからないではなかった。だが、そこまでの犠牲を払わねばならないものなのか！　ほかに手はあるはずだった。「だったらそれを教えてください」彼女は言った。「おっしゃるとおりにしますから」だが、パズルのピースをどう動かしてみても、彼女を満足させられる手を思いつけなかった。どの案もアンソニーのことが世間に知れてしまうものばかり、それだけはエリナが許さないのだ。

「あの人と約束したのです」彼女は言った。「約束は破るためにあるわけでないことは誰だって知っているはずよ。約束の大切さをわたしに教えてくれたのは、あなたじゃありませんか」

そう言われてダヴィズは、はじめのうちはやんわりと、やがてはきっぱりとした口調で彼女をたしなめた。それは彼がこしらえた妖精の世界での話であり、物語のために織り上げた光り輝く糸は、人間の複雑なありようを支えられるほど強靭な論理でできてはいないのだとわからせたかった。だが、思いとどまらせることはできなかった。「遠くから愛情を注ぐこと、それが希望をつなぐ最善の道ということもあるのです」と彼女は言い、結局ダヴィズとしては、何事も永遠に続くわけではないと自らを慰めるしかなかった。彼女はいつでも翻意できるのだと。やはりこの場合は、一時的に子供を安全な場所に避難させるのが最善の策かもしれないと。

というわけで、頼まれたとおりに行動することにしたのである。今夜ここでアリスと落ち合う手筈を整え、彼らの計画が台無しにならぬよう、いられてはまずい場所にアリスが迷いこまないようにするつもりだった。アリスは強い好奇心の持ち主だから、大事な話があるといえばいやとは言わないはずだとエリナも請け合ってくれたし、ダヴィズはダヴィズで朝からずっと、不測の事態に備え、想定し得る難局に対処できるよう心の準備を整えてきた。それなのに、ここに来てまさかコンスタンスの邪魔がはいるとは、予想だにしなかった。基本的に、コンスタンスのことはできるだけ考えないようにしてきた。あの夜の恐ろしい任務以前でさえ、彼女とはまともに目を合わせたこともない。コンスタンスとアンリがつき合いはじめたころも、親友のアンリを陽気なダンスに引き回す彼女を、ただ傍《はた》から眺めていただけだった。あまりにも残酷、あまりにも無神経な女。なのにアンリは、彼女にぞっこんだった。自分なら彼女を手なずけられると彼は思っていた。自分との結婚が決まれば、男漁りもやむだろうと。

もっとも赤ん坊を死産したあとのコンスタンスの嘆き悲しみようは本物だった。ダヴィズもそれを疑ったことはない。彼女の心は張り裂け、責める相手を求めていた。そしてダヴィズが標的に選ばれた。どれだけ多くの医者が臍の緒のことを説き聞かせても、誰がそばについていたとしても結果は同じだったと言い含めようとしても、彼女は納得しなかった。ダヴィズが演じた役割を理由に、ダヴィズを決して許そうとしなかった。無論、彼もまた自分を許すことができず、再び医療現場に立つことはなかった。医学への情熱はあの殺伐とした朝に死んだのだった。いまもあの赤ん坊の顔が、息が詰まりそうなほど暑いあの部屋が、死んで生まれてきた子供にしがみつきながら号泣するコンスタンスの姿が、脳裡に焼きついていた。

その彼女がいまこうして、シャンパングラスを差し出し、話をしたいと言ってきたのである。

「恐縮です」言ってグラスを受け取ると、意図した以上の量を口に含んでいた。よく冷えていて泡が喉に心地よく、ここまで喉が干上がっていたとは、あとに控える任務にこんなにも気が張り詰めていたのかと、我ながら驚いた。その様子をコンスタンスが見つめていた。妙な顔つきだった。自分のはしたない飲み方に、呆れているに違いなかった。

やがてその表情も消え、今度は笑みを浮かべていた。「ミッドサマーは昔から大好きでしたのよ。大気に可能性が満ちあふれていますでしょ、そう思いませんこと?」

「わたしには人が多すぎます」

「パーティですもの、仕方ないわ。わたくしが言っているのは一般論ですわ。再生、心機一転とかいう、あれね」

彼女の挙措に落ち着きのなさが見て取れた。自分と同じく彼女も緊張しているのだと気がついた。さらにシャンパンをあおる。

「あらいやだ、心機一転の恩恵は誰よりもあなたがご存じでしたわね、ダヴィズ？　見事な転身ぶりですわ。あっと驚く第二の人生というわけね」

「運がよかっただけですよ」

「アンリは文学と真剣に取り組むあなたのことをたいそう誇りに思っていましたのよ、それとエリナも——そう、あなたのことを神のごとく崇《あが》めていますわ」

「わたしのほうこそ、彼女のことは前からおおいに買っているわけでして」

「ああ、そうでしたわね。あなたはあの子を甘やかしすぎですわ。ああいう物語ばかりを読み聞かせ、おまけにあの子を作品にまで登場させたりして」コンスタンスはからりと笑ったが、ここで急に真面目の虫に取り憑かれたらしかった。「わたくしももう年ね、ダヴィズ。ふと気づくと昔のことばかり考えている、なんてことがしょっちゅうですの。取り逃がしたチャンスとか、亡くなった人たちのこととか」

「誰の身にも起こることです」

「あなたの叙勲が決まってから、お祝いを申し上げなくてはと常々思っていましたの。授賞式はたしか宮殿で行なわれるんでしたわよね？」

「そのはずです」

「だったら国王陛下にお目どおりできるわね。前にお話ししたことがあったかしら、まだ若い娘だったころ、わたくしも同じ栄誉にあずかれる寸前まで行きましたの。残念なことに体調をくずしてしまって、代わりに妹のヴェラが行くことになってしまって。そういうことってどうすることもできないのよね。人生は紆余曲折にあふれている。たとえばあなたのご成功にしても――灰燼《かいじん》から鮮やかによみがえった好例というわけですわね」

「コンスタンス――」

「ねえ、ダヴィズ」彼女が息を吸いこみ、胸を大きく反らした。「あなたも同じ気持ちであればいいのだけれど、そろそろ過去を水に流すときではないかしら」

「わたしは――」

「人はいつまでも悪感情を引きずってはいられないものよ。時が来たら、受け身でばかりいないで自ら行動を起こそうという気にならなくてはね」

「コンスタンス、わたしは――」

「待って、話はまだ終わっていないわ、ダヴィズ、まずは言わせて。こうやって言葉を交わせる日を、どれだけ夢に見てきたことか。それを言っておきたかったの」ダヴィズがうなずくと、彼女は感謝の笑みを素早く浮かべ、それからグラスを持ち上げた。その手がかすかに震えていた。感極まってのことか、年のせいなのか、ダヴィズにはわからなかった。「乾杯をさせてちょうだい。ご活躍に。立ち直られたことに。そして新たな門出に」

ダヴィズが彼女のグラスに自分のグラスを合わせ、そろって口をつけた。ダヴィズはシャンパンの残りをほぼ全部、喉に流しこんだ。思考停止に陥っていた。圧倒されていた。思いがけない展開に、返す言葉が見つからなかった。一生分の呵責と悲哀が一気にあふれ出し、目が潤んだ。気の滅入る務めが控える重苦しい夜を乗り切るのは、もはや限界だった。

心労がありありと顔に表われていたに違いない。コンスタンスが顔を覗きこんできた。存在にいまはじめて気づいたと言わんばかりに、しげしげと見つめていた。おそらくこの凝視のせいだろう、体がぐらぐら揺れている感じがした。突如、体がかっと熱くなった。ここは息苦しい、やけに暑い。人が多すぎるし、音楽もひどくやかましい。グラスの底にわずかに残るシャンパンを飲み干す。「ダヴィズ？」コンスタンスが眉根を寄せて言った。「気分が悪そうだわ」

薄れる意識を逃がすまいとするように、彼は手で額を押さえた。まばたきを繰り返し、人や物をすっぽりと包みこんでいるぼやけた光輪を追い払おうと、目の焦点を必死に合わせた。

「お水を持ってきましょうか？　それとも風に当たったほうがよくって？」

「風を」喉が干上がり、声がかすれた。「どうか」

どこもかしこも人ばかり。顔という顔が、声という声がぼやけていく。支えてくれる彼女の腕がありがたかった。まさかコンスタンスがこの自分に救いの手を差し伸べてくれようとは、万にひとつも思いつかないシナリオだ。だが、彼女がいなければ倒れていたかもしれないのだ、それを思うとぞっとした。

笑いさんざめく人々の一団のあいだを通り抜けたとき、遠方にアリスの姿がちらりと見えたような気がした。必死に口を開こうとした、あまり遠くに行くわけにはいかない、これから大事な用があるんだと、コンスタンスに伝えようとしたが、舌が思うように動かず、うまく言葉になってくれない。だが、まだ時間はある。行動を起こすのは真夜中過ぎだとエリナは言っていた。約束は果たすつもりだった。その前にまず、風に当たりたかった。

生垣の裏手の小径まで来ると、喧騒はだいぶ遠のいた。心臓が暴れていた。いつもの胸のむかつきや不安とはまるで違う、激しいものだった。耳の内側を打ちすえる脈動が聞こえた。これは間違いなく罪悪感というやつだ。遠い昔の夜明けに起きた、あのぞっとするような事故の記憶、赤ん坊の命を救えなかったこと。コンスタンスが仲直りを申し出るとは驚きだった。ダヴィズはさめざめと泣きたい衝動に駆られていた。

頭がくらくらした。いくつもの声が、大勢の人々の声が耳障りな不協和音となって遠くから聞こえてくるなか、ひときわ鮮明な声が耳元で起きた。「ここで待っていらして。少し休まないと。いまお水を持ってきますわ」

突如、凍りつきそうな悪寒に襲われた。周囲に目を走らせる。声の主はすでに立ち去ったあとだった。ひとりぼっちだった。彼女はどこに行ったのか？　誰だったのか？　誰かがそばにいた。いや、ただの幻覚か？　疲れていた、ひどく疲れていた。

周囲の音が頭のなかに渦巻いた。魚たちが暗い水面に尾を跳ね上げる音、森の奥でぽたぽたと何かが滴り落ちる謎めいた音。

ボート小屋がちらりと目にはいった。大勢の人々が笑いさざめきながら、明かりのともるボートの上で浮かれ騒いでいた。ひとりになりたかった、深呼吸をして落ち着きを取り戻したかった。

逆方向にあと少しだけ歩くことにした。川沿いの道を。そこはお気に入りの場所のひとつだった。晴れた日には、日足の長い季節には、アンリと連れだって、のちにはすぐ横でスキップをする幼いエリナを伴って、よくここにやって来た。ふたりは利発なエリナに目を細めたものだった。アンリが娘を見つめるときの表情を、うっとりとしたあのまなざしを、ダヴィズは昨日のことのように憶えている。その表情を画紙にとどめようと何度も試みたが、うまく再現できずに終わってしまった。

足がもつれたが、どうにか立てなおした。脚の感覚がかなりおかしかった。靭帯《じんたい》がことごとくゴムと化してしまったかのように、うまく力がはいらなかった。しばらく腰をおろすことにした。ほんのちょっとだけ。ポケットを探り、胸のむかつきを抑える錠剤を一粒、口に放りこみ、苦労して呑みくだす。

足元の地面はひんやりと湿っていた。頑丈そうな切り株に背をもたせかける。目を閉じた。拍動は雨上がりの川のようにスピードを速め、リズムを刻んだ。まるで音をたてて蛇行と震動を繰り返す流れに捕えられたボートの気分だった。

目の前にアンリの顔が現われた。紳士らしい立派な顔。たしかにエリナの言うとおりかもしれない。遠くから愛情を注ぐのが最善の道ということもある。まったく愛がないよりはずっといい。

ああ、そうは言っても酷な話だ。

川の流れが岸を打つ。ダヴィズ・ルウェリンの呼吸が緩慢になる。アリスに会わなくては、エリナと約束したのだ。すぐにも行くつもりだった、あと数分だけ、尻の下の地面は揺るぎなく、ひんやりとして心地いいし、切り株も頼もしく、頰を撫でる風は爽やかだ。脳裡によみがえったアンリの顔が、旧友が、呼んでいる、早くこっちに来いと手招きをして……。

＊

腕時計に目を落としたそのとき、アリスは祖母とあやうくぶつかりそうになった。お祖母さまはひどく早足で、珍しく慌てているようだった。「水を」アリスに気づくと祖母が言った。頰を紅潮させ、目はらんらんとしていた。「お水がほしいの」

普段なら祖母の常ならぬ気迫に俄然興味を搔き立てられたところだが、今夜は違った。アリスの世界は崩壊し、いまは恥辱と苦悩にどっぷりと浸っていたから、他人の奇妙な振舞いに驚くだけの余裕がなかった。それでもこうしてミスター・ルウェリンに会いに来たのは、罪滅ぼしのつもりだった。今朝ミスター・ルウェリンに取った態度を思い出すだけでも心が折れそうだった。あのときは彼を追い払うことしか頭になかった、ベンに早く原稿を見せたくてひどく興奮していたし、のぼせ上がっていた。ところが、とんでもない勘違いをしていたのだ。

ああ、恥ずかしくて死んでしまいたい！　四阿の下のベンチに腰かけ、胸に膝を引き寄せた。とことん惨めだった。パーティになんか出たくなかった、むしろひとりになって傷を舐めていたかったのに、母さまは耳を貸そうともしないのだ。「一晩じゅうそうやって仏頂面で引きこもっているわけにはいきませんからね」と言われた。「いちばん上等なドレスを着て、外で家族のみんなと過ごすのです。何があったのか、よりによってなぜ今夜そうなるのか知らないけれど、勝手な真似は許しませんよ。せっかく準備万端整えてきたというのに、それをあなたの不機嫌でぶち壊されるなんてご免ですからね」

というわけで、ここ四阿でアリスは苦痛に耐えていた。できることなら一晩じゅう、自分の部屋で過ごしたかった。布団にもぐって自分の馬鹿さ加減を、間抜けな道化ぶりをきれいさっぱり忘れてしまいたかった。それもこれもミスター・ルウェリンのせいなのだ。今朝、あの老人をどうにかやり過ごしたころには、ベンに原稿をゆっくり見てもらうには時間が足りないような気がした。ミスター・ハリスと彼の息子がいつ来ないとも限らないからだ。だから原稿は、午後になってからボート小屋に届けることにした。そうすれば誰に邪魔されることもないし、ふたりきりになれる、そう自分を納得させたのだ。

足取りも軽くボート小屋の外階段を駆け上がり、胸弾ませながら自信たっぷりにドアをノックしたときの自分を思い出すだけで、肌が火を噴きそうになった。身なりも髪も念入りに整えていったのだ。デボラの真似をして、ブラウスの下と手首の内側には母さまのコロンを吹きかけてもいた。

「アリス」彼はアリスだとわかるとそう言って、笑みを浮かべた（いまにして思えば、あれは困惑の笑みだったのだろう。だがそのときは、彼も自分と同じように胸をときめかしているとばかり思っていた。ああ、悔しい！）。「来客があるなんてびっくりだ」

彼がボート小屋のドアを大きく開け、アリスは足を踏み入れた。かすかに尾を引く香水の香りに心が躍った。ベッドと最低限の備えしかないキッチンがあるだけの、一間きりの住まいだが温もりが感じられた。男の人の寝室にはいるのははじめてだったから、マットレスの裾にぞんざいにかかるパッチワークキルトの羽毛布団を、馬鹿な子供みたいにぽかんと口を開けて見つめそうになる自分を抑えるのに苦労した。

ベッドの上には贈り物と思しき小箱が載っていた。ていねいに包装されて撚《よ》り糸で括られ、ベンお手製の折り紙細工の動物がカード代わりに添えられていた。「それ、わたしに?」アリスは、渡すものがあるとベンが言っていたのを思い出し、尋ねた。

彼はアリスの見つめる先に目を向けた。「そうだよ。たいしたものじゃないけど、執筆の励みになればと思ってね」

喜びで胸が破裂しそうだった。「すごいタイミングだわ」そう言って、原稿の完成を嬉々として報告した。「できたてほやほやよ」と、特別仕立ての一部を彼の手に押しこんだ。「あなたに最初の読者になってもらいたくて」

彼は大仰に喜んで見せた。左の頬にえくぼが浮かぶ、大きな笑みだった。「アリス! すごいじゃないか。やったね! これを皮切りにじゃんじゃん書かないとね」アリスは一人前の大人になった気分で、彼の称賛にうっとりとなった。

さっそく読むよと言うので、アリスは息を詰め、表紙をめくって献辞に気づいてくれるのを待ちかまえていたのだが、彼はそのままテーブルに置いてしまった。その横に栓の開いたレモネードの瓶があるのに気づき、アリスは急に喉の渇きを覚えた。「一杯、いいかしら」甘えるような声になっていた。

「遠慮は無用だよ」言って彼がグラスに注いだ。「お分けできて光栄です」

彼の視線が逸れたすきに、アリスはブラウスのいちばん上のボタンをはずした。グラスを受け取るときに指と指が触れた。アリスの背筋に電流が駆け抜けた。

彼の目を見つめながら、レモネードを口に含んだ。冷たくて甘かった。唇にそっと舌を這わした。さあどうする。いまを逃したら次はない。グラスを置くと、一瞬のうちに詰め寄って彼の頬を両手で包み、夢にまで見た憧れの仕草で唇を重ねようとしなだれかかった。

完璧だった！　彼のにおいを、革と麝香《じゃこう》とかすかな汗が混じり合うにおいを胸いっぱい吸いこんだ。熱を帯びた柔らかな彼の唇に陶然となった。これでいい、こうなることはずっと前から……。

ところがいきなり、燃え上がる炎はかき消された。彼がさっと身を引き、その目が泳いだ。

「どうしたの？」アリスは言った。「わたし、おかしなことをした？」

「おお、アリス」彼の顔が不意打ちと戸惑いのせめぎ合いを始めた。「アリス、ごめん、ぼくが馬鹿だった。ちっとも気づかなくて」

「何を言っているの？」

「まさかそんなふうに――」ここで笑みを浮かべたが、それは優しく、悲しげだった。不慣られている、それに気づいた途端、思い知らされた。一瞬にして打ちのめされた。彼はこの自分と同じ気持ちではなかった。そんな気になったことさえなかったのだ。

彼はまだしゃべり続けていた。大真面目な顔で、眉根を寄せて、いたわるようなまなざしだったが、アリスの耳の奥では容赦ない屈辱の悲鳴があがっていた。ときおり周波数が合うと、月並みな言葉の断片が飛びこんできた。「きみは才能豊かな子……とても聡明……立派な作家に……大きな未来がきみを待ち受け……いずれいい人が見つかる……」

喉は干上がり、眩暈《めまい》がした。一刻も早くここを、大恥をかかされたこの場所を立ち去りたかった。愛する男が、生まれてはじめて愛した男が憐憫と悔悟のまなざしで見つめ、動揺する子供をなだめるのに大人が使いそうな声音で話しかけてくる、そんなのは我慢がならなかった。ありったけの威厳を奮い起してグラスを持ち上げると、レモネードを飲み干した。それから、吐き気をもよおすだけの献辞が添えられた原稿を摑み取り、ドアに向かった。

彼のスーツケースが目に留まったのはそのときだった。心が張り裂けそうな状態にあっても、一瞬にして激情から距離を置き、観察を怠らない自分がいた。のちにそのことを思い返し、自分は頭がおかしいのだろうかと自問することもあった。その後しばらくしてグレアム・グリーンに親しむようになると、それはすべての作家の心に宿る氷の欠片のなせる業だと知った。開いた蓋を壁に立てかけた状態のスーツケースには、きれいにたたまれた衣類が詰まっていた。ベンの衣類。荷造りの最中だったのだ。

目を合わせないよう、振り返らずにアリスは言った。「出ていくのね」

「ああ」

「どうして?」ああ、自惚れもここに極まれり。実はわたしのことを愛していて、その愛ゆえに出ていこうとしているのだと、希望を再燃させていた。そうするのは彼女の若さを思ってのこと、雇ってくれた彼女の両親への恩義があるからだと。

だが違った。彼の口から出たのはこうだった。「契約期限が切れたんだ。というか、期限はとっくに切れているんだけどね。二週間前に。パーティの準備を手伝うために残ったんだ」

「このあとはどこに?」

「まだ決めていない」

そう、彼はジプシー、旅人なのだ。彼は自らをいつもそんなふうに呼んでいた。そしていままさに旅立とうとしていた。来たときと同じように、彼女の人生からふらりと出ていこうというわけだ。突如、ある考えに行き当たり、ぱっと振り返っていた。「ほかに好きな人がいるのね?」

ベンは答えなかった。だが、答えるまでもなかった。彼の顔に浮かぶすまなそうな表情から、アリスはたちどころにそれを悟った。

眩暈を覚えながら小さくうなずくと、目を合わすこともせず、アリスはボート小屋をあとにした。顎をぐいと反らし、前をしっかり見据え、一歩一歩、冷静に足を運んだ。「アリス、プレゼントを忘れているよ」背後から声が追ってきたが、引き返さなかった。

小径の曲がり角を折れたところで原稿を胸に抱きしめると、涙でくもる目が許す限りの速度で家に向かって駆けだしていた。

なぜあんな勘違いをしてしまったのか?　四阿のベンチに腰をおろし、ミッドサマーを祝う人々の渦に囲まれているいまになってもまだ、アリスは釈然としなかった。頭のなかでこの一年間のベンとの交流を改めて振り返った。彼はアリスを見かけるととても嬉しそうにしていたし、執筆中の作品のことや家族の話をすると熱心に聞いてくれたし、母さまとわかり合えないことで愚痴をこぼし、なんとかして溝を埋めたいと打ち明ければ、あれこれ方法を考えてもくれた。ここまで親身になってくれる人、彼ほどこの自分をわかってくれる人ははじめてだった。

たしかに彼は決して、一度たりとも、はっきりそれとわかる形で、こちらが望むようなやり方でアリスに触れてくることはなかった。だから、ものほしげな流し目で気を引こうとする若い男たちの話をデボラから聞くたびに、不思議な気持ちになったのだが、きっとベンは紳士だからそういうことはしないのだと思っていた。これがそもそもの間違いだった。アリスの勝手な思いこみだったのだ。これまでずっと、アリスはものごとを自分の都合のいいようにしか見ていなかった。独りよがりに仕返しされたのだ。

悲嘆の溜息をもらしつつ、ミスター・ルウェリンをきょろきょろと探した。すでに十五分が経過していたが、彼の姿はどこにも見当たらなかった。もう引き揚げてしまおうか。自分から呼びつけておきながら時間を守らないなんてあんまりだ。ひょっとして約束をころっと忘れてしまったのか、それとも、もっと愉快な人たちの輪に引っかかってしまったのか。あとでのこのこ現われてアリスがいないことに気づいても、悪いのはそっちですからね。

とはいえ、どこに行けばいいのか？　ゴンドラ？　否、あそこはボート小屋に近すぎる、あんなところ、絶対に行くものか。ならば家に戻る？　否、そこらじゅう使用人だらけだし、しかもひとり残らず母さまのスパイだから、アリスが言いつけを守っていないことを嬉々として告げ口するに決まっている。ダンスフロアは？　とんでもない！　あんなところでろくでもない連中よろしくヒールを打ち鳴らして浮かれ騒ぐなんて、考えただけでもぞっとする――それに、いったい誰がダンスの相手をしてくれるというのだ。

万事休す。残酷な真実。ほかにすることもなければ、どうにかしてくれる人もいない。ベンが好きになってくれないのも当然かもしれない。要するに可愛げがないのだ。真夜中まであと十分、もうじき打上げ花火が始まるというのに、アリスはひとりぼっちだった。希望も断たれ、友もいない、となれば、このままここに居つづけてもあまり意味はなさそうだった。

すると、高みからとらえたいまの自分の姿が目に浮かんだ。とびきり愛らしいドレスを着て、ひとり惨めに膝を抱えている、家族の誰からも理解してもらえない少女がそこにいた。

このときのアリスは、長い船旅を終えて波止場にしゃがみこむ移民の娘に見えなくもなかった。肩のなだらかな曲線や頭につけた蝶形リボン、すっくと伸びた華奢な首がそんな雰囲気をかもしだしていた。とてつもなく大きな喪失にもめげない気丈な娘。家族全員が殺され（どんなふうに？　とにかく身の毛もよだつ悲惨な殺され方であって、細かいことはとりあえず無視）、それでも殺された家族の仇《あだ》をうつのが自分の使命だと、すさまじい執念をたぎらせている。着想の芽がふくらみはじめていた。抱えていた膝を地面に下ろす。ポケットにゆっくりと手を入れ、手帳を撫でさする。考える、さらに考える……。

その子は天涯孤独の身の上だ。頼れるはずの人たちすべてに見捨てられ、忘れられ、ひとり取り残されてしまうのだが、そんな境遇を乗り越えていく。このあたりをもう少し煮詰める必要がありそうだ。アリスはぱっと立ち上がった。内面に飛散する活気の火花が彼女に火をつけていた。呼吸が早まった。さまざまなアイディアの糸がひとつに結びつこうと、きらめきながら頭のなかを泳ぎまわっていた。腰を据えてじっくり考えたかった、プロットを組み立てたかった。

森だ！　行くべき場所はあそこしかない。パーティとも、享楽《きょうらく》にふける軽薄な人たちともおさらばだ。次回作の構想をしっかり練り上げよう。ベンだろうがミスター・ルウェリンだろうが、誰だろうがもはや用はない。わたしはアリス・エダヴェイン、押しも押されもしない物語作者なのだ。

＊

真夜中を五分過ぎたころに森で落ち合うという取り決めだった。決めておいた場所で待ち受ける彼の姿を目にしてはじめて、計画が頓挫《とんざ》するのではと気を揉みながら夜じゅうずっと息を詰めどおしだった自分にエリナは気がついた。

「ごきげんよう」彼女は声をかけた。

「こんばんは」

妙に堅苦しい挨拶になった。これから恐ろしい計画を実行しようというふたりは、こう言うのが精一杯だった。抱擁を交わすこともなく、気もそぞろに相手の腕や肘や手首にただ軽く触れるだけ、いつものような心なごむ愛情表現には及ぶべくもない。今夜は勝手が違った。

「問題はなかった?」彼が言う。

「さっき階段のところでメイドと鉢合わせしたけど、向こうは深夜に使うシャンパングラスの回収に大わらわだったから、勘繰られることはなかったわ」

「かえって好都合かもしれない。現場できみを見かけたのがかなり前だったという証明になるからね、きみが疑われることはまずないだろう」

露骨なもの言いにエリナの身がすくんだ。**現場。疑われることはまずない。**どうしてそう言いきれるのか? 頭のなかでパニックと狼狽《ろうばい》の波が渦巻き、気を失いそうだった。向こうの世界が、周囲の森が、遠くで繰り広げられているパーティが、ぼやけた像と化す。そのどれからも完全に切り離された気分だった。ランタンのともるボート小屋も、シルクやサテンに身を包み笑い戯れる客人たちも、湖も屋敷もオーケストラも消え去り、いまはこれひとつが、ふたりで立てたこの計画が、あるきりだった。ただ頭で考えている段階では、実に理にかなった完璧な計画に思えた。

ふたりの背後で、打上げ花火がひゅーっと音をたて、螺旋《らせん》を描きながら空高く上昇し、破裂音とともに赤い火花を四方に散らしながら、やがて湖のほうへ落ちていく。これが行動開始の合図だった。花火は三十分間の予定だった。花火師には前もって、誰もが目を釘づけにされるようなものを頼むと伝えておいたし、使用人たちには花火見物を許可してあるし、ダヴィズはアリスを引き止めておく手筈になっていた。「急がないと」エリナは言った。「あまり時間がないわ。わたしがいないことに気づかれてしまう」

目が森の暗さに慣れるにつれて、彼の姿がはっきりと見えた。その顔はどこか煮えきらず、後悔の色がありありと浮かび、見つめてくる暗い緑の瞳はエリナのまなざしに決意のひび割れを見つけようとしていた。彼が望むとおりにするのは容易《たやす》いこと。「こんなこと、やっぱり間違っているわよね」とか「もうちょっと考えるべきかしら」とか言って、別々の方向に引き返せばすむことだ。だが、エリナは心を鬼にして、トンネルに通じる引き上げ戸のほうに歩きだした。

彼はついてこないかもしれない、そう思った。そうであってほしかった。そうなったらひとりで屋敷に引き返し、眠っている赤ん坊もそのままにして、何食わぬ顔でパーティに戻ればいいだけの話。それで明日もいつもと同じ朝を迎えられるのだ。次にベンに会ったときには、あのときはまったくどうかしていたと、互いに笑ってかぶりを振って見せ、自分たちを呑みこんでいた狂気に、実行しかけていた途方もない企みに、ふたりがかけられていた魔法に、驚き呆れることになるのだろう。「これって感応精神病《フォリ・ア・ドゥ》というやつね。お互い相手に引きずられて、おかしくなっていたんだわ」とか言いながら。

そんな空想に心遊ばせ、気を紛らせてはみても、それが何の解決にもならないこともわかっていた。アンソニーの症状は悪化の一途をたどっていた。セオの身に危険が迫っていた。しかもいまでは、まさかの——致命的な——ミスを犯し、エリナとベンの関係をデボラとクレミーに知られてしまったのだ。父親に対する母親の裏切りを娘たちに知られたと思うだけで、塵になって消えてしまいたくなった。だが、そんなことは意気地のないなまくら者がすること、かえって自己嫌悪を強めるだけ。厄災の流れを食い止めるには、やはりこの計画しか、胸が悪くなるようなこの途方もない計画しかなかった。これは自分が受けて当然の報いでもあるのだ。

エリナは歩きつづけた。森のなかで何かが動いた、間違いない。闇をまとった何かが視界をかすめる――あるいは物音？　誰かいるのか？　見られてしまったのか？

木立に目を走らせる。恐怖に息が詰まる。

何でもなかった。

気のせいだった。

ほかならぬ良心の呵責が引き起こした幻覚。

ぐずぐずしてはいられなかった。「急ぎましょう」エリナは声を殺して言った。「わたしに続いて梯子を下りてきて。さあ行くわよ」

梯子を下りきると脇によけ、煉瓦に囲まれた狭い通路にベンが立てるだけの余地をつくる。彼が内側から引き上げ戸を閉じると、夜の暗さ以上の闇が生まれた。エリナはドレスの下に隠し持ってきた懐中電灯をともすと、屋敷へと続く通路を先に立って歩きだした。菌類やカビのにおいが、子供時代にやったあまたの冒険を思い起こさせた。もう一度子供に戻りたい、悩みといったら陽射しいっぱいの延々と続く一日をどうやって埋めるかくらいしかなかった子供時代に戻りたい、突如そんな思いに駆られた。嗚咽が喉にこみ上げ、泣きだしそうになると、腹立たしげにかぶりを振って、馬鹿なことを考えそうになる自分を叱咤した。この程度でくじけていてはいけない、数日後にはもっと大変なことが待ち受けているのだ。明日の朝、どこかの時点でことが発覚し、捜索が始まり、警察が介入することになるだろう。事情聴取と捜査が始まり、エリナはぞっとするような役回りを演じることになる——そして、そのころにはもう、ベンはいないのだ。

ベン。背後から届く彼の足音を聞くうちに、もうじき彼を失うのだという現実が改めて頭をよぎり、胸が疼いた。あと数分もすれば彼は背中を見せて立ち去ってしまい、そうなったらもう二度と会えなくなる……。考えては駄目。エリナは顎に力をこめると、前に進むことだけに意識を集中させた。一歩、また一歩と地面を踏みしめ、やがて石の階段の前まで来たところで足を止めた。ここを上れば屋敷の壁内部に設けられた空洞に出る。懐中電灯の光をかざしてはるか先に見えるドアを照らし、深呼吸をした。通路内の空気はどんよりとよどみ、光の帯のなかに土埃が舞っていた。あのドアを抜けたらもう後戻りはできない。エリナは覚悟を決めて石段を上りはじめた。するとベンが手首を摑んだ。はっとして振り返る。

「エリナ、やっぱりぼくは——」

「だめ」エリナは言った。煉瓦に囲まれた狭い空間に、声は思いのほか淡々と響いた。「ベン、よして」

「さよならを言うなんて、ぼくには辛すぎる」

「だったらやめればいい」

懐中電灯の光に浮かぶベンの表情から、彼が彼女の言葉を誤解していることにすぐさま気づいた。彼は、出ていくなと暗に言われたと思っているらしい。そこで急いで言い足した。「さよならは言わなくていい、という意味よ。とにかく、いまはやるべきことをやらないと」

「ほかにも方法はきっとあるはずだ」

「あるわけないわ」あるわけがない。あればエリナも見つけ出していたはずだ。脳が血を流しそうなほどさんざん考え抜いて決めたことなのだ。頼みのミスター・ルウェリンでさえ、納得のいく方法を思いつけなかった。誰にとっても正しくて、誰もが満足できる方法などあるわけがない。今回の計画は、エリナがとりあえず容認できるぎりぎりのもの、それによって生じる辛さにもどうにか耐えられると思って決めたことだった。はじめのうちはセオも頭が混乱するに違いない──ああ神よ、坊やは苦しみもするのだろう──だが、まだ幼いのだから、それもいずれ忘れてしまうはず。ベンから愛していると言われ、きみなしではいられないと言われたとき、エリナはその言葉に嘘はないと思ったが、彼はジプシー、流離人《さすらいびと》の血が流れている。いつかはここを出ていく人なのだ。否、いちばん辛いのはこのわたしだ。置き去りにされ、喪失感を耐え忍び、月が太陽を恋しがるように彼らふたりを恋しがり、絶えず身を案じ──。

駄目。そんなことを考えては駄目。自らを奮い立たせて握られた手を振り切ると、エリナは石段を上りはじめた。いまはとにかくこの計画を成功させることだけに、やるべきことをやり遂げることだけに、専念すべきだろう。普段より多めのウィスキーで乳母のブルーエンはぐっすり寝入っているだろうか。ミスター・ルウェリンはいまもちゃんとアリスをつなぎ止めてくれているだろうか。そういえば今夜のあの子は、ことのほか不機嫌だった。

上までたどり着いたところで、隠し扉に目立たぬように取りつけてある覗き穴から向こう側の様子をうかがった。涙でくもった視界を鮮明にしようと、まばたきを繰り返す。廊下はがらんとしていた。遠くのほうから花火の音が聞こえた。腕時計にさっと目をやる。残りあと十分。ぐずぐずしてはいられない。やるしかない。

取っ手の硬さが手に伝わり、現実味が増した。これだったのか。この瞬間がいずれ来ることはわかっていたが、なるべく想像しないようにしてきた。行動手順のみを考えるよう自分を仕向け、このドアの前に立つ瞬間にこみ上げるだろう感慨からは目を逸らしてきた。「もう一度聞かせて、その人たちのことを」彼女は静かに口を開いた。

背後から届く彼の声は優しく悲しげで、何より辛いのは、そこににじむ諦めの色だった。「これ以上ないほどいい人たちだよ」彼は言った。「働き者で義理堅く、明るい人たちで、いつも料理のいいにおいが漂っていて、決して裕福とは言えないが、愛情だけはふんだんにある、そんな家庭だよ」

それはどこにあるの？　エリナは尋ねたかった。あの子をどこに連れていくつもりなの？　だがそれは訊かない約束だった。自分が信用できないから。居場所は知らないほうがいい。

ベンの手がエリナの肩に触れた。「愛している、エリナ」

エリナは硬くて冷たい木のドアに額を押しつけて目を閉じた。彼も同じ言葉を彼女の口から聞きたがっているのはわかっていたが、それを言ったら駄目になりそうだった。

了解のしるしにかすかにうなずき、掛け金をはずすと、人気《ひとけ》のない廊下にそっと足を踏み出した。湖のほうからいまも花火の音が聞こえていた。窓から流れこむ赤と青と緑の光が絨毯を染めた。エリナは覚悟を決めて育児室のドアをくぐった。

＊

セオははっと目を覚ました。周囲は暗く、乳母が隅の簡易ベッドでごぉごぉいびきをかいていた。どどーん、というくぐもった音がしたかと思うと、薄いカーテン越しに緑色の光が流れこんできた。ほかの音もあった。外のずっと遠くのほうからは、わいわいがやがやと楽しそうな声がしている。だが、セオを目覚めさせたのはそれではなかった。親指を口につっこみ、耳を澄まし、目を凝らす。思わず笑顔がこぼれた。

ベビーベッドのそばに立つ前から、それがママだとわかった。ママに抱き上げられると、セオはママの顎の下に顔をうずめた。頭がすっぽりとおさまる場所なのだ。耳元でママに優しくささやきかけられると、セオの左手はママの顔をまさぐりだす。満足の吐息がもれる。ママがこの世でいちばん好きだった。お姉ちゃまたちはとっても愉快だし、パパは〝たかいたかい〟をしてくれるけど、ママのにおいと声の調子、優しく顔を撫でてくる指の動きには特別な何かがあった。

また別の音がした。セオは頭を持ち上げた。ほかにもうひとり、誰かいた。闇に目が慣れてくるにつれて、ママの後ろに男の人が見えた。その人が近づいてきて、にこっと微笑んだ。いつもお庭にいるベンだ、とセオは気づく。ベンはセオのお気に入りだ。紙でいろいろなものをこしらえてくれるし、いっぱいお話を聞かせてくれるし、最後は決まって、こちょこちょっとくすぐってくる。

ママが何かささやきかけてきたが、セオは聞いていなかった。ママの肩の向こうに見え隠れするベンの気を引こうと、〝いないないばあ〟をするのに忙しかった。ママはいつもより強く抱きしめてくるので、ふりほどきたくて手足をばたばたさせた。ほっぺに何度もキスしてくるママに、反り身になって抵抗した。セオはなんとしてもベンの笑顔を引き出したかった。抱っこなんかじゃなく、遊びたかった。そばに来たベンにほっぺを撫でられると、しゃぶっている親指の隙間からくくっと笑い声がもれた。

「しーっ」ママが小声でささやく。「しーっ」ママの声はいつもと違った。あまり好きな声じゃない。ママの顔をじっと見つめたが、ママはもうこっちを見ていなかった。ママがベビーベッドの下にある何かを指さした。そっちに目をやると、ベンが床に膝をつき、しばらくして立ち上がった。肩にバッグをかけている。セオの知っているバッグじゃないので、どうでもよくなった。

ベンがママに体をくっつけてきて、ママのほっぺを触った。ママは目を閉じ、頭をベンの手のひらにすり寄せた。「わたしも愛しているわ」ママが言った。セオはふたりの顔を見比べた。どっちもじっと突っ立ったまま、一言もしゃべらなかった。次はどうなるのかとセオは必死に考えた。ママに抱かれていた自分の体がベンの腕に移動した。セオはびっくりしたが、いやではなかった。

「もう時間よ」ママがささやいた。セオは壁に掛かる大きな時計にぱっと目をやった。時間がどういうものかは知らなかったが、壁にあるこれからやって来ることは知っていた。三人そろって部屋を出た。これからどこに行くのかとセオは気になった。夜にお出かけするなんてどうしてかな。セオは親指をしゃぶりながら成行きを見守ることにした。廊下にドアがあった。初めて目にするドアだ。それをママが開けた。ベンが立ち止まり、ママに体をくっつけた。何か耳にささやいているが、セオには聞き取れない。ひそひそ声を自分でもやってみた。ごにょごにょ、ごにょごにょ。それから満足の笑みを浮かべた。ベンに抱かれたままドアをくぐると、ドアが静かに閉まった。

そこは暗かった。ベンが懐中電灯をともし、階段を下りはじめた。セオは首を巡らせてママを探した。ママがいない。隠れているんだろうか？　これはゲーム？　ベンの肩の向こうを見ようと首を伸ばした。いまにママがぱっと顔を出してにっこり笑い、「ばあ！」と言うのをわくわくしながら待ちかまえた。だがママは現われない。何度覗いても、ママは出てこなかった。セオの下唇がわなわなと震えだした。泣こうかと思ったそのとき、ベンが話しかけてきた。ベンの声を聞くと心が落ち着き、ほっこりした気分になった。ママの顎の下の隙間に頭がすっぽりおさまるように、クレミーお姉ちゃまの皮膚が自分のとそっくり同じにおいがするように、これでいいんだと思わせてくれる声だった。欠伸《あくび》が出た。疲れていた。子犬のぬいぐるみを握りしめた手をベンの肩に乗せ、そこに顔を押しつけた。それから親指を口にすべりこませ、目を閉じ、耳を澄ました。

セオは安心した。ベンの声なら知っていた、家族みんなの声がわかるのと原理は一緒。それは太古の昔から人が身につけているあの特殊な能力だ。

33　コーンウォール　二〇〇三年

漆黒の闇のなか、懐中電灯のまばゆい白色光だけが数メートル先の地面を舐めるように動いていく。なぜふたりはここにいるのか、村に戻って夏至祭《ソルスティス・フェスティバル》りを楽しめばいいものを、なぜわざわざ〈ローアンネス〉の森にいるのか、ピーターは釈然としなかった。ピーターとしては蜂蜜酒を一杯やって魚介のシチューを食べたかったのに、まったく何を考えているのか、アリスはやけに頑だった。「たしかに暗いなかでの作業は理想的とは言えないでしょうね」アリスは言った。「でも、やらなきゃならないことなのよ、わたしたちふたりで」だったらなぜ予定どおり、明るいうちにやらなかったのかと疑問をぶつけてみた。「刑事と彼女のお祖父さんがいるところでなんか、やりたくなかったのよ。これはわたしひとりの問題なんだから」

それなりに納得のいく答ではある。アリスがプライバシーにやたらうるさいことはピーターも知っていた。だとしたら、この自分がこの遠征に同行を求められたこと自体おかしいことになるわけだが、彼女から調達を命じられた品々を思えば（これを彼女はあくまでも〝例のもの〟と呼ぶ）、これを扱う男手が必要だったのだろう。頼まれたものはどうにか揃えることができた。わずかな時間で用意するのは容易ではなかったが、ピーターは有能なアシスタント、彼女を失望させたくなかった。

金曜日の夜遅くにわざわざ自宅に電話をかけてきて、やはりコーンウォールにつき合うことにしたと知らせてきたくらいだから、この作業はアリスにとってかなり重要なのだろう。電話の声はいつになく高調子で饒舌にもなってもいたから、ピーターが帰ったあとにジントニックをさらに聞こし召し、気持ちに余裕が生まれたのだろうくらいに思っていた。「無理は承知だけれど」と前置きしてから、明日の朝五時に迎えに来てほしい、それまでに身支度を済ませておくからと彼女は言った。「渋滞は避けるに越したことがないものね、でしょ?」これに同意し、電話を切ろうとしたそのとき、アリスがさらに言葉を継いだ。「もしもし、ピーター?」

「はい、何でしょうか?」

「シャベルと質のいい園芸用手袋を今夜のうちに用意できるかしら? 向こうに着いたら、どうしてもやりたいことがあるの」

ロンドンからの道中、助手席のアリスはずっと表情をこわばらせたまま、心ここにあらずの状態で、ピーターが車を停めて息抜きでもどうか、食事はどうか、水はいらないか、せめて脚をほぐすだけでもと声をかけたのだが、そのどれもがきっぱりとした「結構よ」の一言で切り捨てられた。おしゃべりをする気分でもないらしく、これはピーターにとってむしろありがたかった。そこでオーディオブックの音量を上げ、『大いなる遺産』の続きの部分に取りかかった。ここ二週間ほど多忙を極めていたせいで読み終えられずにいたから、長距離ドライヴはこれを片づけるいいチャンスだった。目指す村にさしかかったところで、先にホテルに寄ってチェックインしておきましょうかと提案したところ、アリスは言下にこう言い放った。「いいえ。論外よ。〈ローアンネス〉にまっすぐ行ってちょうだい」

鍵のことを頼まれたのは、このときだった。向こうに着いたら取ってきてほしいものがあるという。「二階に乾燥室があるの」彼女は言った。「そこの吊り棚の下の床板が、一枚だけはずれるようになっているの。見ればすぐにわかるわ、ヘラジカの頭そっくりの木目があるから。床下には革の小袋がはいっているはずよ。鍵はその袋のなか。それはわたしのもので、ずっと気になっていたの」

「わかりました」ピーターは言った。「はずれる床板、ヘラジカの頭そっくりの木目、革の小袋、ですね」

ランチタイムのピクニックに加わった時点では、まだ彼女がやる気満々だということははっきりと見て取れた。すでに道具もピーターに運ばせていたし、食事がすんだらすぐにも森に向かいそうな勢いだった。ところが、セイディの祖父バーティから祭り見物はどうかと誘われた途端、一も二もなくこれに飛びついたのだ。これにはすっかり面喰ったが、心変わりに思い当たる節がなくもなかった。確信はないものの、アリスはバーティに惹かれているようだった。バーティが口を開くと耳をそばだて、彼のジョークに笑い転げ、彼の話にしきりにうなずいて見せるのだ。まるでアリスらしくなかった。他人とすぐさまうちとけるような性分ではないし、実際、うちとけることなどまずもってないのである。

それはともかく、村に戻ってホテルのチェックインをすませると、アリスは祭り見物を楽しんだ。片やピーターは、口実をもうけてひとり別行動を取った。午後のあいだずっと頭にひっかかっていたことがあり、それをはっきりさせたくて図書館に向かった。そしていま、アリスとふたりで、夜のとばりのなかを昼間と同じ道をたどり、湖畔を巡り、ボート小屋を目指していた。川にたどり着いてもアリスは立ち止まらず、そのまま森のなかへとピーターをうながした。そこは用心深いピーターのこと、夜中に八十代の高齢者に森を歩かせるなどもってのほかではとためらったが、アリスは心配には及ばないと言った。「ここの森のことは自分の手と同じくらい熟知しているんですからね。人間、子供のころに目にした風景はそうそう忘れるものじゃないわ」

*

ピーターが口数の少ない人間であることを神に感謝するのは、これがはじめてではなかった。アリスはしゃべるのも、いちいち説明するのも、人の機嫌を取るのも好まない。ただ黙々と歩き、森を抜けるこの小径を最後にたどったときのことを振り返りたかった。闇に紛れて夜鳥が頭上をかすめると、その啼き声が七十年近く前のあの夜の記憶を、ここにこっそりやって来てあれを埋めた日の記憶をよみがえらせた。馬のいななき、湖面を揺らす波の音、慌てふためくヒタキたちのことを。

よろけそうになった途端、ピーターがさっと腕を摑んだ。「大丈夫ですか?」と声がかかる。

彼は善良な青年だ。あれこれ質問攻めにしないし、言われたことはすべてやってくれる。

「もうすぐだから」アリスは言った。

ふたりは押し黙ったまま歩きつづけた。イラクサの茂みを抜け、トンネルに通じる引き上げ戸のある広場を突っ切り、養魚池の脇を通り過ぎる。〈ローアンネス〉に戻ってきたこと、今夜こうして森にいることで、妙に心が浮き立った。前夜、ロンドンの自宅の図書室で椅子にすわり、炉棚の上の時計が時を刻む音を聞きながら想像した、そのとおりの感慨が湧き起こっていた。郷愁の炎がやみがたい切望感となって燃え上がり、咄嗟にピーターに電話を入れていたのだった。若やいだ気分を取り戻したいわけではない、断じてそれはない。そうではなく、若い娘だったころの自分を七十年ぶりに振り返ることを自らに許す気になったのだ。すっかり怯えきった、恋にのぼせたあの愚かな娘を。

あの日アリスが選んだ場所に、己の罪が埋められている場所に、ようやくたどり着いた。

「さあ着いたわ」アリスは言った。

モリアカネズミやキノコのにおいがぷんと鼻をかすめた。打ち寄せる記憶の強烈な波に足をすくわれそうで、仕方なくピーターの腕につかまった。

「ちょっとそこをつついてみてくれるかしら」アリスは言った。「実際に土を掘り返せという意味ですからね」

ありがたいことにピーターは余計なことは言わず、袋からシャベルを取り出すと、園芸用の手袋をはめて、アリスが指さす場所を掘りはじめた。

アリスは、ピーターが掘り進める丸い穴を懐中電灯で照らしつづけた。息を詰め、あの夜のことを、降りしきる雨のことを、泥まみれのドレスの裾がブーツに貼りつくさまを思い出していた。あのドレスは、二度と着ることはなかった。家に戻るとすぐに脱いで丸め、人目を盗んで燃やしてしまった。

あの日は雨にもかかわらず、わざわざ徒歩でここまでやって来た。トンネルを使うこともできたが断念した。ひとりで通り抜けるのも容易ではないし、扱いが厄介な掛け金にも手間取るだろうが、やってやれないことはなかっただろう。ただあのときは、ベンが足を踏み入れた場所は、そこがどこであれ、行く気になれなかった。セオをさらったのはベンだと確信していた、自分自身が練り上げたシナリオにがんじがらめになっていた。そのうち誰かがさまざまな状況証拠をつなぎ合わせ、この自分が演じた役割を突き止めるかもしれない、そう思うだけで頭がおかしくなりそうだった。

「アリス」ピーターが言った。「明かりをこっちに向けてもらえますか?」

「あらごめんなさい」つい回想に引きこまれ、懐中電灯があらぬ方を照らしていた。あわてて向きを修正する。

シャベルが固いものにぶつかる音がした。

見ればピーターが四つん這いになって、穴から嵩《かさ》の張る物体を引き出していた。かつてアリスがそれをくるむのに使った布袋の残骸がはぎ取られる。

「箱ですね」ピーターは言って、アリスを見上げた。驚きも露わに目を見開いている。「金属の箱だ」

「それよ」

ピーターは立ち上がると、手袋で表面の泥をぬぐった。「ぼくが開けましょうか?」

「いいえ、そのまま車に積んで持ち帰るわ」

「でも――」

目にした瞬間、アリスの心臓は暴れだしていたが、どうにか冷静な声を保った。「開けるまでもないわ。中身はわかっているの」

*

セイディはフェスティバル会場を埋めつくす人波を縫いながら進んだ。広場から四方に延びる通り沿いには屋台が立ち並び、トウモロコシや衣類、手づくりのポークパイや焼き菓子が売られていた。上向きに置いたいくつもの樽から炎が上がり、港のほうでは打上げ花火を積んだ浮台《ポンツーン》が、真夜中の点火に備えて待機中だった。アリスとピーターの滞在先はハイストリートの一角にある例のホテルだった。壁沿いに白一色でまとめた花の吊り籠が並ぶ、あのオーナーがいるホテルである。それにしても人ごみを掻き分けて進むのは想像以上に時間を食った。あのふたりが浮かれ騒ぐ人たちに紛れていないことを、ホテルでおとなしくしていることを、願うばかりだった。セオの死についてわかったことを一刻も早く伝えたかった。アリスに、アンソニーはシロだと知らせたかった。

携帯が鳴っていた。脚に振動が伝わる。ポケットから抜き取る。そのとき巨大な綿飴を手にした子供に肘で押しのけられた。画面に目をやると、ロンドン警視庁からだった。「はい？」

「やあ、スパロウ」

「ドナルド？」

「いやはや、今回は確実に、スズメバチの巣をつついちまったな」

セイディは立ち止まった。動悸が激しくなる。「何かあったの？　例の亭主、スティーヴと話をした？」

「やつはいまここに勾留中だ。全部吐いたよ」

「なんですって？　ちょっと待って、もうちょっと静かなところに移動するわ」口で言うほど簡単ではなかったが、どうにか港の石壁にくぼみを見つけ、喧騒を抜け出した。「何があったのか、ちゃんと聞かせて」

「アシュフォードは、まずは現在の女房を署に呼びつけた。担当したのはヘザー警部補。ケイトリンとはうまくいっているかとか、そのあたりのことをあれこれ尋ねてから、ほかに子供はいないのか、これ以上ほしくないのかと話を振ったんだ。結果、彼女は子供を産めない体だと判明したよ」

セイディは空いているほうの手を耳に押しつけた。「それってどういうこと？」

「子供ができぬまま一年ほど経って、ふたりは病院で検査を受けたんだそうだ」

それはまさに〈ローアンネス〉で昼食をとりながらみんなで考えた推理、アリスがディゴリー・ブレントものの初期作品で扱ったのと同じシナリオ、アリスが妹から聞いたという話とそっくり重なった。「それで亭主は女房のために子供を奪いとったということ？」

「ざっとそんなところだ。やつは、妻が不妊症だとわかってすっかり落ちこんだと言っていたよ。ずっと赤ん坊がほしかったんだとさ。とりわけ女の子をね。子供ができないとわかっただけでもかなりの打撃だろうに、それから不妊治療薬をひととおり試したせいで、かみさんはさらに神経をやられたようだ。自殺を図ろうとしたこともあると亭主は言っていた。だから女房を喜ばせてやりたかったんだそうだ」

「妻に女の子を与えてやることで、というわけね」セイディは言った。「それがかなえば万々歳だけど、あいにくケイトリンには母親がいる、そこがネックだった」

「質問攻めにあって、ついに泥を吐いたよ。やつが何をしたのか、どこに行けば元女房の遺体があるかもそっくり全部。釣り旅行が聞いて呆れるぜ！　いまさっき現場に潜水班を向かわせたところだ。ありゃ犯罪界ではド素人だね、わんわん泣きじゃくって、わたしは悪人じゃない、こんなことになるとは思わなかった、そこまでやる気はなかった、とほざいてるよ」

セイディの引き結んだ唇が歪んだ。「どうせならマギーを椅子にすわらせて書き置きを書かせる前に、そう思ってほしかったわね」はらわたが煮えくり返った。元妻がどこにいるのか知っていながら、事情聴取の最中に発泡スチロールのカップをしきりにいじって見せ、愛情あふれる父親を演じ、いいように利用された元夫の心労と困惑を口にし、無責任な失踪者を見つけ出すためには協力を惜しまないと印象づけようとした。それがマギーに対して彼がやったことなのだ。

マギーはこうなることがわかっていたに違いない。ある時点で、ふたりの最後の言い争いの最中に、彼女はあれを思いついたのだ。彼がやった。必死の思いでそう書きつけた。過去形なのは気が動転していたからか。あるいは怯えていたせいか。とにもかくにも、ケイトリンがその場に居合わせなかったのがせめてもの救いだ。「マギーを始末しているあいだ、娘はどうしていたか聞いた?」

「『ドーラの大冒険』を見ていたそうだ。あの子はそっちに釘づけだったようだな」

ケイトリンがすぐそこにいるとわかっていたから、マギーは騒ぎたてなかったのだろうし、これから起ころうとしていることに気づいたときも、娘に気づかれないよう配慮したのだろう。親は愛する子供を守るためなら何だってする——この夜セイディは二度までも、その真理を考えさせられることになった。

ドナルドの声が気弱になった。「なあセイディ——」

「あいつは自分の娘を一週間もフラットに置きっぱなしにしたわけね」

「そのうち祖母さんが訪ねて来るだろうと高を括っていたんだ——そうしてくれていたら娘だってもっと早く見つけてもらえただろうに、だとさ。自分から電話でそれを頼もうともしたようで——」

「ナンシー・ベイリーに知らせなくちゃ」

「すでに署員に行ってもらったよ」

「全部、彼女の言うとおりだったのね」

「そうだな」

「娘さんは家出したわけじゃなかった。マギーはそんなことをするような人じゃなかった。ナンシーの言い分が正しかったのね」彼女は殺されていた。なのに警察は、手を汚した元夫をあやうく取り逃がすところだった。セイディはほっとすると同時に、これまでの努力が報われた気がした。とはいえ、断腸の思いもあり、悲しくもあった。これでナンシーの娘がもう戻ってくることはないとわかってしまったのだ。「ケイトリンはどうなるの?」

「いまは児童養護施設に預けてある」

「そのあとは?」

「さあな」

「ナンシーはあの子をとても愛しているわ」セイディは言った「マギーが働きに出ているあいだ、ずっと面倒を見ていたのよ。いまもまだケイトリンのための部屋を用意しているくらいだし。あの子は家族といるべきよ」

「覚えておこう」

「覚えておくだけじゃ駄目よ、ドナルド。わたしたち、あの子には借りがあるんですからね。あの子のことでは一度失敗しているのよ。あんなことが二度と起こらないよう、肝に銘じる必要があるわ」

セイディはケイトリンの処遇を行政の好き勝手にさせておく気はなかった。異議申立ては得意中の得意、ナンシーとケイトリンが本来あるべき形におさまるようにするためなら、喜んでいくらでも噛みついてやる覚悟だった。

こっちに貸しがあることを最大限利用して、彼女たちが一緒に暮らせるようになるまで最善を尽くそう、そう心に誓っていたそのとき、人波のなかに目指すふたりの姿が目に飛びこんできた。

「ドナルド、ごめん、もう行かないと」

「わかった。スパロウ、今回はすまなかった、おまえさんの話にもっとちゃんと耳を傾けていたら――」

「そのことはもう気にしないで。話の続きはいずれまた。ただひとつ、わたしの頼みを聞いてほしいの」

「いいとも」

「あの子とお祖母さんを必ず一緒にしてあげて」

電話を切り、ポケットにしまうと、可及的速やかに人ごみを縫いながら、アリスとピーターを見かけたあたりに向かった。たどり着いたところでしばし立ち止まり、左右に目を走らせる。見間違えようのない白髪頭が目に留まった。

「アリス!」人波の上に伸ばした手を、精一杯振りたてる。「ピーター!」

ふたりが足を止め、怪訝《けげん》そうにあたりを見回した。そのうち周囲の群衆から頭ひとつ分飛び出しているピーターが、セイディに気づいて破顔した。それは前にも目にしたことのある、あのこぼれるような笑みだった。間違いなく。

「あらスパロウ刑事」ふたりに近づいたセイディに、アリスが驚きの表情を浮かべた。

「おふたりを見つけられてよかった」セイディは息を弾ませ、口を開いた。「あれ、ベンでした。全部ベンがやったんです」

ここでふたりに目をやれば、ピーターはシャベルのはいった袋を肩にかつぎ、アリスはやや大ぶりの箱を抱えていた。その瞬間、アリスが箱をわずかに抱き寄せたような気がした。「いったい何の話?」アリスが言った。

「セオ君を連れ出したのはベンだったんです。お父さまじゃなかった。お父さまは無実です」

「この人、どうかしちゃったわ」アリスがピーターに言った。「なんとかしてあげて、ピーター、言っていることが支離滅裂だわ」

セイディはしきりにかぶりを振った。ドナルドと交わした会話の余韻でまだ気が高ぶっていた。まずは落ち着いて仕切り直さねば。ふたりにわかるように、順を追って話す必要があった。

「落ち着いて話ができる場所はありませんか? どこか静かなところで」

「だったらホテルにしましょうよ」アリスが言った。「どの程度静かなのか、保証はできかねるけど」

セイディはホテルに目をやった。たしかにアリスの案じたとおり、騒音は避けられそうになかった。とそのとき、パーティの中庭が頭に浮かんだ。村からずっと上にあるし、海も一望できるあの場所ならばっちりだ。「じゃあ、ついて来てください」セイディは言った。「おあつらえ向きの場所があります」

＊

バーティはまだふもとのフェスティバル会場だったが、出がけに玄関先の明かりをともしておいたようで、鍵もかかっていなかった。二匹の犬は見知らぬ来訪者の周りをうろついては、好奇心も露わに鼻をくんくんさせていたが、ふたりは友達であって敵ではないと納得した様子で、キッチンまでついてきた。

「何かお飲みになりますか？」セイディは、主人役の心得をあやふやな記憶の底からたぐり寄せながら声をかけた。

「だったらお酒がいいわ」アリスが言った。「強めのやつを」

セイディは戸棚の奥にシェリー酒の瓶を見つけると、グラスを三個いっぺんにつかんで、客人を中庭に案内した。庭の石壁沿いに飾りつけられた色とりどりの豆電球がすでに点滅を始めていた。アリスとピーターが椅子を引き寄せてテーブルに着いたところで、セイディはハリケーンランタンの蠟燭《ろうそく》に火をともし、グラスに酒を注いだ。

「さてと」アリスが口を開いた。見るからに社交を楽しむ気分ではなさそうだった。「要するに、弟を連れ去ったのはベンジャミン・マンローだとおっしゃりたいのね？　その話はとうに片がついたと思っていましたけどね。父がシェルショックで……」

「たしかに」セイディは言った。「いちおう話の片はついていますし、そのことが事件に関係しているのは事実ですが、セオ君はその夜、死んでいないんです。ベンが弟さんを連れ去った、そしてこれにはもうひとりの人物が関わっていた。彼とあなたのお母さまが仕組んだ狂言だったんです」

「自分が何を言っているのかわかっているの？」アリスの手が、ここまで抱えてきた金属の箱の上に置かれた。箱は泥だらけだった。セイディは一瞬のうちに、この泥とピーターのシャベルを結びつけたが、そのことには触れず、すぐさま先を続けた。

「シェルショックがお父さまを危険な存在にしたという点に関してはわたしたちの推測どおりですが、セオ君をその手で殺めたという推理は間違っていたんです。ベンとあなたのお母さまは、子供に危険が及ばないようにする必要があった。そこでトンネルやパーティや花火の余興など、あらゆるものを最大限利用して、セオ君を屋敷から遠ざけようと決めたんです。そのことがふたりの交わした手紙に書かれていました。わかる人にしかわからない、かなり端折《はしょ》った書き方でしたが。お母さまにはかなり辛い決断だったわけですが、セオ君の身の安全を図る方法をほかに思いつけなかった。夫を愛しているがゆえに家を出ることもできないし、病気のことを決して外に漏らさないという約束もあった。だからお母さまには、そうするしか手がなかったんです」

「しかもベンはセオ君の実の父親だった」ピーターが言った。彼はそれまでずっとうなずきを繰り返していた。「そして母上にとって、信頼できるうってつけの相棒でもあった」

「彼しかいなかったのでしょうね」セイディはうなずいた。

「それで母は懸賞金をかけなかったのね」アリスが唐突に口を開いた。半世紀にわたりミステリ小説のプロットを練ってきた女性ならではのスピードと正確さで、点と点をつなぎ合わせていた。「そのことがずっと謎だったの。どうして母はそこまで頑に拒むのかと理解に苦しんだわ。そのとき母はこう言ったの、お金をもらえるとなったら切羽詰まった人や一攫千金《いっかくせんきん》狙いの人たちがどこからともなく現われ、いいように振り回されてしまうからって。でも、これですっきりしたわ。母は、ベンとセオを探されたくなかった。見つけてほしくなかったのね」

「乳母のブルーエンの落ち度を新聞に書きたてられるのを、お母さまが断固阻止したのも、それで説明がつきますね」セイディは言った。「それとローズ・ウォーターズと地元警察に、過分なお金を渡したわけも」

「そんなことをしていたの？」アリスは言った。「ちっとも知らなかった」

「ローズは解雇に相当ショックを受けていたんです、それも当然でしょう——目が行き届きすぎるという理由で暇を出されたんですから。ローズがセオ君を四六時中見守っていたら、計画はうまくいきっこないですもの。ローズのくびを切るに際し、お母さまはこれ以上ないほど立派な紹介状を書いてあげた上に、勉強を続けられるだけのお金も渡したようです。ローズがその後の人生で困らないだけのお金を」

「せめてもの償《つぐな》いだったのでしょうね」ピーターが言った。

セイディはうなずいた。「〝誘拐〟はお母さまが仕組んだ狂言だったわけですが、そのせいで定収入を失ったり、無用な苦労を強いられたりした人たちがあとあと困ることのないよう、お母さまは心を砕かれたのでしょう」

「いかにも母らしいわ」アリスは言った。「正義感が強いというか〝曲がったことはしない〟というのが母のモットーだったから」

「で、その後どうなったんです？」ピーターが言った。「ベンはトンネルを使ってセオ君を連れ出し、〈ローアンネス〉を離れたわけですよね。その後はベンが養育したんでしょうかね？」

アリスは眉を寄せ、指に挟んだシェリーグラスを揺らした。「ベンは第二次大戦で従軍しているの。気の毒に、ノルマンディ上陸作戦の最中に戦死したようね。妹のクレメンタインが一九四〇年にフランスに向かう彼を見かけたって言っていたわ」

「第二次大戦当時、セオ君はまだ子供ですよね」セイディは素早く暗算して言った。「開戦当時はわずか七歳。もしもベンが開戦当初に志願して入隊したのだとしたら、育てるのは無理ですね。ひょっとして結婚していたとか？」

「あるいはセオ君を人に預けたとか」ピーターが言った。

「結局、話は振り出しに逆戻りね」アリスが話を締めくくった。

一同のあいだに落胆が広がった。それを音で表わすものがあったとすれば、眠るアッシュがもらす長く尾を引く溜息だろうか。セイディがそれぞれのグラスに注ぎ足したシェリーを、三人は無言で飲んだ。真夜中に向けて盛り上がりつつあるフェスティバルの陽気なざわめきが、風に乗ってふもとの村からかすかに届いた。

「手紙に手掛かりはなかったの？」アリスがようやく口を開いた。「ベンとセオが〈ローアンネス〉を出たあとどこに行く予定だったのか、それをにおわせるくだりは？」

「見た限りではありませんね。お母さまは、行き先を絶対に言ってくれるなと、ベンに訴えているくらいですし」

「だとしても、母に何らかのヒントくらい残していてもいいわよね？」

「そこはなんとも」

「ごくさりげない言葉とか。他人なら見逃すような、ふたりにしかわからないような符牒《ふちょう》とか」

セイディの断定も、アリスの執拗さにはかなわなかった。「調べてみる価値はありそうですね」セイディは言った。「すぐにファイルを取ってきます。何通か持ち帰ったものがあるので」

セイディがキッチンに行くと、ちょうどバーティが玄関からはいってくるところだった。

「ただいま、セイディ」彼が言った。笑顔に疲れがにじんでいたが、満ち足りた様子だった。

「パーティが佳境にはいる前になんとか抜け出してきたよ。夕食にするかい？」

セイディはアリスとピーターが中庭にいること、三人でエダヴェイン事件の話をしていることを伝えた。「ひとつ進展があったのだけれど、さらに新たな疑問が出てきてしまって」

「じゃあ夕食は四人分だね。すぐに用意するよ」

「梨のケーキの接待で疲れているんじゃない？」

「何をおっしゃる！　失敬な」

セイディがバックパックからファイルを取り出す横で、バーティがやかんをかけながら歌を小さく口ずさんだ。「で、あっちのほうはどうなった?」ティーバッグを四つのカップに落としながら彼が訊いた。「本庁から返事は来たのか?」

セイディはドナルドからの電話の一件を一気呵成にしゃべった。

「おまえさんの読みが当たったな。だから言っただろ、おまえさんの勘はピカイチだって」それからかぶりを振り振り、同情するように唇をきゅっと引き結んだ。「その女性も気の毒なら、子供もかわいそうだね。ところで、おまえさんは仕事に戻れるんだろうね?」

「まだ何とも言えないわ。アシュフォードはわたしがリーク元だと知ってしまったわけだし。結果はどうあれ、わたしのやったことを大目に見る気はないでしょうね。どうなるかは結果待ちよ。それまでは……」と言ってファイルを持ち上げ、中庭のほうに肩を一振りして見せた。

「それがいい。もうちょっとしたらそっちに行くよ」

セイディが席に戻ると、アリスがピーターを相手に別の話を始めていた。「だから言ったでしょ、あの夜、森でベンを見かけた気がずっとしていたのよ」

「だったらなぜ、警察にそのことを言わなかったんですか?」セイディは椅子に腰かけ、ファイルをテーブル中央に滑らせながら、尋ねた。

アリスは、一陣の風にあおられて石壁をかたかたと打ち鳴らす、豆電球にちらりと目をやった。「森に行ってはいけないことになっていたからよ」アリスは言った。彼女の頬に影が躍った。「わたしはパーティ会場でミスター・ルウェリンと会うことになっていたの。彼の身に起きたことでは、ずっと自分を責めてきたわ。もう少し四阿で待っていれば、結果は違っていたんじゃないかって。あの日、早い時間に彼がわたしのそばにやって来て、あとで会ってほしいとそれは熱心に言われたの。どうしても相談したいことがあるからって、有無を言わせぬ口調だった。だから待っていたのに、結局彼は現われなかった」

「これまた忌々しき〝偶然の一致《コインシデンス》〟ですね」セイディは眉をひそめて言った。「ミスター・ルウェリンの死には何かがにおうんですよね。彼はお母さまを我が子同然に愛していた、彼女のやろうとしていることも、それが彼女にとってどれだけ危険な賭かも知っていた――だとすれば、なぜわざわざあのときあの場所を選んで命を絶ったのか、そこがどうしても腑に落ちないわ」

「たしかにそうね」アリスが同意した。「しっくりこないわね。でも、鬱というのは、あまたある精神障害同様、理性的な判断ができなくなる病気だし」

「彼の鬱のそもそもの原因が、もう少しはっきりするといいんですけどね」セイディは席を立つと、壁沿いをうろうろ歩きまわった。「最初に神経を病んだのは、彼が医者をやめて物書きになったころですよね。わたしの経験から言えば、そんなふうに人生ががらりと一変するような決断を人がするときって、背後に何かあるものなんです。彼の場合、それが何だったのかがわかれば、何か見えてくるんじゃないかしら?」

ピーターが挙手をした。「それについてはぼくがお答えできるかもしれません」

セイディはぱっと振り返ってピーターを見た。アリスも眼鏡の上辺越しに見つめていた。

「ピーター、どういうこと?」

「今日〈ローアンネス〉で、あなたがルウェリン氏の鬱症状に触れ、何が原因だったのかと考えていらしたとき、大学の学部時代の授業のひとつで、それについて書かれた本を読んだ記憶がぼんやりとよみがえってきたんです。それで午後、地元の図書館に飛びこんだところ、実に協力的な男性が――」

「アラステアね」セイディが口をはさんだ。

「――ご名答、で、まさに目指す本がその人の机の上にあったんです。他館から借り出したもので、すでに返却用の箱にはいっていたんですが、ちょっと見せてもらいました。これなどまさに究極のコインシデ――」

「それはもう結構」

「――ならば幸運な巡り合わせと言っておきましょう。とにかく丸々一章がルウェリンと『エリナの魔法の扉』に充てられているんです。カント流象徴原理に基づいた実に興味深い寓話の分析で――」

「ピーター」アリスが強い調子でたしなめた。

「あ、そうでした、すみません。ルウェリン氏の作品は彼自身の実体験から生まれた寓話として読み解ける、というのが著者の主張です。とりわけ青年医師だったころに味わった挫折、友人の暮らすカントリーハウスで起きた緊急事態に無理矢理駆り出され、ある患者の命を救えなかったことが影響していると」

「赤ちゃんね」セイディは喘ぐように言った。「その患者というのは、生まれてきた赤ちゃんのことだわ」

「どうしてそれを知っているの？」アリスが言った。「どの赤ん坊？　誰の子の話？」

ピーターがセイディをまっすぐ見詰めた。素早く頭を回転させて答を察したのだろう。にやりとした。「コンスタンスの赤ん坊ですね」

「ご名答」セイディはテーブルに駆け寄った。「ええ、そうよ、それに間違いないわ」セイディがせわしげにファイルを繰ると、ハリケーンランタンの蠟燭の炎が揺れた。

「それで説明がつきそうだな」ピーターが誰に言うともなく、むしろ自分に向かって言った。「ふたりのあいだの緊張関係も、コンスタンスが彼に抱いていた憎しみも。コンスタンスはミス・ハヴィシャムを地でいっていたんだな」

アリスの顔に困惑の色がよぎった。「ピーター」彼女は焦れていた。「いったいぜんたい、なんでここにディケンズが出てくるわけ？」

ピーターがアリスを見た。瞳がきらりと光る。「あなたのウェブサイトを作成することになったとき、あなたはそんなものに煩《わずら》わされたくないからひとりでやれとおっしゃった。で、ある質問に対して答を見つける必要があって、屋根裏の仕事場にある手帳をちょっと調べさせてもらったんです」

「あらそう、それで？」

「そうしたら、お祖母さまについて書かれたあなたのコメントが目に留まった。〝朽ち果てた立派な服をまとった骸骨〟――あれは『大いなる遺産』の引用です」

「まさにぴったりの表現だわ。祖母は女の姿をした怪物、栄光の時代に着ていた古くさい大仰なドレスを身につけるのが大のお気に入りだった——もっとも、ハヴィシャムのような婚礼衣装じゃないけどね、やれやれだわ。で、いったいそれと赤ん坊がどうつながるの?」

「これを見てください」セイディは、警察が老人ホームにいるコンスタンスに再度行なった事情聴取の記録から書き写したページを広げた。「看護師の話によれば、コンスタンスはエリナと死んだ赤ん坊の話を始終していると証言しています。わたしはエリナがセオ君の前に男の子をひとり死産しているのかと思っていましたが、エリナとは無関係だったんです」

アリスが短く息を吐いた。「祖母自身のことだったのね」

セイディはうなずいた。「その分娩に立ち会った医師がダヴィズ・ルウェリンだった。これですべての説明がつきます。コンスタンスと彼の関係も、彼が神経を病んだ原因も、彼が医者をやめて子供向けのお伽噺を書くことに慰めを見出すようになった経緯も……」

「『エリナの魔法の扉』のストーリー展開の説明もつきますね」ピーターが言った。「あれに出てくる老人は悔恨のせいで体が不自由になり、王国から締め出されてしまう。そして冷酷な王妃は、子供を失った悲しみから王国を永遠の冬に閉じこめてしまう、だがエリナという少女の純真無垢な心には、この不和を解消できる力が宿っていて……」ピーターが考えこむように顎をとんとん叩いた。「ただひとつわからないのは、なぜ彼は一九三三年のミッドサマーに死ぬ気になったのか、ですよね」

「自殺ではなかった」アリスがセイディの凝視を受け止めながら静かに言った。「自死ではなかったのではないかしら?」

「そうですね」セイディは、パズルのピースがはめこまれていく快感を味わっていた。「わたしも自殺とは思いません」

今度はピーターが頭を掻く番だった。「でも死因がバルビツールの過剰摂取なのははっきりしているんですよ。証拠もある、検死報告書が」

「あの夜、自宅から強い睡眠薬が一瓶、盗み出されていたの」アリスが言った。「あれはセオをおとなしくさせるために使われたと、長いあいだ思ってきたけれど……」

「そうではなかった」セイディが言葉を継ぐ。「飲みものに数錠溶かせば事足りる、そう難しいことじゃないでしょうね。赤ちゃんを失ったことが何十年ものあいだにお祖母さまの心をむしばんでいき、それが彼女を――」

「――復讐に走らせた」ピーターが言葉を締めくくった。「なるほど、あなたのおっしゃることには一理あります。しかし、子供の死から四十年も経っているんですよ。なぜこんなに長く待ったのかな?」

そう言われてセイディは考えこんだ。先ほどからそばにすり寄ってきて足元にうずくまっていたラムゼイの顎の下を、わしわしと掻いてやる。「実はわたし」と、思案顔で口を開いた。「その疑問に一脈相通ずる本を読んだばかりなんです。何年にもわたるひどい扱いに耐え忍んできた女性が、ある日突然、元夫を殺害する。調べてみると、原因はごく些細なことだった。彼女の長年の憧れの地だった場所に元夫が休暇旅行に出かけることになり、それを告げられたことが引き金になった、というケースです」

「『冷めた料理』ね」アリスが満足げに言った。「わたしの作品のなかでは比較的おとなしいものだけど、個人的には気に入っている作品よ。それはともかく、わたしの祖母の引き金は何だったの？　わたしが記憶する限り、ミスター・ルウェリンにエキゾチックな旅行計画なんてなかったはずだけど」

「たしかそのころ、叙勲が決まったんでしたよね」ピーターが不意に口を開いた。「今日おっしゃっていたじゃないですか。彼は文学への長年の貢献で大英帝国四等勲士に叙せられたと。お祖母さまはそれを苦々しく思っていらしたとも」

「王宮への招待か」セイディは言った。

「王宮への招待」アリスがセイディの言葉を繰り返した。「コンスタンスは王族と接するチャンスのある集まりに呼ばれるのを心待ちにして一生を終えたような人だったの。若いころに一度、宮殿に招かれたことがあったのだけれど、出席が叶わなくてね。わたしたち孫娘はそのときの話を何度も聞かされ、耳にたこができそうだった！　あのときの失望がずっと尾を引いていたのね」アリスの浮かべる納得の笑みには哀愁が漂っていた。「すべての始まりは叙勲。わたしには真似のできない見事なプロットだわ」

一同は押し黙り、波の砕ける音、フェスティバルの遠いさんざめきを聞きながら、とろけるような快感の余韻をしみじみと味わった。セイディはふと思った、薬物や酒の力を借りれば快感を得るのは簡単だが、謎解きがもたらすぞくぞく感には到底かなわない、予想外の展開を見せるこの手の謎ならなおさらだと。

内省の時はすぐに終わった。アリス――セイディの心をとらえて離さない女性――が椅子の上で居ずまいを正すとファイルを引き寄せた。「さてと」と口を開く。「たしかわたしたち、ベンがセオを連れていった先がどこか、そのヒントを探そうとしていたんだったわね」

ピーターがおどけたように眉を上げてセイディに目配せしたが、すぐにふたりもテーブルに身を乗り出し、言われるがまま、ファイルの中身を隈《くま》なく見ていった。

やがて目ぼしいものが出てこないとわかると、アリスが言った。「母の行動に何か手掛かりがあるのかしら。例えば母は、毎年欠かさず〈ローアンネス〉を訪れていたから……」ここで眉をひそめた。「いや、駄目か、ベンがその後もずっとコーンウォールに住みつづけていたとは思えないし、万が一住んでいたとして、毎年ベンがセオを〈ローアンネス〉に連れ帰っていたと考えるのも無理があるわよね」アリスが意気消沈の溜息をもらす。「おそらくあれは一種の追慕の行為、セオを身近に感じたくてそうしていたんだわね。気の毒な母さま、血を分けた子はここではないどこかにいるんだと思い知らされる気分ばかりは、そういう立場になったことのない者にはただ想像するしかできないわ。いまごろどうしているだろう、一目会いたい、みんなに愛されて幸せに暮らしているところを確かめたい、そんなふうに思って心を痛めていたのでしょうね」

見ればバーティはすでに中庭にいて、梨のケーキと四つのカップを載せたトレイを手にたたずみ、仔細《しさい》ありげにセイディを見つめていた。

セイディは祖父の視線を意地になって無視する一方、ともすれば浮かんでくる制服のブレザー姿のシャーロット・サザランドの姿や、病院の毛布から覗く星形の小さな手のイメージを頭から締め出した。「わたしに言わせると、子供を手放す決心をした以上、親は初志貫徹しかないように思うんです。そうするのが筋ですよ。彼女にはややこしいこと抜きに、前向きな人生を送らせてやるべきでしょう」

「彼には、ですよね」ピーターが言い間違いを正した。

「あ、彼、でした」とセイディ。

「ずいぶんものごとを割り切って考えるのね、スパロウ刑事」アリスが片眉を上げた。「子供を手放すことになった親というのは、例外なく、いずれどこかで両者の道が交わるはずと一縷《いちる》の望みを持ちつづけるものだと考えているのは、わたしに棲みつく作家だけなのかしらね」

セイディはいまなおバーティの視線を躱《かわ》しつづけていた。「親のなかには、子供がのちに真実を知って落胆を味わうことになるのを心配する人もいると思いますけどね。自分が捨て子だったと知れば、腹を立てたり傷ついたりするんじゃないかって」

「なるほどね」アリスは言って、捜査ファイルから新聞の切り抜きをつまみ上げると、〈ローアンネス〉の木陰で夏服姿の三人の娘たちに囲まれて写るエリナに見入った。「でもね、うちの母は自らの信念を貫く勇気を持っていたの。自分の一存で息子を手放したのだって、きっとそれが最善の方法だと思ったからでしょう。いずれ息子が母親の決断を恨むことも織りこみ済み、それに耐える勇気もあったんだと思うわ」

「ああ、なんてことだ！」

一同がいっせいに振り向いた。見ればバーティが片手に梨のケーキ、片手にカップをひとつずつ持って、すぐそこに立ちつくしていた。

「お祖父ちゃん？」

素早い動きを見せたのはピーターだった。ぱっと立ち上がると、落下寸前のケーキとカップをキャッチする。それからバーティを椅子に誘導した。

「お祖父ちゃん、大丈夫？」

「ああ、ただちょっと――その、いや、こいつは〝コインシデンス〟なんかじゃない。世間じゃこの言葉をいい加減に使っているんじゃないのか？　連中は複数の出来事がたまたま重なって起きる場合にばかり使うようだが、こんなふうに、因果の糸でつながっている偶然もあるってことを忘れているんだ。これはコインシデンスなんてものじゃない、サプライズだ、それもとんでもないサプライズだ」

バーティはすっかり度を失い、早口でまくしたてるばかり。咄嗟にセイディは、今日一日の心労がたたって、何かの発作を起こしかけているのではと心配になった。愛情と不安が入り混じる険しい顔になる。「ちょっとお祖父ちゃん？」セイディは語気を荒らげた。「いったい何言ってるの？」

「この女性」彼はそう言うと、アリスがいま手にしている切り抜きに写る、エリナの写真に触れた。「この人に以前会ったことがあるんだ、子供のころにね、戦争中だった、両親の店を手伝っていたときに」

「母に会ったことがあるんですか？」アリスが口を開くと同時に、セイディも「エリナ・エダヴェインに会ったことがあるの？」と口走っていた。

「どちらの答もイエス。何度でも言いますとも。もっとも名前までは知りませんでしたよ。奉仕活動をしている最中とかで、ハックニーにあったうちの店によく来てくれたんです」

「それで思い出した」アリスが色めき立った。「たしか戦時中はイーストエンドでそういう活動をしていたもの。爆撃で家を焼かれた子供たちの世話をしていたんです」

「存じてますとも」バーティはいまでは満面の笑みをたたえていた。「とても親切な人でした。上得意のひとりでしたよ。よく店に立ち寄っては、まずもって必要なさそうなものまであれこれ買ってくださるんで、こっちもお茶でもてなしたりしてね」

「これぞまさにコインシデンス」ピーターが言う。

「いや、そうじゃないんだ」バーティが言った。「わたしが言いたかったのはそこですよ」ここで笑った。「こうして彼女の写真を目にしたことも、うちの孫娘をすっかり夢中にさせている湖畔荘の事件にこの人が関わっていたと知ったことも、サプライズには違いないが、みなさんが言うほど偶然でもないんだ」

「お祖父ちゃん、それどういうこと？」

「だって、ここ、コーンウォルに移り住むことにしたそもそものきっかけが、まさにこの人なんだから。彼女がそのアイディアをわたしに最初に吹きこんだんだ。ほら、ロンドンの店のレジ横に写真があっただろ、あれは、わたしの叔父さんが送ってきた絵葉書なんだ。煉瓦塀に木のドアがあって、壁一面に蔦《つた》と羊歯が茂っている、あの写真だよ。この人がそいつに目を留めて、コーンウォールにあるいろんな庭の話をしてくれたんだ。いや、こっちが話をせがんだようなものかなあ——ちょうどコーンウォールが舞台の本を読んでいて、そこがなんだか魔法の国のように思えてね。メキシコ湾流のお蔭で温暖な気候なんだとか、珍しい植物が生息しているとか、いろいろ教えてくれたんだ。忘れようたって忘れられっこない。いまにして思えば〈ローアンネス〉の話もしていたんだ、名称までは触れなかったけど。大きな湖と庭がいくつもあるお屋敷で生まれ育ったと言っていたから」

「びっくりだな」ピーターが言った。「その後何十年も経って、こうしてあなたのお孫さんが廃屋となったその屋敷をたまたま見つけ、そこで起きた事件に取り憑かれることになるなんて」

「取り憑かれたわけじゃないわ」セイディは抗議した。「興味を持っただけですからね」

うるさい外野には取り合わず、バーティは遠い昔にエリナ・エダヴェインと交わした会話を懐かしそうに振り返った。「潮の香りとか、密売人のトンネルとか、土地に伝わる妖精譚とか、あの人が語ると、まるで魔法の国の話を聞いているようだった。ミニチュア・ガーデンもあると言っていた。そこは物音ひとつしない静かな場所で、真ん中に金魚の泳ぐ池があるんだと」

「たしかにあったわ」アリスが言った。「ベン・マンローが造ったの」

「ベン・マンロー？」

「〈ローアンネス〉にいた庭師のひとりよ」

「そんな……」バーティが首をかしげた。「なんだか妙な気分だな。叔父さんと同姓同名ですよ。大好きな叔父さんだった、第二次大戦で死にましたが」

アリスが眉をひそめたそのとき、ピーターが口を開いた。「その叔父さんですが、〈ローアンネス〉で働いていたということはないですか？」

「さあどうかな、でも、その可能性はあるかもしれません。彼はどんな仕事も器用にこなしましたから。ひとところに腰を据えるタイプじゃなくってね。そういえば植物に詳しかった」

一同が顔を見合わせると、アリスの眉間の皺がさらに深くなった。「うちにいたベンとは別人だと思いますよ。〈ローアンネス〉にいたベンに甥がいるはずはないもの、ひとりっ子だったんですから」

「ベン叔父さんもひとりっ子ですよ。実は叔父といっても血のつながりはないんです。わたしの母親の親友でした。幼馴染みで、大人になっても強い絆で結ばれていた。どちらも親が考古学者で、世界各地の発掘現場を渡り歩いていたとか。ベンとうちの母親は、両方の家族が日本に滞在していたときに知り合ったんだそうです」

誰もが黙りこくってしまい、周囲の大気が静電気を帯びでもしたかのように感じられた。その静寂も大きな炸裂音で破られた。ミッドサマーを祝う花火の一発目がしゅーっと音をたてながら港の上空へと昇っていく。

「あなたはどちらのお生まれなの、バーティ？」アリスの声は穏やかだった。

「祖父は子供のころにもらわれてきたんです」セイディは記憶をたぐり寄せながら言った。バーティの母親が実母でないことは、祖父からひととおり聞かされていた。彼女が子宝に恵まれずに悩んでいたこと、だからバーティを家族に迎えることになってたいそう喜んだこと、ふたりは愛し愛される仲だったことなどを。ちょうど祖父母の家で暮らしはじめたころにその話を聞かされ、セイディは少し気が楽になり、子供を手放す決心がついたのだった。その後はそんな話も徐々に記憶から抜け落ちていった。なにしろあの時期のセイディは、あまりに多くの思考と感情がせめぎ合う疾風怒濤《しっぷうどとう》の日々を送っていたため、バーティと彼を育ててくれた両親の愛情と温もりに満ちた関係を折に触れて耳にしていたのに、彼らが血のつながらない親子だということをいまのいままですっかり忘れていたのである。

バーティは養母フローのこと、ベン叔父さんのことをさらに話しつづけた。そのうちにアリスがそっと席を立ち、テーブルを回ってバーティの横に立ったが、祖父はまるで気づいていなかった。アリスは震える両手でバーティの顔を包みこんだ。そして無言のまま、目鼻立ちのひとつひとつを確かめるように、バーティの顔にゆっくりと視線を走らせた。アリスが嗚咽をもらすと、ピーターがすかさず手を伸ばして彼女の体を支えた。

「お祖父ちゃん」セイディは呼びかけた。畏怖の念のこもる声になっていた。

「バーティ」ピーターが呼びかけた。

「セオ」アリスが呼びかけた。

*

星々のきらめきが薄れ、暁光が水平線に淡いリボンを投げかけはじめても、彼らはまだ〈望洋荘〉の中庭に腰かけたままだった。「彼からよく手紙をもらいました」言ってバーティは、屋根裏から出してきた木箱を開け、手紙の束を取り出した。初期のものは一九三四年とあった。「まだ字も読めない子供でしたが、母や父が読んで聞かせてくれましてね。ときには贈り物や、わたしを喜ばそうと思って折ったのでしょう、折り紙細工の動物が一緒に送られてきたこともありました。仕事で旅に出たときは必ず、それと戦地に赴いたときも、よく手紙をくれました。さっきも言いましたが、叔父さんが大好きだった。いつも身近に感じていた。肉親と言ってもいいくらいに」

「その気持ち、よくわかるわ」アリスは、先ほどからこの言葉を繰り返していた。まるでマントラのように。「昼間、顔を合わせた瞬間に、あなたにもそれと同じものを感じたの。懐かしさとでもいうのか、この人とはどこかで会って**いる**って」

バーティがアリスに笑いかけ、うなずいた。彼の目がまたも潤みだす。

「その箱、まだ何かはいっているんじゃないの、お祖父ちゃん?」祖父の気を引き立てようと、セイディは穏やかにうながした。

「まあ、あれやこれやがね」彼が言った。「子供時代の思い出の品だよ」そう言って、汚れた子犬のぬいぐるみ、古びた本、赤ん坊サイズのロンパースを次々に取り出した。セイディはロンパースのボタンがひとつとれているのに気づき、息を呑んだ。すぐさまジーンズのポケットに手を入れ、〈ローアンネス〉で今朝がた見つけた、丸々と太ったキューピッドの銀ボタンを取り出した。同じものだった。

「ご両親は、実のご両親の話をあなたになさいましたか?」ピーターが尋ねた。

バーティはにっこり微笑んだ。「よく聞かせてくれたのは、虎と真珠の出てくる物語でした。幼いころは、この自分は魔法をかけられた宝石となってアフリカからこっちに連れ戻されたんだとすっかり信じ、たいそう嬉しくなったものです。ぼくは森で生まれ、妖精からお乳をもらい、それからうちの両親の家の前に置かれたんだ、ってね」彼は箱から首飾りを取り出した。虎の牙のペンダントだった。象牙色したその滑らかな表面に、バーティが親指を走らせた。

「ベン叔父さんがくれたものです。わたしにすれば、お話が真実だという証のようなものですよ。でもね、大きくなってからはあれこれ質問するのをやめました。もちろん実の両親が誰なのか、知りたくないと言ったら嘘になりますが、育ててくれた両親はわたしを大事にしてくれましたからね――いまよりもっと幸せな家族がほしいなんて言えるわけがない――だから知らぬままでいることをよしとしたんです」彼が改めてアリスを一瞥した。そのまなざしは一生分の感慨に輝いていた。「あなたのそれはどうなんです?」と、アリスの前に置かれた金属の箱を顎でしゃくった。「こっちのはお見せしましたよ」

アリスがバッグから鍵を取り出し、金線細工の箱の錠を解いて蓋を開けると、そっくり同じ紙束が二組、現われた。表題は『バイバイ、ベイビー』、アリス・エダヴェイン作とあった。

「原稿ですね」バーティが言った。

「ええ」アリスがうなずいた。「わたしがはじめて書き上げた小説の原稿よ」

「なんでまた箱なんかに？」

「作家は自分の作品を決して破棄しないものなの」とアリス。

「土に埋めちまって、どうするつもりだったんです？」

「話せば長いことでしてね」

「いつか話してくれますよね？」

「さあどうかしら」

バーティがおどけたように腕組みし、憤慨して見せた。その仕草に一瞬、セイディはアリスを見た気がした。「せめてあらすじくらいは聞かせてほしいですね」と食い下がる。「ミステリかな？」

アリスが笑う。セイディがはじめて耳にする、鎧を解いた屈託のない笑い声、音楽を思わせる若々しい響きだった。「おお、バーティったら」アリスが言った。「いや、セオだったわね。それを明かしたら、あなたの信用を失ってしまうわ」

34　ロンドン　一九四一年

前夜に夜間爆撃を受けた地域名を知るとすぐに、エリナは矢も盾もたまらず現場に駆けつけていた。二年前に届いた彼の手紙には、軍に志願したという報告とともに、ハックニー地区の住所も書かれていたのだが、エリナはそこに近づかないようにして今日まで過ごしてきた。戦時奉仕活動にたずさわるようになったお蔭で子供の姿を見かける機会も多くなり、ナックルズ（数人がげんこつを重ね合わせ、いちばん下になった者が素早く叩く遊び）に興じる子たちを眺め、グレーの半ズボンから擦り傷のある膝小僧を覗かせて使い走りをしている子を目で追うことで、きっとあの子もこのなかにいるに違いないと思って自らを納得させてきた。だが、新聞で空襲のことを知ったこの朝、出勤して被爆地域への出動予定リストを手渡されたときには、後先考えずに外に飛び出していた。

陥没した道路は石と煉瓦の残骸や壊れた家具で埋め尽くされていたが、巧みにそれをよけながら足早に進んだ。ひとりの消防士に会釈され、エリナも礼儀正しく会釈を返した。人さし指と中指を絡め合わせ――馬鹿げた子供っぽい験担ぎだが、藁にもすがる思いだった――目の前に広がる破壊された家並みに胸を詰まらせた。

またしても戦争になるとは夢にも思わなかった。今後決して連絡を取り合わないことをベンに誓わせたときも、こんな未来は予想だにしなかったから、セオの預け先は知らせないでくれと言い張ったのだった。ベンが懇意にしている人たちのところにセオはいる、我が子は――愛しいわたしの坊やは――幸せに、そして無事に成長しているとわかっているだけで満足しよう、満足するしかない、そう自分に言い聞かせてきた。ところがまさかの戦争が起きてしまい、事情は一変した。

今日の外出のことは、アンソニーには内緒にすることにした。言ったところでどうなるものでもない。ただ無事を確めたいだけ、店に立ち寄るつもりはなかった。セオを一目見ようという気もさらさらなかった。それでも、禁忌を犯しているようで背筋が凍った。これ以上秘密を抱えるのは願い下げ——自身の秘密とアンソニーの秘密、それだけでも十分負担になっていた。

エリナの不貞を知ったらアンソニーは立ち直れなくなると思っていたが、そうはならなかった。あの事件から数日経ったころ、彼は落ち着いた様子でエリナのところに来て、別れ話を切り出した。セオが自分の子でないことはもう知っている、だからきみには別の人生で幸せになってほしい、そう言った。最愛の人たちに重荷を背負わせ、その人たちの人生を滅茶苦茶にしている自分にはもううんざりなんだと。

だが、そんなことがどうしてできようか。それではベンとセオを手放したときと同じことになってしまう。三人の娘たちと離れればなれになるなど考えたこともないし、さりとてアンソニーから彼女たちを取り上げることなどできようはずもない。それに夫のことは愛していた。アンソニーの気持ちはいまも変わらなかった。アンソニーとベン、そのどちらも愛しているのであり、セオのことも大事に思っている。だが人生はお伽噺ではない。すべてが思いどおりになるなど、望むすべてをいっぺんに叶えるなど、どだい無理な話なのだ。

アンソニーはといえば、妻とベンとの関係を知ったことで、ある意味、気持ちが楽になったようだった。お蔭で自分の人生を恵まれすぎだと思わなくてよくなったと、彼は言った。これで多少なりとも償うことができたのではないかと。

「何に対する償いなの？」夫がようやく本心を明かそうとしているのだとエリナは思った。

「すべてに対してだよ。生き延びてしまったことに、家に戻ってこういうことになってしまったことに、何もかもに」

それ以外にもあることを、無論、エリナは知っていた。彼の語る言葉の背後にうごめく大きな影の存在を。だからセオが無事に〈ローアンネス〉を離れたいま、ハワードの一件をエリナは問い質した。はじめアンソニーは腹を立て、これまで見たことがないほどうろたえていたが、時間をかけてなだめるうちに、エリナがすでに突き止めていた話でほぼ間違いないことを、ようやく認めてくれた。彼は洗いざらい語った。ハワードとソフィーのこと、そして赤ん坊のルイのこと。夜になって納屋でひそかに落ち合ったこと、あともう少しで友を逃がしてやれそうだったこと、そして人としての一線をあやうく越えそうになったことを。「でも、あなたはその一線を越えなかったわ」肩にすがって泣きじゃくるアンソニーに、エリナは言った。

「越えてしまいたかった。いっそ越えてしまっていたらどんなによかったか。いまでもときどきそう思わずにいられないんだ」

「ハワードを救いたかったのね。彼を愛していたのね」

「あいつを救うべきだったんだ」

「そんなことを彼は望まなかったはずよ。彼はソフィーとルイを愛していたんだもの。自分はルイの父親だと思っていた人よ、そういう人なら、子供がやられる前に自分の命を投げ出すわ」

「しかし、ほかにも方法があったはずなんだ」

「そんなものはなかったのよ。わたしにはわかるの、ほかに方法があるなら、きっとあなたは見つけていたはずだもの」

アンソニーはエリナに目をやった。その目に希望の光がちらりと覗いていた。たしかにエリナの言うとおりだと。

エリナはなおも続けた。「もしもあなたがそのときと違う行動を取っていたら、あなただって殺されていたのよ。ハワードは正しかったの、彼にはものごとがしっかり見えていたんだわ」

「あいつはぼくを守るために自らを犠牲にした」

「あなただって彼を助けようとしたじゃないの。大きな危険を冒してまで手を貸したでしょ」

「でも失敗した」

これにはエリナも返す言葉がなかった。友の死を嘆き悲しむ夫に、ただ寄り添うしかできなかった。しばらくしてエリナは彼の手を強く握りしめ、そっとささやきかけた。「でもこのわたしのためには失敗しなかったわ。あなたはわたしに約束してくれた、何があろうと必ず生きて帰るって」

エリナには隠していることがもうひとつあった。ダヴィズの死の真相だ。アンソニーは彼のことが大好きだったから、コンスタンスがしたことを知ったら、とても神経が持たなかっただろう。エリナは母の部屋で睡眠薬の空き瓶を見つけ、ことの次第を知ったのだった。母は否定すらしなかった「ああするしかなかったの」母は言った。「新たな気持ちで出直したかっただけ」

コンスタンスとエリナの関係はこれまでも決して良好とはいえなかったが、この一件を境に完全に瓦解した。老いた母を家族と一緒にロンドンの家に住まわせるなど論外だが、さりとて見捨てるわけにもいかなかった。できるはずもない。そこであちこち探しまわってようやく、《防潮壁《シーウオール》》という名の施設を見つけた。かなり出費はかさんだが、それだけの価値はあった。

「イングランドにこれ以上の老人ホームはありませんよ。立地も最高です」女施設長は施設内を案内しながらエリナに言った。「海が目と鼻の先ですから、どの部屋からも潮騒が聞こえるんです、寄せては返す波の音がね」

「申し分ない環境ですわ」エリナは入所申込書にサインした。これでよし。まさに願ったり叶ったり。死ぬまで聞きつづけることになる容赦ない波の音、コンスタンスが受ける報いとしてこれ以上のものはないだろう。

*

通りの角を曲がったところで、自転車に乗った生真面目そうな警官と鉢合わせしそうになった。左右の家並みにきょろきょろ目を走らせながら歩みを進め、ようやく目指す店にたどり着いた。店先に掲げた陽気な立て看板が目に留まった途端、呼吸がすっと軽くなった。〈いつもより大きく営業中《オープン》〉（爆撃で破壊された壁とかけたジョーク）

安堵が一気にこみ上げる。直撃はまぬがれていた。

せっかく来たのだし、店先を覗くくらいはいいだろうとひとり決めした。足を止めずに前を行き過ぎながら、縦横斜めにテープで補強したショーウィンドウ越しに店内をうかがう。ショーウィンドウ上部に誇らしげにペンキ書きされた店名と、店内の棚に整然と並ぶ缶詰を目に焼きつける。煉瓦造りの建物は三階建てで、店舗の上の階すべての窓にそろいのカーテンが下がっている。素敵な住まいだった。住み心地がよさそうだ。連日の空襲にもめげず、軒先テントとガラスをこれだけきれいに保っている努力にも感心した。

ドアを押し開けると、呼び鈴が軽やかに鳴り響いた。小さな店だが、物不足のご時世にもかかわらず品数が驚くほど豊富だった。戦争で疲弊した市民の気持ちを引き立てる品々を提供しようと、並々ならぬ努力をしているのだろう。そういえば友人のフローはなかなかの商売上手だと、ベンが言っていた――「彼女は絶対にいい加減なことはしないんだ」と。それもベンが褒めていたことのひとつだが、親切で気立てがよく、正直者だと請け合ってくれたから、会ったこともないその女性に好感を持てたのであり、その人になら任せても大丈夫だと思ったのだった。

店は静まりかえっていた。新鮮な茶葉と粉ミルクのにおいがした。カウンターの向こう側には誰もおらず、これは合図なのだと自らに言い聞かす。ただ様子を見るだけという目的は果たしたのだから、すぐにもここを離れよと。

それでも、店の奥のドアが少し開いているのを目にすると、あの向こう側が自宅になっているに違いないとの思いが頭をかすめた。あの子が夜になると眠りに就き、三度の食事をし、笑ったり泣いたり、飛び跳ねたり歌ったりしている場所。

鼓動が速まった。ドアの向こうを覗く勇気があるのかと自問した。肩越しにちらりと目をやると、黒い乳母車を押した女性が店の前を通り過ぎるところだった。店には自分以外誰もいない。ドアの隙間に身を滑りこませればいいだけの話。大きくゆっくりと息を吐き出したそのとき、背後でガタンと音がした。ぱっと振り返るのと同時に、カウンターの下から少年がぬっと姿を現わした。

あの子だ、すぐにわかった。

いままでずっと床にしゃがみこんでいたのだ。そしていまは、目を大きく見開いてエリナを見つめていた。灰味がかったブロンドの直毛をおかっぱに切りそろえた髪型はプディング型をさかさまにしたみたいな恰好で、腰に白いエプロンを巻いていた。彼には長すぎるのか、身丈に合わせて前垂れを折り返している。

九歳くらい。いや、〝くらい〟ではない、満九歳だ。正確を期すなら九歳と二か月。細身だが痩せすぎというわけではない、頰はふっくらしている。その彼が、エリナに屈託のない笑みを向けた。この世はまんざら悪くないと知っている人のような笑顔。

「お待たせしちゃってすみません」彼が口を開いた。「今日はあいにくミルクを切らしてますけど、ケントの農場から届いたばかりの新鮮な卵ならお分けできますよ」

エリナは頭がくらくらした。「じゃあ卵を」なんとか声をしぼり出す。「卵なんて嬉しいわ」

「ひとつ、それともふたつ?」

「ふたつください」

エリナは配給手帳を取り出すと、カウンター奥の棚に置かれた籠から取り出した卵を古新聞で四角く包む少年のほうに、そっと身を乗りだした。心臓が肋骨の裏側を激しく打ちつけるのがわかった。手を伸ばせば届きそうなところに彼はいた。

エリナはカウンターの上に両手をしっかり重ね合わせた。そのとき一冊の本が目に留まった。ページは擦り切れ、角がめくれ上がり、カバーもとれている。店にはいって来たときにはなかったはず。ということは、少年が床にしゃがみこんで読んでいたのだろう。「本が好きなの?」

少年が気まずそうな視線を肩越しに投げかけた。頬を赤らめている。「母さんが言うには、ぼくは本好きの血を引いているんだって」

母さん。エリナは身がすくんだ。「そうなの?」

彼はちょっと顔をしかめてうなずき、二個目の卵をふわりと包んだ紙の四隅を念入りにねじり上げると、ふたつの包みをカウンターに移動させ、本を下の棚に押しこんだ。それからエリナを一瞥して、神妙な面持ちで言った。「店番しているときは読んじゃいけないことになっているんだ」

「わたしもあなたくらいのときは本に夢中だったわ」

「いまは読まないの?」

「あんまりね」

「ぼくならそうはならないだろうな。この本だって、もう四回も読み返してるんだ」

「だったら全部そらで言えるくらい、頭にはいっているんでしょうね」

彼がもちろんさと言わんばかり、得意げに笑みを浮かべた。「田舎の古い館《やかた》に暮らす女の子が、別世界に通じる秘密のドアを見つける話だよ」

エリナはすくみ上がった。

「その子はコーンウォールという土地で暮らしているんだ。そこ、知ってる?」

エリナはうなずいた。

「行ったことあるの?」

「あるわ」

「どんなところ?」

「どこもかしこも潮の香りが満ちていて、何もかもが緑色に染まっているの。イギリスではめったにお目にかかれない珍しくて不思議な植物が、たくさん植わっている見事な庭がいくつもあるわ」

「やっぱりそうか」少年の瞳がぱっと輝いた。「思ったとおりだ。叔父さんからそう聞いていたんだ。叔父さんもそこに行ったことがあるんだってさ。この本に出てくるような家が本当にあるらしいね。アヒルのいる湖があって、秘密のトンネルがいくつもあって」

「わたしもそういう場所で大きくなったのよ」

「わお。それは幸運だね。ベン叔父さんが——いまは戦場で闘っているんだけど——ぼくにこの絵葉書を送ってくれたんだ」

エリナは少年の指さすほうに目を向けた。レジ脇にテープで留めてあったのは、草木が生い茂る庭のゲートを写したセピア色の写真。右下隅には筆記体の白抜き文字で「魔法《マジック》に彩られた思い出《メモリーズ》を」とある。これを受け取った人にそんな思い出をいっぱいつくってほしいという願いをこめたメッセージ。

「魔法って信じる？」少年が真剣なまなざしで訊いてきた。

「ええ」

「ぼくも」

互いの笑みが交差する。阿吽《あうん》の呼吸。すると、思いがけないことが、理解を超えた何かがいままさに始まろうとしている、それがわかった。ふたりを隔てる空間を埋めてくれそうな何かが。

突如そこに割りこんできた物音と足音に、ふたりははっと我に返った。ひとりの女性が奥のドアから勢いよく現われた。黒い巻き毛に、ふっくらした唇と輝く目をした表情豊かなその人は、場の空気を明るくしてくれそうな生気にあふれていた。途端にエリナは、自分が影の薄いつまらぬ存在になったような気にさせられた。

「どうしたの坊や？」彼女は少年の髪をくしゃくしゃと掻き乱すと、愛情たっぷりの笑顔をこしらえた。それからエリナに顔を向けた。「うちのパーティ、ちゃんとお相手できてます？」

「ええ、しっかりと」

「なんだかんだ言ってお引き止めしてなきゃいいんですが。この子、しゃべり出したら止まらないんですよ」

バーティがえへへと笑う。この親子がいつもやっているじゃれ合いだと、エリナは気づいた。不意に切なさがエリナの心臓を鷲づかみにした。思わずカウンターに手をつき、体を支える。不意に頭がくらくらした。

「お客さん、大丈夫ですか？　顔が真っ青だわ」

「何でもないの」

「ほんとに？　バーティ――お湯を沸かしといで」

「いえ、本当に大丈夫ですから」エリナは言った。「もう行かないと。これから行くところがあるんです。卵をありがとう、バーティ、おいしくいただくわね。まともな卵なんて久しぶりだわ」

「固茹でがいいですよ」彼が言った。「卵はそれが一番」

「わたしも同感よ」ドアを開けると、呼び鈴が再び鳴った。郵便局のドアを押し開けた拍子にベンと鉢合わせした、あの何年も前の記憶が脳裡をよぎった。

少年の声が追ってきた。「また来てよね、お茶をご馳走するからさ」

エリナは少年に笑みを返した。「楽しみにしているわ」彼女は言った。「とっても楽しみ」

35　ロンドン　二〇〇四年

エリナの命日にはいつもそうするように、ふたりは自然史博物館で落ち合った。ハグをしないのもいつもどおり、それでも今回は互いの腕を絡ませ、こころもち支え合うようにして館内を巡った。言葉を交わすこともない。ただ黙々と歩調を合わせながら、アンソニーと〈ローアンネス〉にまつわる思い出をおのおのの胸のなかで嚙みしめ、新たに知ることになった諸々に思いを馳せた。父を苦悩から救うには遅すぎたが、ふたりは生きているあいだに謎の解明に漕ぎつけたのである。

その後のV&Aでのお茶会には、ほかの面々も加わった。バーティまでもがコーンウォールからわざわざ足を運ぶことになった。「こんな機会、逃せるもんですか」アリスからの招待の電話に、バーティはそう言った。「ちょうどその週、ロンドンに行く予定もあるしね。グランドオープニングとやらに出る羽目になって……」

デボラとアリスがティールームに着くと、すでにテーブルを確保していたバーティが手を振った。それから立ち上がってにこっと笑みを浮かべ、それぞれと抱擁を交わした。デボラが彼の頰を優しく叩いて笑い声をあげるのを眺めながら、なんともおかしなものだとアリスは思う。姉妹のほうはどちらも体を触れ合わせる挨拶は苦手なのに、弟とは例外らしい。あまりにも長く離ればなれになっていたから、触れ合うことでその歳月を埋める必要を感じているのか。あるいは、弟を失ったのが彼のごく幼いときだったから、大人が子供を抱きしめずにはいられないのと同じように、つい肌に触れて愛情を示したくなってしまうのか。いずれにせよ、デボラもアリスも、セオを愛おしく思う気持ちに変わりはない。こうして三人が再会を果たせたことをエリナが知ったら、どんなに喜んだことかと、アリスは思わずにいられない。

次にセイディが到着した。腕に紙束を抱えている。性急な足運びはいつものことだが、加えて今日は顔をうつむけ、紙束をきれいにそろえようと苦戦している。「ごめんなさい」席にたどり着くなりセイディが言う。「地下鉄に遅れが出てしまって。すっかり遅刻よね。せっかく張り切ってオープニングの準備を進めているっていうのにこれなんだもの、ついてないわ。長くお待たせしてなければいいのだけれど」

「大丈夫」デボラが優しく微笑みながら言う。「わたしたちもいま着いたばかりよ」

「お、ピーターのお出ましだ」言ってバーディが、入口のほうを顎でしゃくる。

セイディが紙束をアリスに差し出す。「気づいた箇所に、しるしをつけておきました、といってもそうたいした数じゃありません。捜査手順とかをちょこちょこっとね。ああ、アリス――」セイディがハンドバックを床に投げ出し、空いた席に崩れるようにすわる。「素晴らしい作品だわ。とってもよかった。ページを繰るのももどかしくて」

アリスは破顔するも、さして意外でもないようだ。「よかった、ということは、この五十一作目は前作より評判がとれそうね」

ピーターがテーブルまでやって来て、セイディの頬にキスをする。するとセイディが彼のシャツをつかんで引き寄せ、キスを返す。「どうだった?」セイディが問いかける。「受け取れた?」

「バッチリさ」ピーターが手にしたバッグをぽんと叩く。

「いったいどうやったの? お店の人は少なくともあと一週間はかかるって言ってたのよ」

彼が謎めいた笑みを浮かべる。「ぼくには奥の手があるんでね」

「さすがだわ」

「あたりまえでしょ、わたしのアシスタントだもの」アリスが言う。「彼を盗もうなんて考えないでちょうだいよ」

「そんな大それた考えはございません」

「そのへんでもういいだろう」バーティが言う。「いい加減じらさないでほしいね。そいつを見せてもらおうじゃないか」

ピーターがバックパックから四角くて平べったい包みを取り出し、薄紙を剝がす。それからみんなに見えるように掲げ持つ。

アリスが眼鏡をかけて身を乗り出し、そこに刻まれた文字に目を近づける。〈S・スパロウ探偵事務所。困ったときはお気軽にドアベルを〉。アリスが眼鏡をたたんでケースにしまう。

「ふむ」と口をひらく。「簡潔明瞭な点は気に入ったわ。ただ、このキュートな謳い文句がちょっとね。スズメ《スパロウ》は空の高みから広い視野で……」

「早起き鳥は虫をのがさない」とピーター。

「わたしはなかなかいいと思うけどな」とバーティ。

「ううーん、ぼくはノーコメント」ピーターが言う。「これ、シャーロットの作だし」

「彼女も来るの？」

「今日は来ないの」セイディが言う。「宿題が山ほどあるみたい。でも、土曜の夜の事務所開きにはなんとか駆けつけるって言ってたわ」

「では」バーティが誇らしさと喜びと深い満足感をいっしょくたにしたような笑みを浮かべて言う。「みなさんいかがでしょうかね？ ここはひとつ、お茶は飛ばしてシャンパンにしませんか？ どうやら我々にはお祝いすることがどっさりありそうだ」

謝辞

いつもながら大勢の方々にひとかたならぬ感謝の気持ちを申し上げねばなりません。比類なき才媛アネット・バーロウは原稿に何度も目を通しては検討を重ね、関係者の誰よりも多くのご意見を寄せてくださいました。またマリア・レイトはどんなときも大いなる優しさをもって接してくださり、思慮に富んだ知恵を授けてくださいました。おふたりは何者にも替えがたい素晴らしい人、作品を世に出すことを喜びに変えてくれた人たちです。

また以下の方々にも心からお礼申し上げます。アレン&アンウィン出版（オーストラリア）の親愛なる友人たち、とりわけクリスタ・マンズ、カレン・ウィリアムズ、タミ・レックス、アンディ・パーマーのみなさんの熱意と専門知識にはまたしても脱帽です。細部への目配りをしてくれた言葉の錬金術師アリ・ラヴァウとシモーヌ・フォード。多才ぶりを発揮してくれたウィノナ・バーン。わたしとわたしの作品を信じて忍耐強くつき合ってくれたロバート・ゴーマン。

パン・マクミラン出版（英連邦）のエネルギッシュで才能あふれる頼もしい編集スタッフたち、エロイーズ・ウッド、ソフィー・オーム、ジョジー・ハンバー、ジェフ・ダフィールド、アンナ・ボンド、ステュアート・ドワイア、ジョナサン・アトキンス、ケイティ・ジェイムズ、アンソニー・フォーブス・ワトソンのみなさん。鋭い観察眼の持ち主レイチェル・ライトとケイト・ムア、そして博覧強記のリズ・コーエン。

アトリア出版（ニューヨーク）のみなさんには熟練の手際で力を貸していただきました。なかでもリサ・カイムとジュディス・カーとキャロリン・リーディ、キムバリー・ゴールドスタイン、イゾルデ・ザウアー、リサ・シャンブラ、ヒラリー・ティスマンにお礼申し上げます。そしてカナダの素晴らしい編集チーム——ケヴィン・ハンソン・デイヴィッド・ミラー、リタ・シルヴァにも感謝を捧げます。

わたしの作品を、わたしには読み書き不能の言語に訳してくださっている多くの素晴らしい出版社や翻訳家の方々にもお礼申し上げなくてはなりません。また、耳に心地よいオーディオブックをこしらえてくださったボリンダ出版（オーストラリア）とキャロライン・リー、書店ならびに図書館にお勧めのみなさん、ジャーナリストの方々、わたしの小説を愛してくださる読者のみなさんにも感謝いたします——どんな物語も読まれなければ、白い紙に印刷されたただの黒い記号にすぎません。

わたしの家族と友人たちは辛抱強い協力者です。物語が先の読めない一握りのパズルのピースにすぎなかった段階から、そばで励ましてくれたジュリア・クレッチマー。とびきり寛大な心と細やかな気配りで見守ってくれた敏腕出版エージェントのセルワ・アンソニー。分別と冷静さと手際のよさで支えてくれたダイ・マッキーン、いつも陰で支えてくれた作家仲間のメアリー＝ローズ・マッコールとルイーズ・リマリック、才気あふれる親愛なる助言者ハーバート＆リタ・デイヴィーズ夫妻、ことあるごとに貴重な時間を割いてくれたカレン・ロブソン、ダレリー・パターソン、ダイ・モートン。以上の方にも感謝いたします。

ディディーには特別枠を設けて感謝の気持ちを伝えなくてはなりません。彼女のどんなときも揺らぐことのない慈愛の心は、母親が我が子に注ぐ究極の愛の見本です。

最後に、これまで同様、聡明で陽気で心優しい夫デヴィンと、三人の息子たち——オリヴァーとルイスとヘンリー——にもありがとうを言わせてほしい。子供たちと過ごすことでものごとがより鮮明に見えるようになり、ものの見方が重層的になり、自分の弱さにも気づくことができ、たくましくもなれ、（そして、あくまでも希望的観測ですが）人間としても作家としてもすこしは成長できたような気がします。

本作『湖畔荘』の執筆にあたり参考にした資料はすべてを列挙できないほど膨大な数にのぼる。そこで特にお世話になったものを挙げるにとどめたい。

ジュリエット・ニコルソン『パーフェクト・サマー――一九一一年夏、大戦前夜』(*The Perfect Summer: England 1911, Just Before the Storm* by Juliet Nicolson)
ジュディス・フランダース『ヴィクトリアン・ハウス』(*The Victorian House: Domestic Life from Childbirth to Deathbed* by Judith Flanders)
P・D・ジェイムズ『探偵小説を語る』(*Talking about Detective Fiction* by P. D. James)
ルース・レンデル編『殺しの動機――殺人者心理のアンソロジー』(*The Reason Why: An Anthology of the Murderous Mind*, edited by Ruth Rendell)
アン・ネイソン編『愛と勇気のために――E・W・ハーモン中佐の手紙』(*For Love and Courage: The Letters of Lieutenant Colonel E. W. Hermon from the Western Front 1914-1917*, edited by Anne Nason)
ベン・シェパード『神経の戦争』(*A War of Nerves: Soldiers and Psychiatrists in the Twentieth Century* by Ben Shephard)
ヴェラ・ブリテイン『戦場からのラブレター』(*Testament of Youth* by Vera Brittain)
(最後に挙げた自叙伝からは、本作に登場する副総長の科白として、「祖国のために役立てないような者は死んだほうがまし」を借用させていただいた)。
ウェブサイト www. beaumontchildren.com からは捜査プロセスに関する知識を、www. firstworldwar.com からはシェルショックに関する膨大な資料を参考にさせていただいた。ちなみに作中でセイディがマーゴット・シンクレアと会った直後に調べるウェブサイトは後者である。また、養子縁組の仕組みについては、ネット上で見つけた大勢の若い女性たちの体験談を参考にさせていただいた。多くは匿名だが、自らの体験を公表してくださった彼女たちの勇気に感謝したい。

コーンウォールはわたしにとっていまもなおインスピレーションの大いなる源泉でありつづけている。かの地を舞台に想像の翼を羽ばたかせて過ごす時間はこの上ない喜びだ。

＊参考資料の七点はいずれも邦訳はなく、タイトルは便宜上のものである。

訳者あとがき

ケイト・モートンは、長く埋もれていた家族の秘密を巧緻なプロットで読ませるゴシックロマンス風ミステリ作家として、世界中に熱狂的ファンをもつオーストラリアの若手実力派である。

本書『湖畔荘』(*The Lake House* Allen & Unwin, 2015)は彼女の五作目となる最新刊で、デビュー作『リヴァトン館』(栗原百代訳、RHブックス・プラス)、『忘れられた花園』(創元推理文庫)、『秘密』(創元推理文庫)に続く四番目の邦訳となる。

舞台は前二作と同じ風光明媚なイギリスのコーンウォール地方。

一九三三年、エダヴェイン家の屋敷〈湖畔荘〉で催されたミッドサマー・パーティのさなかに、一歳の誕生日を目前にした当家の男児セオドアが育児室から忽然と姿を消す。事故か？ 連れ去りか？ だとしたら犯人の目的は？ どんな手口で？ 懸命の捜索にもかかわらず警察は子供の消息さえ突きとめられず、結局、事件は迷宮入りとなる。

それから七十年後の二〇〇三年、ある事件の捜査がらみで問題を起こし、謹慎を余儀なくされたロンドン警視庁の女性刑事セイディ・スパロウが、祖父の暮らすコーンウォールに身を寄せる。そして日課のランニングの最中に、住む人もなく荒れ果てた〈湖畔荘〉にうっかり迷いこみ、七十年前の未解決事件のことを知る……。

これが物語を牽引《けんいん》する主要部分である。つまり過去の悲劇の真相を関係者の証言や当時の記録によってあぶり出すという、ジグソーパズル的謎解きの基本をきっちり押さえた典型的な作品だ。

だがモートンのジグソーパズルはピースの数が半端じゃない。その大半を占めるのが、登場人物たちひとりひとりの胸に去来する記憶の断片だ。それらが巧妙にシャッフルされて作中にばらまかれ、読む者を幻惑する。

章ごとに過去と現在を往還しつつ複数の視点から描く形式はモートンの自家薬籠中《じかやくろうちゅう》のものだが、今回のそれはいささかやり過ぎではと思いたくなるほど念が入っている。いや、技巧にさらに磨きがかかったというべきか。過去の記憶を現在に紛れこませる入れ子細工的手法は、昨今の小説ではそう珍しいことではないし、読み慣れてしまえばややこしいものではない。それでも、各人の意識が差し出す情報があまりにも細切れで曖昧だと、はじめのうちは人物相関図や出来事の前後関係がすんなり頭にはいってこないかもしれない。過去のなかにさらに別の過去が紛れこむという荒技《あらわざ》も出てくるので、「あれ？　いまこの人は何をしているところだったっけ？」なんて混乱することもしばしばだ。ある程度読み進めないと、点と点がつながってこない。モートンはこのサスペンスフルな語りにとことんこだわる作家なのだ。

モートン作品の醍醐味《だいごみ》は、登場人物たちの関係性やそこから生じる認識のずれ、それぞれが抱えこむ屈託（秘密）が、やがて中心となる謎の真相へと収束するプロセスの追体験にある。譬《たと》えるなら長距離走者のランナーズハイ。薄皮を剝ぐように物事のつながりが徐々に浮かび上がるにつれて、走りはじめの辛さもやがて高揚感に取って代わるはずだ。その先に待ち受けるさらなる驚愕（カタルシス）は走り切ったあとに差し出される一杯の冷たい水。毎度のことながら今回も上下巻の大長編である。おいしい水を味わうためにも、慌てずゆっくり完走していただきたい。


本編を読み終えられた方はすでにお気づきと思うが、『湖畔荘』には興味深い工夫をいくつか見て取ることができる。ここではネタバレを極力避けて書くつもりなので、未読の方は読む上での参考にしていただければ幸いだ。

ひとつは、異なる人物による似たような体験が複数、物語のなかに並行して描かれている点だ。例えば、セイディ・スパロウが十代のころに体験したつまずき、彼女がロンドンで失態を演じることになった担当事件、そして七十年前のエダヴェイン家の男児失踪事件――これら三つの出来事はどれもみな親と子をめぐる問題がその根底にあり、互いに響き合いながら読みの道筋を示す装置になっている。

構造という観点からもうひとつ触れておきたいのは、「ミッドサマー」と「ソルスティス」

の使い分けだ。セイディの祖父バーティが暮らす村で催されるのは「ソルスティス・フェスティバル」、これは文字通り「夏至祭」である。そして「ミッドサマー・パーティ」と称されるエダヴェイン家の野外パーティは、夏至前夜（ミッドサマー・イヴ）に開かれている。いずれも篝火を燃やして一年の邪気を払い、再生を祝う夏至の行事である。

同種の行事であるなら、なにゆえモートンはこのふたつの言葉をわざわざ使い分けているのか？　単なる呼称の違いと言ってしまえばそれまでだが、ここで思い出すのは、本作第十四章である登場人物がシェイクスピアを引き合いに出して脳内でつぶやく「ミッドサマーは何が起こるかわからない奇妙な季節だ」という一言だ。

シェイクスピアの『十二夜』に、「これぞ暑さ当たりの大たわけ（This is very midsummer madness）」という台詞があるように、「ミッドサマー」には夏至の意味だけでなく、真夏の暑気と満月の影響で人が陥るとされる狂乱状態のイメージがつきまとう。ちなみにモートンのデビュー作『リヴァトン館』のクライマックス・シーンも「ミッドサマー・ディナー」だった。本作のミッドサマー・パーティ当日の情景にもまた、人をして不条理な行動に駆り立てる不穏な空気がそこここに感じ取れるだろう。

片や「ソルスティス・フェスティバル」のほうは、男児失踪事件の真相が説き明かされる大団円の場として登場する。それまでセイディと捜査協力者が調べ上げた事実の断片が合理的につなぎ合わされ、不可解な事件の背後に埋もれていた真実が顔を覗かせる瞬間である。

この不条理と条理のコントラストを狙って、あえて言葉を使い分けていると考えるのは訳者存在することを読者にたえず喚起する役目を〈湖畔荘〉が担っているのだと。
地方の言葉によって屋敷に謎めいた異界性をまとわせつつ、そこには紛れもない現実が厳然と
いるところにも似たような意図を感じる。〈ローアンネス〉という耳慣れないコーンウォール
ついでに言えば、〈湖畔荘〉と〈ローアンネス〉という、ふたつの呼称を作中に混在させて
の深読みに過ぎるだろうか？

最後に「偶然《コインシデンス》」についても述べておきたい。というのも最後まで読み終えた読者のなかには、「うひゃ、そう来ましたか！」と絶叫する人が少なからず出てきそうな気がするからだ。かくいう訳者の第一声もこれだった。だが、以上のようなことを踏まえて全体を俯瞰してみれば、モートン作品はこれでいい、これは大人のためのお伽噺なのだという気になったのも事実。さて皆さまはいかがだろうか？

押しなべて小説は、いくつもの偶然を紡ぎ上げてできている産物だ。本作でアガサ・クリスティばりの売れっ子作家が執筆中の原稿を前に、登場人物をどう動かすかに苦慮する場面はまさに、偶然を操る作家の姿である。偶然は、その匙加減で物語を嘘くさくもすれば、必然性のあるストーリー展開を生み出しもする、便利にして実に厄介な代物だ。

では『湖畔荘』の場合はどうか？　コインシデンスが本作に流れる旋律のひとつであることは間違いない。ここには偶然の出会いがいくつも生まれ（あるときはそれを運命と思いこむ）、複数の出来事がたまたま重なって起こり、あちこちで予期せぬ事態や思いがけない発見が待ち

受けている。その最たるものが驚愕の結末だろう。おまけに「偶然」をめぐるやりとりまで作中で交わされるのである。ここまでくるとモートンが「偶然」をあからさまに可視化させているとしか言いようがない。先に触れたアリスの執筆場面もそうだが、これはある種のメタ・フィクション、作品内で自らの手の内を明かしているのである。

それはとりもなおさず、エンターテインメント作家としてのモートンが目指す「小説はかくあるべき」という創作姿勢の表明に他ならない。モートンがしばしば口にする narrative rightness〈語りの公正〉というのがそれに当たる。ある読書クラブで行なわれた『忘れられた花園』をめぐる質疑応答のなかでモートンはこんなことを言っている。「わたしが大事にしているのは〈語りの公正〉です。小説の最後のページにたどり着いたとき、あるいは映画のラストシーンを観ているとき、何らかの感慨——心揺さぶられるような快感——がこみあげてきたとしたら、物語がしかるべき形におさまったということです。どう言えばいいのか説明がむずかしいのだけれど、わたしたち人間の心の奥底には、たとえ言葉にならなくても、感動をもたらす何かをキャッチできる機能が具《そな》わっていると、わたしは信じているのです。第六感というか、これは完璧で必然的な結末だ——この話はこう終わるしかない——そう感じさせてくれる心のバランス感覚のようなものが具わっているのだと」

ケイト・モートンのオフィシャルサイトによると、彼女は『湖畔荘』を刊行後、昨年から家族（夫と三人の息子）とともに生活の拠点をオーストラリアからロンドンに移し、すでに六作目の執筆を進めているようだ。いまのところ刊行予定は聞こえてこないが、次回は十九世紀のイギリスを軸に据えた作品になるらしい。欧米各国でのサイン会やトークショーをこなす合間を縫ってコーンウォールに足繁く通っているところを見ると、やはり次回もコーンウォールが舞台のひとつとして登場するのだろう。ちなみに彼女が旅先で写した趣ある庭園や屋敷などの写真がネットの「インスタグラム」に投稿されている。小説の舞台となった場所を視覚的に味わうことができるので、興味のある方は覗いてみてほしい。

二〇一七年　ミッドサマー

解説

大矢博子

結末を読み終わったときのこの気持ちを、ネタバレにならずに表現するにはどうすればいいだろう。すべてのパズルのピースが正しい場所にどんどんはまっていく快感はもちろんだが、そこに浮かび上がった真相がもたらす驚きと充足感——特に最終章で描かれる風景と言ったら——。

そうだ、「尊い」だ。

別れがあり、死があり、疑念があり、後悔があり、誤解があり、迷いがあった。それらに向き合い、乗り越え、そして到達した見事なエンディングである。顔がほころぶ。最終章だけ何度も読み返してしまった。

そして我に返り、もう一度最初から読み直して、あらためて驚いたのである。ケイト・モートンが本書で試みたミステリの技巧の素晴らしさと、そこに込めたテーマの力強さに。

本書のあらすじや構造、読みどころ、著者紹介などについては青木純子さんの訳者あとがきに過不足なくまとめられているので、そこに何か付け加えるのは蛇足でしかないのだが、本書の特徴をより深く理解するためにもさらに掘り下げて見ていきたい。

ただ、その上で、青木さんが敢えて書かなかった部分にも触れている。もちろん真相は明かさないが、できるだけ前情報を入れたくない方は先に本編を読まれることをお勧めする。

さて、物語の構造を簡潔にまとめるなら、一九三三年にコーンウォール地方のエダヴェイン家で生後十一ヶ月の長男・セオドアの姿が消えるという事件が起き、七十年後の二〇〇三年に刑事のセイディ・スパロウがその謎に挑む――ということになる。

一九三三年の主な視点人物はエダヴェイン家の十六歳の次女、アリス。事件の翌々月の雨の夜、何者かが森に何かを埋めているという思わせぶりな第1章を経て、事件前後のエダヴェイン家の様子がアリスの目を通して綴《つづ》られる。二〇〇三年の章は主にセイディの視点で、とある一件で実質的な謹慎を喰らった彼女が祖父の住むコーンウォールで七十年前の事件を知るところから始まる。そして老齢の人気ミステリ作家、アリス・エダヴェインが失踪したセオドアの姉と知り、連絡を取ろうとするのだが……。

目次をご覧いただければわかるように、既刊『忘れられた花園』『秘密』同様、一章ごとに年代と場所が行き来する著者お得意の構造だ。さらにその章の中でも回想が入ったり、一九一〇年代のアリスの母の章が入ったりと、時間軸も場所も大きく動く。ひとつの章で語られなかったことが別の章でわかったり、あとになって前の章で出てきた話がつながったりと、互いに補完し合うような形でひとつの筋の抜けが少しずつ埋まっていく過程は既刊同様、実にエキサイティングだ。

本書のミステリとしての構造を見たとき、まず特徴として挙げられるのはスリーピング・マーダーものということだろう。スリーピング・マーダーとは、すでに解決済みの、あるいは未解決のままの過去の事件を、時が経ってから調べ直すミステリをいう。セオの生死はわからないので厳密にはマーダーとは断言できないが、ジャンルの名前ということでご理解いただきたい。

いや待て、そもそもケイト・モートンの小説はすべて過去に何があったかを掘り起こす話ではないか、と思われるだろう。しかし本書には既刊との決定的な違いがある。現代パートで過去の事件を調べ直すのが当事者ではない、という点だ。既刊はいずれも当事者、あるいはその血に連なる者が、自分がここにいるに至った家族史を紐解く物語だった。しかし今回はエダヴェイン家とは縁もゆかりもない、しかも刑事という捜査機関の人間が調べに当たるのである。実はここに大きな意味があるのだが、それは後述。

スリーピング・マーダーは、直接の証言がとれなかったり証拠が残っていなかったりする中、どうやって真相に到達するのかがポイントになる。一九三三年当時何が起きたか、過去の章を通じて読者は知っているがセイディは違う。彼女がどのように情報を集め、推理を進めるのか。それが本書の大きな読みどころだ。

本書のもうひとつのミステリ面での特徴は、巧妙な目眩《めくらま》しとダブルミーニングの使い方にある。本書に提示される謎はただひとつ、「セオはなぜ消えたのか」だ。もちろんそれに付随して同日自死したとされる隣人の謎や、急に暇を出された乳母の一件などもあるが、事件の核はセオの失踪である。

話が進むにつれて新たな情報が次々に出てくる。新情報は「そうだったのか!」という驚きとともに、あるいは注意しなくては気づけないほどさりげなく、読者に提示される。その新情報に立脚して、その都度、筋の通った推論を立てることが可能なのだ。その人にはそんな動機があったのか、その人のその行動にはそんな意味があったのか——情報が出る度ごとに「犯人」は変わる。これがまた絶妙で、読者も、そういうことか、そこがポイントだったのか、とカタルシスを得てしまう。だが——それで終わるわけがない。ここまで多重に目眩しが仕掛けられているとは。しかも目眩しだと思っていた情報が別の形で再利用されるのだからたまらない。

最後まで読んだら、どうかもう一度、最初から読み直してほしい。言葉ひとつ、文章ひとつが、どれだけ緻密な計算の上に成り立っていることか。初読のときは疑いなくこういう意味だと思っていた言葉に、真相を知ってから読むとまったく違った意味が込められていたことを知って驚くだろう。ごく普通の世間話にしか見えなかったセリフに、著者がヒントを潜ませていたことにも気づくだろう。実は途中の段階で、そうとは知らないまま真相を口にしていた者すらいたのだ。ラストの驚くべき「偶然」も、実はそれを連想させる描写が早くにちらりと出ていたりもするのである。

ただ、この「真犯人」を唐突だと思う人もいるかもしれない。真犯人に到達しうるヒントが出されるのが遅すぎると感じる人もいるかもしれない。だが再読すれば、そうではないことがわかる。伏線ははっきりと存在している。ただその伏線が普通とは違うのだ。

本書の最大の特徴——それは、本書のもうひとつの謎が伏線になっている、ということにある。

先ほど私は、本書に提示される謎はただひとつ、「セオはなぜ消えたのか」だ——と書いた。だが訂正する。本書にはもうひとつ、大きな謎がある。それがセイディだ。

従来のパターンからはずれ、なぜ一介の女性刑事であるセイディが謎解き役になったのか。アリスが家族の謎を解く話ではだめなのか。この謎こそが、セオ失踪に直結する、そして本書のテーマにも直結する伏線なのである。

エダヴェイン家を襲った悲劇は「母子の別離」と言い換えることができる。セイディが入れ込んだ事件は、幼い子どもを残して母親が消えてしまったという、これも「母子の別離」だ。『忘れられた花園』『秘密』と同じく、本書もまた母と子の物語、家族の継承の物語であることは明らかである。

アリスの母のエリナが置かれた状況。エリナの母、コンスタンスが置かれた状況。セイディが担当した事件の関係者。本書に登場する人々が抱えた事情が、少しずつ剝がされていく。さらに、序盤からほのめかされ、下巻で明らかになるセイディの過去。

セイディが隠し続けてきた傷が、一九三三年の男児失踪を巡る様々な「状況証拠」とリンクしていく。セイディの存在が過去の真犯人を示唆する伏線になる。そこに浮かび上がるのは、血の紐帯だけではない。真相に関わるので具体的には書けないが、これは「選択の物語」であり、「呪いを解く物語」であるということだけ伝えておこう。

本書に登場する多くの人物は、傷を抱えている。秘密を抱えている。こうに違いないという呪いにかけられ、そこから動けないでいる。何が大切なのか、何をいちばんに考えるべきなのかがわからなくなったり、間違えたりする。だがそれでも、彼女たちは道を探した。その道が幸せにつながることを願いながら。

なぜセイディなのか。セイディはリアルタイムで傷を抱えている人物だ。選択を誤ったのではないかという思いから抜け出せないでいる。自らかけた呪いに縛られ、自家中毒を起こしている。彼女にとってこの事件に向き合うことは、自分の傷に向き合うことであり、自らの呪いを解く行為に他ならない。過去の傷に蓋をして終わったことにしてしまったアリスではなく、現在進行形で傷に苛まれるセイディが、その呪いを振り切ることが大事なのだ。セイディを謎解き役に据えたことで、過去を解決するだけではなく、それが現在を、そして未来をより良くすることにつながる。だから本書の謎解き役はセイディでなくてはならなかったのである。

そうして到達したこのエンディングが「尊い」のも当然かもしれない。セイディが、そして真相にからむある人物が、多くの傷や後悔と向き合い、呪いを振り払った結果なのだから。

本書にはノックスの十戒に始まり、ホームズやクリスティといった固有名詞が登場する。十代のアリスは自慢げにミステリの手法について講釈するし、好意を抱く男性に『スタイルズ荘の怪事件』を貸したりもしている。長じてミステリ作家になった後は、個性的な刑事のシリーズを持ち、構想風景も紹介される。そんな「ミステリ色」が前面に出ているのも楽しい。

ちなみにスリーピング・マーダーはクリスティが得意とした手法である。代表的なものとして『五匹の子豚』を挙げておこう。また、本書の後半で登場するシェルショック（戦争によって引き起こされる心的外傷後ストレス障害）は、『ＡＢＣ殺人事件』でも大きな要素として扱われている。クリスティファンとしては嬉しいプレゼントを貰ったような気持ちだ。併せて楽しまれたい。

本書は二〇一七年、小社より刊行されたものに大幅な改訳をほどこし文庫化したものである。

検印
廃止

訳者紹介　1954年東京都生まれ。早稲田大学大学院博士課程満期退学。訳書に、L・ノーフォーク『ジョン・ランプリエールの辞書』、K・アトキンソン『ライフ・アフター・ライフ』、アダム・O・プライス『ホテル・ネヴァーシンク』他多数。

湖畔荘　下

2021年10月29日　初版

著　者　ケイト・モートン

訳　者　青《あお》　木《き》　純《じゅん》　子《こ》

発行所　（株）東京創元社
代表者　渋谷健太郎

162-0814/東京都新宿区新小川町1-5
電　話　03・3268・8231-営業部
03・3268・8204-編集部
URL　http://www.tsogen.co.jp
萩原印刷・本間製本

乱丁・落丁本は、ご面倒ですが小社までご送付ください。送料小社負担にてお取替えいたします。

ISBN978-4-488-20210-1　C0197

ヒッチコック映画化の代表作収録

KISS ME AGAIN ATRANGER◆Daphne du Maurier

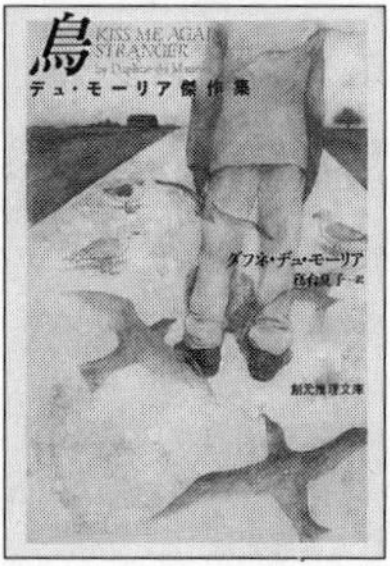

鳥

デュ・モーリア傑作集

ダフネ・デュ・モーリア

務台夏子 訳 創元推理文庫

◆

六羽、七羽、いや十二羽……鳥たちが、つぎつぎ襲いかかってくる。

バタバタと恐ろしいはばたきの音だけを響かせて。

両手が、首が血に濡れていく……。

ある日突然、人間を攻撃しはじめた鳥の群れ。

彼らに何が起こったのか？

ヒッチコックの映画で有名な表題作をはじめ、恐ろしくも哀切なラヴ・ストーリー「恋人」、妻を亡くした男をたてつづけに見舞う不幸な運命を描く奇譚「林檎の木」、まもなく母親になるはずの女性が自殺し、探偵がその理由をさがし求める「動機」など、物語の醍醐味溢れる傑作八編を収録。

デュ・モーリアの代表作として『レベッカ』と並び称される短編集。

天性の語り手が人間の深層心理に迫る

DON'T LOOK NOW◆Daphne du Maurier

いま見てはいけない

デュ・モーリア傑作集

ダフネ・デュ・モーリア

務台夏子 訳 創元推理文庫

◆

サスペンス映画の名品『赤い影』原作、水の都ヴェネチアで不思議な双子の老姉妹に出会ったことに始まる夫婦の奇妙な体験「いま見てはいけない」。

突然亡くなった父の死の謎を解くために父の旧友を訪ねた娘が知った真相は「ボーダーライン」。

急病に倒れた司祭のかわりにエルサレムへの二十四時間ツアーの引率役を務めることになった聖職者に次々と降りかかる出来事「十字架の道」……

サスペンスあり、日常を歪める不条理あり、意外な結末あり、人間の心理に深く切り込んだ洞察あり。

天性の物語の作り手、デュ・モーリアの才能を遺憾なく発揮した作品五編を収める、粒選りの短編集。

幻の初期傑作短編集

The Doll and Other Stories◆Daphne du Maurier

人形
デュ・モーリア傑作集

ダフネ・デュ・モーリア
務台夏子 訳 創元推理文庫

◆

島から一歩も出ることなく、
判で押したような平穏な毎日を送る人々を
突然襲った狂乱の嵐『東風』。
海辺で発見された謎の手記に記された、
異常な愛の物語『人形』。
上流階級の人々が通う教会の牧師の俗物ぶりを描いた
『いざ、父なる神に』『天使ら、大天使らとともに』。
独善的で被害妄想の女の半生を
独白形式で綴る『笠貝』など、短編14編を収録。
平凡な人々の心に潜む狂気を白日の下にさらし、
普通の人間の秘めた暗部を情け容赦なく目前に突きつける。
『レベッカ』『鳥』で知られるサスペンスの名手、
デュ・モーリアの幻の初期短編傑作集。

シェフは名探偵

VIN CHAUD POUR VOUS◆Fumie Kondo

ヴァン・ショーをあなたに

近藤史恵

創元推理文庫

◆

下町のフレンチレストラン、ビストロ・パ・マル。
フランスの田舎で修業した三舟シェフは
その腕で客たちの舌を魅了するだけではなく、
皆の持ち込むちょっとした謎や、
スタッフの気になった出来事の謎を
鮮やかに解く名探偵でもあるのです！
フランス修業時代のエピソードも収めた魅惑の一冊。

◆

収録作品＝錆びないスキレット，憂さばらしのピストゥ，
ブーランジュリーのメロンパン，
マドモワゼル・ブイヤベースにご用心，氷姫，天空の泉，
ヴァン・ショーをあなたに